「もしかして……あなた、私が見えてるの?」
マテリアルゴースト

「…………」
「ふふっ。安心しろ。死なせはしないよ。
後輩が死んだら、帰宅部員が減ってしまうからな」

「ケイ……ダメだよ……死んじゃ……ダメだよ。

……生きてるって……凄いことなんだよ？

幸福なことなんだよ？」

「……ユウ」

ユウの目から涙が流れる。

マテリアルゴースト

葵せきな

ファンタジア文庫

1187

口絵・本文イラスト　てぃんくる

-目次-

――僕《ぼく》は魂《たましい》の抜《ぬ》け殻《がら》。もしくは体のある幽霊《ゆうれい》だ――

プロローグ　死にたがりの少年

首吊《くびつ》り自殺なんてものは最初から却下《きゃっか》だ。だって、やたら苦しそうだし。一部には「うまくいけば一瞬《いっしゅん》で意識《いしき》が飛ぶから楽」という意見もあるようだが、そんなもん、全然信用ならない。「うまくいけば」という言葉もかなり怪《あや》しい部分だ。その言葉を使用するならば同時に「うまくいく」という言葉の定義《ていぎ》と、マニュアル通りの自殺遂行《すいこう》によって「うまくいく」確率《かくりつ》を提示《ていじ》してほしい。それに、糞尿《ふんにょう》を垂《た》れ流すとかいう話も聞く。外見的にもそれはちょっとな……。死んだ後だから別に関係ないんだけど、やっぱりちょっとな……。僕は元々、身長低くて童顔というあんまり優秀《ゆうしゅう》な容姿《ようし》じゃないのだから、死ぬ時ぐらいもうちょっとキチッとしてたい（もちろん、生きてる間も人前で糞尿垂れ流すスケジュールはないが）。

では飛び降《お》り自殺はどうか?……これも却下だ。だって怖《こわ》いじゃないか。高所から飛び降りるなんて、僕には精神的《せいしん》に辛《つら》すぎる。高所恐怖症《きょうふしょう》という言葉があるが、人間、普通《ふつう》の精神の持ち主ならば「高所」は怖いだろ。ま、程度《ていど》の差があるのだろうけど。比較《ひかく》的楽に一瞬で死ねると聞くが、それもどうだか。硬《かた》いアスファルトに脳天《のうてん》から直撃《ちょくげき》するなんて、たとえ一瞬の痛《いた》みでもやってらんない。落下していく間の恐怖だって最悪だ。紐《ひも》なしバンジー。

入水《じゅすい》自殺……問答無用で却下。理由は言わずもがな。心中じゃあるまいし。っていうか、なんで心中といえば入水自殺なのだろう？　まあ、映像《えいぞう》的に綺麗《きれい》な死に方ではあるけど。あれ、「朝焼けの海に二人で歩いていく」みたいなの。実際《じっさい》は後からもがきそうだけどね。

じゃあ、ポピュラーなリストカット。なるほど、失血死というのは極《きわ》めて緩《ゆる》やかで「楽」そうだが……でも、やっぱり精神的に辛すぎる。自分の体から血が抜けていくのをジッと眺《なが》めてるなんて、悪趣味《あくしゅみ》もいいとこだ。しかもこれ、どうも生存《せいぞん》確率が高い気がするし。そこまでの恐怖を味わって「死ねませんでした」では、もう目もあてられない。

いっそのこと通学途中《とちゅう》の電車にでも轢《ひ》かれるか？……いやいや、これ、普通に痛そうだ。ちょっと僕には無理。それに、かなり色んな人に迷惑《めいわく》かけそうだ。死んだ後だから関係ないっちゃ関係ないんだけどさ……。「発《た》つ鳥後を濁《にご》さず」じゃないけど、やっぱ迷惑かけないで死ねるんなら、そっちの方がいいに決まってる。それに、なにやら電車への飛び込《こ》みの場合、家族にその損害賠償支払《そんがいばいしょうしはら》い請求《せいきゅう》がいくとか……。それは絶対《ぜったい》にイヤだ。なのでこの方法に関しては現時点をもって完全却下。

焼身……いや、これは考えるまでもないか。痛いどころの話じゃない。

逆に、凍死《とうし》というのは、僕の理想に少し近いものがありそうだ。よく映画やなんかで「寝《ね》るな！」みたいなシーンがあるけど、あれ、逆に言えば、「寝るだけで死ねる」ってことじゃないか？　それ、すっごい楽そうじゃない？……まあ、そこに至るまではこの上なく寒そうだからな……どっちにしろ痛くて苦しいか。保留《ほりゅう》だな。冬山行くのもメンドイし。

ガス自殺。普通は苦しいらしいけど、睡眠薬《すいみんやく》の併用《へいよう》でやれば楽だとか。でも、睡眠薬の自殺や「寝てる間の死」って、実際《じっさい》のところ本当に苦しくないのだろうか？　周囲から見る分には安らかかもしれないが、本人無意識下では無茶苦茶《むちゃくちゃ》苦しいかもしれない。イマイチ信用できないので、睡眠薬共々却下。

……で、実は僕が一番希望を見出《みいだ》しているのが《服毒》だ。色々あるんだろうけど、僕が心から望むのは「なんの痛みも苦しみもなく、眠《ねむ》るように死ねる薬」っていうやつ。もちろん、そんな都合のいいものがないのは分かってるけど（僕が確認《かくにん》できる範囲《はんい》では）。でも、僕は本当にそれを切実に望む。苦しいのとか痛いのは、誰《だれ》だってイヤじゃないか。「死にたい」と思うのと「苦しみたい」と思うのでは根本的に動機がちがう。……僕は「Ｍ」じゃあない。

「なのに……」と、僕は瀕死《ひんし》の中でうっすらと……いや、妙にハッキリとそう思う。ああ、なるほど、これが世に言う《無念》っていう感情かもしれない。

……苦しく痛いのだけは絶対勘弁《かんべん》だったはずなのに……。

まさか、《普通に車に撥《は》ねられる》とは思ってもみなかった。

当然、マジで滅茶《めちゃ》苦茶すっげー痛かった（意識飛ばんかったし）。

第一章　不本意な生還《せいかん》と能力覚醒《のうりょくかくせい》

僕《ぼく》は前々から楽に死ねる方法ばかりを考えていたし、実際《じっさい》その方法を結構《けっこう》本気で模索《もさく》していた。全文検索《けんさく》サイトで《自殺方法》やら《楽な自殺方法》やらのワードを打ち込んでみたり。……でも、そうして出てくるサイトって、あんまりにネガティブすぎてちょっと途中《とちゅう》で見るのをやめてしまったんだけど。もっとこう、ピンクの壁紙《かべがみ》で明るいアップテンポのBGMが流れ、「ようこそ♪　あの世行きマニュアルへ♪」みたいな雰囲気《ふんいき》のサイトがあってもいいじゃないか。僕の場合、それほど《死》や《自殺》に関してネガティブな姿勢《しせい》で取り組んでいるわけじゃないのだ。僕はただ、「消え去りたい」ってだけなわけ。

別に、十七年の人生（現在《げんざい》高校二年）までそれほど劇《げき》的に辛《つら》い事件《じけん》があったわけじゃない。愛する人を喪《うしな》ったわけでも、特にイジメってやつにあってたわけでもない。ただ……別に生きてる理由もまた、ない。死ぬ理由も大してないが、生きる理由もかなり希薄《きはく》。いや、別にないこともない。でも、さほど重要なことでも、また、ない。ただ死にたくないから生きている……いや、死に伴《ともな》う《苦痛《くつう》》がイヤだから生きているだけの存在《そんざい》。それが今の僕、式見蛍《しきみけい》だった。まあ、特別なことではないと思う。改めて意識せずとも、そんな生き方をしている人間が日本には大勢《おおぜい》居るだろう。だから僕は悲劇の主人公みたいなの気どるつもりは全くない。そんなのはただの被害妄想《ひがいもうそう》だ。

全《すべ》てを捨《す》て去りたくなるほど現状《げんじょう》が辛いわけじゃない。自分より不幸な人はそれこそ大量に居ると思うし、自分の人生的に見ても、今の生活はそれなりに充実《じゅうじつ》してるとも思う。割《わり》とホンキでね。

ただ……なんか、もうウザったいのだ。面倒臭《めんどうくさ》いのだ。生きることが、生活することが、なにかを感じることが……。いや、別に死んだ目をしてドヨーンとしているわけではなくて、人としてキチンとした生活は送ってる。料理も自分で作るし。掃除《そうじ》・洗濯《せんたく》も、若者《わかもの》らしくないほどに割とこまめにやる。マイナス思考の果てに達する「死にたい」という感情じゃあないのだ、僕の場合。

この考え方が人間として(生物として? 有機質として?)最低な部類のものだということは、自分でもよく分かってる。いや、こんな思想だから、むしろ他《ほか》の人より強く認識《にんしき》しているぐらいかもしれない。母親が聞こうものなら、確実《かくじつ》に泣かれるようなことだということも分かっている。親不孝もいいところだ。

……でも、どうしようもない。既《すで》にそう思ってしまってるのだから。理由はハッキリしないけど、僕はもうなぜか生きることに「飽《あ》きて」しまっているのだから。……理由なんか、僕が教えて欲《ほ》しいくらいだ。それは何度も読み返した漫画《まんが》に飽きるように、長時間プレイしたゲームに飽きるように、何冊《さつ》も読んだ好きな作者のシリーズ展開《てんかい》に飽きるように……。僕はいつの間にか全てが「面倒臭い」と思うようになっていた。もちろん、僕なんか若造《わかぞう》がまだ知らない娯楽《ごらく》、快楽《かいらく》、人生の楽しみってやつがまだまだあるのも想像《そうぞう》できる（彼女居ない歴＝年齢《ねんれい》というか、初恋《はつこい》さえまだでもあるし）。二ヶ月後に発売になる大作RPGも予約してるし、先の展開が気になってるテレビドラマもある。そういう楽しみは僕にだって人並《ひとな》みにはあるのだ。……だから、本当は、実を言えば、僕だって少し辛い。自分の思想が罰当《ばちあ》たりなことは百も承知《しょうち》しているにも関わらず、しかしどうしようもなく、奥底《おくそこ》から湧《わ》き出てくる衝動《しょうどう》として、死にたいのだ。

だから、苦しくなく「消える」ことができるのなら、僕はもうここで「ゴール」でも別にいい。っていうか、事故《じこ》や病気で苦しんで死ぬくらいだったら、ちょっと短命でも、楽に死ねる方を選びたいって思うのは、そんなに不自然なことなのだろうか？　そう、僕は死にたがりでこそあるけど、苦しいとか痛《いた》いとかは、当然絶対《ぜったい》にイヤだったハズなのだ。

だからこその自殺志願《しがん》だったハズなのだ。

なのに……現在《げんざい》僕は、大怪我《おおけが》（死にかけたのだから、そう称《しょう》しても構《かま》わない状態《じょうたい》なハズ）で入院中だったりする。
意識が戻ったのはついさっきだが、なるほど、全身がべらぼうに痛いどころか、なんか内臓《ないぞう》にも妙な感触《かんしょく》がある。全身打撲《だぼく》（骨折《こっせつ》？）に、内臓損傷《そんしょう》（多分手術済《しゅじゅつず》み）ってところか……感触的にはそんな感じだ。

……まいった。マジでまいった。ここまで痛い思いして、更には死んでないときてる。実は「三途《さんず》の川」らしきものも見て、その際《さい》あちら側から「こっちに来ちゃダメ……」と言ってる祖母《そぼ》を問答無用で無視《むし》してザブザブと川を渡《わた》ったりもしたのだけど……。どうやら、アレは本当に「夢《ゆめ》」だったみたいだ。……次は三途の川で溺《おぼ》れ死んでみようかな？……あ、やっぱ却下。それ、苦しいわ、絶対。窒息死《ちっそくし》なんて、絶対忌避《きひ》したいことの一つだろう、僕じゃなくても。

とにかく、現在どうやら僕は生きてるようだ。死後の世界が病院のベッドに異常《いじょう》に酷似《こくじ》していない限《かぎ》り、僕はまだ「この世」の住人だ。実に無念。逆に無念。大怪我損《ぞん》のくたびれもうけだ。

僕は軽く一つ溜《た》め息を吐き、痛む体からできるだけ意識を逸《そ》らそうと改めて周囲を見回してみた。全体的に《白》な印象の、閑散《かんさん》としていて、しかしだからこそ僕なんかは逆に少し落ち着かない部屋。部屋って、割と雑多《ざった》な方が落ち着くのだが。白い床《ゆか》、白い天井《てんじょう》、白い蛍光灯《けいこうとう》。クリーム色のカーテンから日の光が全く差し込んでいないことから、どうやら今は夜……しかも電灯《でんとう》が切られていないとこを見ると、深夜ではなさそうだった（見事な推理《すいり》だと自画自賛《じがじさん》してみたが、すぐに壁掛《かべか》け時計を発見してしまった。ちなみに午後七時十五分だ）。僕が居るのはどうやら個室《こしつ》というヤツみたいだ。自分の寝《ね》ているベッドをおいて、他《ほか》に寝台《しんだい》はなく、脇《わき》に簡素《かんそ》なテーブル兼用《けんよう》の棚《たな》が据《す》え付けられているだけである。ドラマでよく見る心電図モニタみたいなのがあって、少し感動&嘆息《たんそく》。まあ、こんな大怪我状態で大部屋とかもないか。

……しっかし、やっぱりというかなんというか……病室内には誰も居なかった。これだけの大怪我ならば家族が付き添《そ》って当然だが、ウチの実家は飛行機で二時間程《ほど》はかかるところにあるし、両親には仕事、妹には学校もあるだろうし……そもそも、連絡《れんらく》が行ってるかどうかも怪《あや》しいトコである。僕が例の「事故」に遭《あ》ったのは、朝方ふらりとホントにたまたま散歩に出た時なんで、身分証《しょう》（学生証）どころか財布《さいふ》さえ持っていなかったのだ。それほど近所との付き合いが深いわけでもなし、もしかしたら身元不明人として扱《あつか》われてさえいるかもしれない……って、ああ、やっぱり。枕元《まくらもと》のネームプレートに何も記入されてないや。通報《つうほう》してくれたのは誰《だれ》なんだろ？　とりあえず知り合いではなかったってことなんだろうな……。お礼とか、するべきなんだよなぁ、やっぱ。面倒だなぁ……。いいや。

それは置いとこ。

さて、これからどうするべきだろう？　やっぱりナースコールを押《お》すべきだろうか？　う〜ん、メンドイからもうしばらくベッドで休んでいたい気もするしな……。僕《ぼく》はとりあえず頭の向きだけ天井から室内に変えて（というより、頭しかマトモに動く部分がないんだけど）、しばらく色々と物思いにふけった。――と、

「？」

最初その異変に気付いたのは、ドア側の壁《かべ》から妙な《棒《ぼう》》が突き出てきた時だった。その《棒》は壁からまるで振《ふ》り子のような動きで出てきたと思うと、室内の床に音もなくついた。そのあまりに意味の分からない光景に、一瞬《いっしゅん》にして視線が釘付《くぎづ》けになる。なんなんだ？　なんだありゃ？　すっかり戸惑《とまど》っていると、続いて更に僕を驚《おどろ》かすような（っていうか驚かそうとしているとしか思えない）事態。

「――っ！」

目の前に現《あらわ》れたそのあまりに異常《いじょう》な光景に、思わず声をあげそうになる。が、ここが病院であることに気付いて、すんでのところで押し留《とど》まった。僕が声をあげそうになった要因《よういん》。目の前の風景。そこには……そこには一人の《老人》が現れていた。先ほど壁から出てきた《棒》は、どうやらその老人の杖《つえ》だったらしい。前に杖を出して床については、と

ぽとぽとゆっくり歩くガリガリで弱々しい老人がそこに居た。……そう……《壁から抜け出ていた》。

「……ぁ？」

意味が分からない。なんで壁から普通にお爺《じい》さんが出現する？　っていうか、あまりに普通に歩いてくるもんだから、もしかしてあそこには壁なんかないんじゃないかとまで疑いたくなってしまう。《老人》は部屋の中央あたりまでとぼとぼと歩行すると、そのままなぜか急に立ち止まり、こちらのベッドをジーッと見つめ始めた。なんか凄《すご》くヤな感じ。なんで大怪《おおけ》我状態《がじょうたい》の体をしげしげと他人に観察されなきゃならんのだ。

「あの～？」

「…………」

しかも無視ですよ、奥《おく》さん。完全無視ですよ。眉《まゆ》をピクリとも動かしませんよ。……あ、耳が遠いのかな？　ボケ気味の方《かた》なのか？

「あのっ！」

「…………」

ああ、こりゃダメだ。うん。諦《あきら》めよう。老人ってやつは時に子供《こども》より扱いが厄介《やっかい》な場合があるからな（決してバカにしてるわけじゃなく）。……仕方ない。ナースコールでも押すか……。僕はようやく決心すると、枕元の「ぽっち」を生まれて初めて押した。なんか、微妙にバスの「降ります」ボタンを押す時の高揚感《こうよう》みたいなのがある。ちょっと連打したい衝動《しょうどう》にも駆《か》られたが、それはさすがに子供すぎる行為《こうい》なので、なんとか踏《ふ》みとどまった。僕は結構すましたキャラで通しているのだ。……ウズウズして仕方ないのは気のせいさ。

『はい』

枕元のスピーカから女性の声が聴《き》こえてくる。……あれ、これって、ここで普通に寝ながら喋《しゃべ》っていいんだよな？　受話器みたいなのとかって別にないよな？　そんな疑問《ぎもん》をもちながらもとりあえず、何処《どこ》に向かってかけていいんだか分からない声をあげてみる。

「えっと……あの、意識戻《いしきもど》ったんですけど……」

っていうか、これって自分で報告するようなことなのだろうか？

『そうですか。それは良かったです。では、すぐにそちらに向かいますね』

看護師《かんごし》さん（違《ちが》うかもしれないが、とりあえず女性《じょせい》）の声が再びスピーカから聴こえる。

まあ、細かいことは気にせず喋ることにしよう。

「はい、お願いします」

『あ、体に激《はげ》しい痛《いた》みやなにか異常はありませんか？』

「いや、少なくとも正常ではないので、一応《いちおう》痛いっちゃ痛いんですけど……まあ、多分大《だい》丈夫《じょうぶ》な範囲《はんい》かと。あ、でも異常と言えば……」

僕はそう言ってチラリと老人の方を見やる。相変わらずジーッと、僕を……というよりは、「僕の方を」見ている(なんか虚《うつ》ろな印象なのだ)。

「なんか、知らない人が室内に入ってきて居座《いすわ》ってるんですけど」

『はい？　知らない人ですか？……あの、ご家族の方とかご友人ではなくてですか？　まあ、面会にしても駄目《だめ》な時間ですが……』

「はい、全く無関係な人だと思います。僕に隠《かく》された祖父《そふ》とか居ない限《かぎ》り無関係かと」

そんなの居たらビックリだが。僕の報告《ほうこく》に、スピーカの向こう側でごにょごにょと言葉を交《か》わし合うような音が聞こえた。多分、他《ほか》のスタッフの人達と話し合っているのだろう。しかし、どうやら結論《けつろん》はすぐ出たらしく。

『あ、では、すぐそちらに向かいますね。少々お待ち下さい』

「よろしくお願いします」

僕がそう応《こた》えると、スピーカ特有の「ジリジリ」という雑音《ざつおん》がぷつっと切れるのが分かった。まあ、百聞は一見にしかずというし、実際《じっさい》ここに来てくれるのが一番手っ取り早いだろう。僕は老人の視線《しせん》を極力意識しないようにしながら、看護師さんが来るまでの微妙《びみょう》な時間を手持ち無沙汰《ぶさた》に過《す》ごした。

「失礼します」

ドアをノックする音とともに、女性の看護師さんが入室してくる。年齢《ねんれい》は三十代半ばってところだろうか？　うちの母親（現在《げんざい》四十くらい）よりは少し若《わか》い印象である。なんか、仕事ができそうな感じのする、やり手っぽい女性だ。誰《だれ》か知らない人が病室に居るという報告をしたため、もしかしたらちょっとベテランの人を回したのかもしれない。

「意識、戻られたようですね。気分はどうですか？」

入室して僕の姿《すがた》を確認《かくにん》すると、看護師さんは笑顔《えがお》ですぐにそんな質問《しつもん》をしてきた。

「はい、まだちょっとボーッとした感じはありますけど、特に異常《いじょう》はないと思いますよ。……いや、これを異常ないと言うのも実際微妙ですが……」

「そうですか。……あの、それで、知らない人というのは？」

「え？」

なにを言ってるんだろ、この看護師。すぐ自分の目の前に居るじゃないか。アンタの目の前で僕の方をジーッと見てる爺《じい》さんが居るだろ。

「だから、そこに居るお爺さんですよ。僕の方見つめてる」

僕がそう言って指をさすと、看護師さんはそちらの方に視線をやったあと、戸惑《とまど》ったようにこちらに視線を戻した。

「あの……誰も居ませんけど……」

「はい？　いやいや、誰も居ないって……もしかして……この人には「見えてない」のか？　どうも看護師さんの視線がふわふわと定まらない。

「目の前に居るでしょう？　杖《つえ》をついた痩《や》せたお爺さんが」

「あの……」

看護師さんは再《ふたた》び室内を見回すようにじっくりと観察していたが、しかし再度《さいど》困惑の視線を僕の方へと戻した。これは……もう、どうやら確実《かくじつ》らしい。

「やっぱり、見えてないですか？」

「あの……ええ……」

看護師さんがどこか気まずそうに言いよどむ。

「あの、もしかしたら、事故《じこ》の影響《えいきょう》で……」

そこまで言って彼女は口をつぐんでしまったが、そこまで聞けば言われなくても分かった。つまりは、僕が幻覚《げんかく》を見てるのかもしれないと言いたいのだろう。……なるほど、それは一理ある。壁《かべ》をすり抜けて出てきたことも、それなら説明がつく。が、

「……………」

幻覚って、こんなにハッキリキッチリ見えるものなのか？　僕の目の前には絶対《ぜったい》確実に老人が存在《そんざい》しているのだ。その白髪《しらが》の一本一本まできっちりと観察できるのだ。しかも、自分の知り合いの幻覚を見るのならまだしも、こんな人、僕は全然知らない。無意識下《むいしきか》で記憶《きおく》していた人間だとか、そういう話を持ち出されたらおしまいだが……でも、それにしたって、僕にはどうしてもただの《幻覚》とは思えない。

――と、僕はここに来て、ようやく一つの可能性《かのうせい》に思い当たった。……ああ、こりゃ、「アイツ」の普段《ふだん》言ってる「アレ」に近いんじゃないか？　つまりこれは……

「幽霊《ゆうれい》……」

「はい？」

僕の呟《つぶや》きに、看護師さんが怪訝《けげん》そうに聞き返してくる。

「いえ、なんでもないです。とりあえず老人のことはもういいですよ」

「は、はあ……」

看護師さんはどこか納得《なっとく》しないような表情《ひょうじょう》だったが、見えないものはどうしようもない。ここで「見えるんだ！」なんて言い張《は》ってみても仕方ないし、別に信じてもらえたからってどうなるわけでもない。……しかし、それにしても《幽霊》か……。まだ決まったわけじゃないけど、それなら壁から出てきたりしたこともしっくりくる。少なくとも僕としては、《幻覚》よりはちょっと信じられる説だ。自分が幻覚見てるなんて、人間、あんまり信じられないし、信じたくないだろう。

僕は元々幽霊を肯定《こうてい》も否定《ひてい》もしないスタンスの人間だったが、今の高校に入学して「ある友人」に出会ってからは、その認識《にんしき》を改めていた。世の《霊能力者《れいのうりょくしゃ》》とかいうのはあんまり信用できやしないが、友人である彼女（霊能力があるらしい）はかなり信用に足る人間だったのだ。っていうか、僕は幽霊を信じてるというよりか、彼女の人間性を信じてる。

「幽霊は居るわよ。そこら辺にうじゃうじゃと。それが見えるっていうのは、あんまり幸せなことじゃないけどね。霊能力なんて、ない方がずっといいのよ」とか「見える人っていうのはね、別にそれほど特殊《とくしゅ》なことでもないのよ。ある意味視力《しりょく》の問題と同じよ。視力０・１の人は小さな《Ｃ》の記号が見えないけど、視力２・０の人は楽にその記号が認識できる。幽霊の見える見えないも、所詮《しょせん》その程度《ていど》の違《ちが》いなのよ」とかいう言葉は、世の霊能力者がうだうだと、精進《しょうじん》の賜物《たまもの》だとか生まれ変わりがどうこうとか語っていることより、ずっとサッパリしていて説得力に満ちているのだ。僕は日常的に彼女のそんな言葉に触《ふ》れているから、目の前の老人が《幽霊》だというのも、結構《けっこう》すんなり受け入れられた。……まだ幻覚の可能性もあるにはあるけど。

しかし問題は、なんでそれがここに居《い》て、そしてどうして僕だけがそれを見えるのかということだ。僕は今までの人生、自慢《じまん》じゃないが《幽霊》なんてものは一度も視認したことはなかった。友人は僕に大きな《潜在的霊力《せんざい》》があるとか言っていたが、それだってあくまで《潜在的》な話だって言ってたし……。《潜在能力》なんて、潜在したままじゃクソの役にも立たない。それに、なんかぶっちゃけた話、幽霊の見える見えないに霊力とか徳とか関係ないらしい。要は視力がいいか悪いかと同じく、見える機能があるかないかだけの違いらしいのだ。……まあ、その考えでいくと、もしかしたら今回の《事故》によって、僕にもそのありがたくない《機能》が備《そな》わったのかもしれないけど……。

「あの……大丈夫《だいじょうぶ》ですか？」

僕がボーッと老人を見ながらそんなことを考えていると、看護師《かんごし》さんが心配そうに声をかけてきた。ちょっと頭の異常さえ訝《いぶか》しんでいるような顔だ。……死にてぇ。

「大丈夫ですよ。意識はハッキリしてますから。あ、名前とか言えますよ？」

僕はそのまま、老人の話は全く持ち出さず、自分の名前やら住所やら、そんなことだけをとにかく報告した。……途中《とちゅう》、老人が空中にスッと消え入ってしまった時だけは、さすがに「うおっ！」と声をあげて看護師さんを驚《おどろ》かせてしまっていたけどさ……。ま、そのうち慣《な》れるだろ。幸いこういうことに詳《くわ》しい相談者は居るわけだし。僕はそんな風に思うと、次の瞬間《しゅんかん》にはもうこれからの入院生活のことを夢想《むそう》していた。……死にたがりのくせに、基本《きほん》は結構ポジティブだったりする僕である。

【interlude—都市伝説—】

世界に展開《てんかい》される何億という平凡《へいぼん》な人生。その中の一つに、文崎晶子《ふみさきあきこ》という女性《じょせい》の物語も、「その日まで」存在《そんざい》していました。彼女は会社勤《づと》めのOLで、深夜の帰宅《きたく》なんてザラな生活を送っていました。だから、その日さびれた乗り継《つ》ぎ駅の、終電のためほぼ誰《だれ》も居ないホームで電車を待っていた時も、特に寂《さび》しさや怖《こわ》いなんて感情《かんじょう》もなく、ただただ早くメイクを落としてサッパリしたいとか、肩《かた》のこるスーツを脱《ぬ》いでシャワーを浴びたいなぁとか、そんなことだけ考えていました。

《ピリリリリッ》

携帯《けいたい》電話が鳴ったのはそんな時のことです。彼女は普段《ふだん》会社にいる時はマナーモードにしていましたが、それ以外の時は振動《しんどう》を解除《かいじょ》していました。着信音も、以前会社で特殊趣味《とくしゅしゅみ》全開の着メロが鳴ってしまって恥《は》ずかしい思いをしたことがあるので、最近ではデフォルトの音にしていました。別に、彼女にとって着メロなんて大して重要なことでもなかったのです。

月の光がホームの無機質《むきしつ》なアスファルトに反射《はんしゃ》する音さえ聞こえてきそうな静寂《せいじゃく》の中で、その音響《おんきょう》は彼女の心拍数《しんぱくすう》を少なからず上昇《じょうしょう》させましたが、それにしても「心臓《しんぞう》を飛び上がらせる」なんて程《ほど》の衝撃《しょうげき》も受けませんでした。晶子はこんな夜に自分の携帯に電話してくるなんて、またなにか仕事絡《がら》みだろうとウンザリしながら、「このまま無視《むし》しちゃおうかしら」という思いを頭の片隅《かたすみ》に、携帯電話の背面《はいめん》ディスプレイに映《うつ》る相手のナンバーを確認《かくにん》しました。

「?」

彼女が初めて違和《いわ》感……というか、明らかに奇妙《きみょう》なものを目撃したのはその時でした。申し訳程度《わけていど》に点滅《てんめつ》発光する携帯電話に表示《ひょうじ》されていた番号は、彼女の会社関係のものではなかったのです。それどころか、それは家族や友人のものでもありませんでした。……いえ、もっと言えば、それは普通の電話番号でさえありませんでした。

《edisnimorF》

ディスプレイにはそう表示されていたのです。はて？　と彼女は首を捻《ひね》りました。もちろん、こんな電話番号がありえないのは彼女だってすぐに分かりましたので、彼女はこの英文字列を見てメールアドレスを連想しました。これは、誰かのメールアドレスが表示されてるのではないかと……。しかし、彼女の携帯にはそもそもそんな機能はありませんでしたし、なにより、メール着信の場合は、こんな着信音ではなかったはずです。

晶子はしばし背面を見つめたまま呆然《ぼうぜん》としていましたが、とりあえず折りたたまれた本体を開いてみることにしました。もしかしたら背面の画面の故障《こしょう》ではないかと考えたのです。しかし、本体画面に表示されていた相手ナンバーもまた、

《edisnimorF》

というものでした。どうやら、ただの画面故障というわけではないようです。……しかしだからといって、こんな番号から電話がかかってくるなんてことはありえません。晶子は「こりゃ本格的に故障したのかな」と考え、一つ深く溜め息を吐きました。それほど携帯電話に依存《いぞん》している晶子ではありませんでしたが、やはりこの小さくも重要な生活アイテムが壊《こわ》れてしまうのは、彼女の気分をブルーにさせるには充分《じゅうぶん》なものだったのです。

さて、そうこうしているうちに、携帯が鳴り始めてから結構な時間が経過《けいか》してしまいましたが、相手は一向に諦《あきら》める気配がありません。晶子は、なんとなく意味不明のナンバー

に出るのは怪《あや》しい「それ系《けい》」の電話のような気がして躊躇《ためら》いましたが、ワケが分からない番号になっているのは自分の携帯の故障だとすると、ここまで何度もコールする相手は会社関係の、それも結構《けっこう》重要な連絡《れんらく》かもしれないと考えたので、仕方なく通話ボタンを押《お》して耳に当てました。

「もしもし」

晶子は当たり障《さわ》りのない「余所《よそ》行きの声」で電話に出ました。

「…………」

しかし、なぜか電話口からはなんの音も聞こえてきません。……いえ、微《かす》かに「サー」という、電波の雑音《ざつおん》のような、それか小雨《こさめ》のような音が聞こえてきていましたが、肝心《かんじん》の相手の反応《はんのう》は返ってきません。

「もしもし？」

晶子は少々声のボリュームをあげて、もう一度電話口に声をかけました。すると……

『……へへへ。やっと出てくれたね、お姉ちゃん』

唐突《とうとつ》に、電話口から少し高めの声が聴《き》こえてきました。それは、幼《おさな》い男の子のもののような声でしたが、なぜか無邪気《むじゃき》さを感じさせないような、そんなどこか奇妙《きみょう》な声でした。

「……あなた、誰？」

晶子は一瞬《いっしゅん》「どちらさまでしょうか？」と返そうと思いましたが、相手の声の質から明らかに《イタズラ系》の匂《にお》いを感じ取ったので、少し口調を荒《あら》らげて言いました。

『ボク？　ボクはねえ……。《たっくん》っていうんだよ』

どこか気味の悪い……というか、気分の悪くなるような声が電話口から返ってきます。

比較的《ひかく》子供が好きな晶子でしたが、この声にだけはどうにも不快感《ふかい》を覚えて仕方ありませんでした。こんな時間のイタズラに対する憤慨《ふんがい》も相まっていたのかもしれません。

「……たっくん？　どうして私に電話をしたのかしら？　子供はもう寝《ね》る時間だよ」

晶子はいっそのこと怒鳴《どな》りつけて切ってしまいたい気分を落ち着けて、諭《さと》すように……

しかし怒気を含《ふく》んだ声でそう言いました。しかし対して、相手の声は相変わらずそのトーンを変えません。

『ボクはまだ寝なくていいんだよ。それよりお姉さん、ボクと一緒《いっしょ》に遊ぼうよ。今、そっちに行くからさ』

「キミ、いい加減にしないと怒《おこ》るわよ。誰《だれ》からこの番号聞いたか分からないけど、イタズラが悪いことだって、分かるでしょ？」

晶子は本当にイライラしていました。仕事の疲《つか》れと携帯故障による心労が多分にあったのです。しかし、相手はそんなことお構《かま》いなしの口調で喋《しゃべ》りかけてきます。

『ねえ、今から行くからね。今ね、その駅の近くに居《い》るんだよ』

「………」

晶子は一瞬呆気《あっけ》にとられました。どうしてこの子は私が駅に居ることを知っているのかしら?

『今から……行くよ……』

「――っ!」

唐突に酷《ひど》く恐怖《きょうふ》を感じて、晶子は思わず電話を切りました。心臓《しんぞう》が早鐘《はやがね》を打つように鳴り始めます。

彼女は、どうして自分がそこまで焦《あせ》っているのか分かりませんでした。他愛《たわい》もない子供のイタズラ電話だったはずです。晶子はこれまでもっと悪質な類《たぐい》の電話を受けた経験《けいけん》もありました。それこそ「アンタの家に今から行ってやる!」だとか「お前は呪《のろ》われた」だとか……大人の声で、もっともっと薄気味《うすきみ》悪い電話を受けたこともあったのです。それを今まで晶子は「ばーか」という感想だけで済《す》ましてこられていたはずなのです。

……ですが、なぜか今回晶子の心の中には言い知れぬ不安感が満ちてきていました。それは寝てる間にシャツの中に入り込《こ》んだ虫が肌《はだ》の上を這《は》っていく時のような……そんななんとも言えぬ気色《きしょく》の悪い感覚でした。

（なによ私！　いくら疲れてるからって雰囲気《ふんいき》にのまれちゃダメじゃない！）

晶子は自身を奮《ふる》い立たせるように心の中で叫《さけ》びました。が、やはり胸《むね》の中を満たす不安はこびりついたように離《はな》れません。――と、

《ピリリリ》

晶子の携帯《けいたい》電話が再《ふたた》び鳴りました。瞬間、彼女はドクンと自分の心臓の音を聞きました。状況《じょうきょう》は先程と何も変わらないというのに、晶子の心は今度は動揺《どうよう》に満たされてしまいました。額《ひたい》にジットリとした汗《あせ》をかきながら、ディスプレイを確認《かくにん》します。

《edisnimorF》

なぜか「やっぱり……」という感想を彼女は抱《いだ》きました。その頃《ころ》には、晶子はそれが自身の携帯の異常《いじょう》ではないのであろうことも、心のどこかで感じ始めていました。……異常なのは、むしろ《かけている側》なのではないかと……。

携帯電話は晶子の手の中で何度も明滅《めいめつ》しながら相変わらずの電子音を鳴らし続けます。彼女はしばし出るか出まいか迷《まよ》いましたが、ここできっちり次は怒鳴ってやろうと思い立ち、決断《けつだん》の末通話ボタンを押し込みました。

「……もしもし」

『……お姉さん。ボク、今、駅前まで来てるんだ』

「あなた、いい加減にっ……！」

『…………』

晶子が叫ぼうとした瞬間、通話は切れてしまいました。ツーという電子音だけが耳に入ってきます。彼女は苛立《いらだ》ちと恐怖からすぐに電源《でんげん》ボタンを押して、こちらからも通話を切ります。

実は晶子はこの手の怪談《かいだん》を聞いたことがありました。正体不明の者から何度も電話がかかってきて、その電話がかかって来る度《たび》に自分の居る場所に近付いてきて、そして最後には……

『今、キミの後ろに居るの』……という感じの話です。

（……馬鹿馬鹿《ばかばか》しい……）

晶子はあえて心の中でそんなことを思い出した自分を嘲《あざけ》りました。なにを子供のイタズラなんかで動揺しているのよ。次にかかってきたら思いっきり怒鳴りつけてやろう。そんなことさえ考えていました。あと数分もすれば電車も来ます。そう考えると、晶子の心は少しだけ平静を取り戻しました。しかし……

《ピリリリ》

一瞬の平穏《へいおん》はその無機質な電子音ですぐにかき消されてしまいました。ディスプレイには当然のごとく意味の分からない文字列。そう、この文字列が晶子の恐怖を煽《あお》っているのは明白でした。晶子だって、ただのイタズラ電話ならこれほどまでに過敏《かびん》な反応《はんのう》などしません。せいぜい不快《ふかい》な気分になるだけです。しかし、現在《げんざい》自分の手元に映っているナンバーは晶子の常識《じょうしき》にないモノでした。……それは、その電話の声に不気味な説得力を持たせています。晶子は先程の決意も忘《わす》れ、このまま通話を切ってしまおうかと考えました。

……しかし、結局は通話ボタンに指をかけます。このまま切ってしまっては、イタズラに屈服《くっぷく》したようでどうにも納得《なっとく》がいかなかったのです。

「いい加減にしなさい！」

通話ボタンを押すなり、晶子はすぐにそう叫びました。少しだけ胸の中がスッキリとします。晶子はそのまますぐに通話終了ボタンを押して切ってしまいました。が、通話が切れるその瞬間……

『……お姉さん襟元《えりもと》が崩《くず》れてるよ』

そんな声が発せられました。……晶子は携帯の通話終了ボタンに指をかけたまま、しばし身動きが取れませんでした。……そっと襟元に手を伸《の》ばしてみます。……襟は……ほっれていました……。

背筋《せすじ》を冷たい汗が伝い落ちます。心臓《しんぞう》が自分とは別の生き物になったかのように勝手に大量の血液《けつえき》を送り出し始めます。晶子はすぐさま周囲を見渡《みわた》しましたが、何度注意深く見回してみてもそれらしき人間は確認《かくにん》できません。

「ちょっと！　いい加減《かげん》にしてよ！」

晶子は思わず構内《こうない》に向かって大声で叫びました。この大声で駅員が来てくれることにも少なからず期待していましたが、駅員は一向に反応《はんのう》を返してはくれません。

腕《うで》時計を確認します。予定通りなら電車が来るまであと一分とすこし。もし……もし電話の主が近くまで来ているとしても……とにかく注意して一分すごして電車に乗り込めば……晶子はすぐにそう考えました。何度も体を三六〇度回して周囲を確認します。頭の中に何度も繰《く》り返すのは「今、キミの後ろに居るの」というあの怪談の終わり。そんなのはありえないと分かっています。分かってはいるけど、晶子は背後《はいご》が気になって仕方ありませんでした。だからとめどなく回転します。壁《かべ》を背にするだけでは不安で、とにかく視界を三六〇度に行き渡らせます。

《ピリリリ》

またも電話が鳴りました。しかし晶子にもうそれをとる気はありませんでした。バカみたいに怪談通り反応することなんてないのです。ここで相手の恐怖《きょうふ》を煽《あお》る声をわざわざ聞く必要なんてないのです。携帯《けいたい》電話に気をとられている場合じゃないのです。

しかし……

『……ねえ、お姉さん。今、すぐ近くまで来てるよ』

声はハッキリと聴《き》こえてきました。……晶子の携帯電話から。通話ボタンを押《お》した覚えもないのに、その携帯電話からは少年の不気味な声が大きく漏《も》れて来ていました。

「なに？　なんで！」

晶子は完全にパニックに陥《おちい》りました。意味の分からない現象が目の前で起こったことが彼女の理性《りせい》のたがを吹《ふ》き飛ばしてしまいました。普段《ふだん》の生活の中でただ通話ボタンを押した覚えがないのに声が聴こえてきただけなら、これ程までに混乱《こんらん》はしなかったでしょう。しかし、今、このタイミングでのこの現象は……それが如実《にょじつ》に電話の相手が「意味の分からないモノ」だということを証明《しょうめい》してしまっていました。晶子が何度も電源ボタンを連打しているにもかかわらず、送話口からは更に声が漏れてきます。

『お姉さん、そんなにクルクル回って、おかしいの』

「いやっ！」

晶子の恐怖心はピークにまで達しました。自分は誰かに見られている。それは確実なのに、全然そんな人間は見当たりません。

『ほら、ストラップのイルカの紐《ひも》がほどけちゃいそうだよ』

「――っ！」

もう、晶子は声も出せませんでした。晶子は確《たし》かにイルカのストラップをしていましたが、それはかなり小さく……よって、それなりに近くまで寄らなければ確認できるはずないのです。……自分の近くに《何か》が《居《い》る》……。晶子は恐怖のあまりガクガクと震《ふる》え始めました。

『おねえ……』

電話口からは未《いま》だに不気味な少年の声が聴こえてきます。晶子はどのボタンを押《お》してもなにも反応がないことを完全に悟《さと》ると、一瞬の躊躇《ためら》いの後……その携帯を、思いっきりコンクリートの地面に叩《たた》きつけました。更に自身の靴《くつ》の踵《かかと》に思いっきり体重を乗せて携帯を踏《ふ》みつけます。ガシャッというなにか甲殻類《こうかくるい》の殻《から》でも割《わ》れるような音を鳴らしながら、携帯はその中身を地面へとさらしました。と同時に、少年の声も止まります。

しばしの間、沈黙《ちんもく》がその空間に降《お》りました。晶子はまだ更に携帯が鳴るのではないかとしばらく注視していましたが、着信音は一向に鳴ることがなく、そのうち晶子が乗る最終電車が遠方からやってくるのが確認《かくにん》できました。

(助かった……?)

晶子はへなへなと体の力が抜けました。……そうです。元々周囲には誰も居なかったのです。怖《こわ》かったのは携帯から漏れ聴こえてくる声であって、この場になにが居たわけでもありません。声を発する媒体《ばいたい》さえなくしてしまえば、恐怖は半減《はんげん》するというものです。

晶子は「は、ははは……」と、自身の壊れた携帯電話を見て渇《かわ》いた笑いをこぼしました。まったく、私は何をやってるのかしら。あんなセリフ、たまたま子供《こども》が当てずっぽうで言ってただけじゃない。襟《えり》が崩《くず》れてることなんてよくあるし、奇妙《きみょう》な電話に周囲を気にして回転するのだって、当然といえば当然のことだ。……今のは、決して怪奇《かいき》現象なんかじゃない……。晶子はあのナンバーや強制《きょうせい》的な音声発生を気にしないように、そう自身の中で結論づけました。

電車はもう駅のすぐ近くまできています。晶子はようやく心に平穏《へいおん》を取り戻しました。

(大体、一体どこに居るっていうのよ。どんなに周囲を見渡しても居なかったじゃない。背後に回りこむことなんかできやしないのよ)

晶子は急にばかばかしくなって「ふふっ」と笑みを漏らしました。電車はもうすぐそこまできています。——と、

《ピリリリ》

唐突《とうとつ》にその電子音が頭の中に鳴り響《ひび》きました。晶子は表情《ひょうじょう》を一気にひきつらせながら、慌《あわ》てて先程壊したばかりのホームに散乱した携帯電話を見やります。……しかし、そこには壊れた電話があるだけで、なんの反応《はんのう》もしていませんでした。……おかしい。それでは、どこからあの音が……

《ピリリリ》

またもその電子音が頭の中に響き渡《わた》りました。携帯電話はやはり壊れたままです。……電車はもうすぐ目の前まで来ています。晶子はとにかく電車が早く来てくれることを祈《いの》りました。とにかく早く電車へ……早く人の居る場所へ……

その瞬間《しゅんかん》……頭の中に「最後の言葉」が響き渡りました。

〈……お姉さん。今ボクね、あなたの《中》にいるんだよ〉

……………………。

………………………………。

……その日、その最終電車は人身事故《じこ》によって遅延《ちえん》することになりました……。

第二章　記憶喪失《きおくそうしつ》の浮遊霊《ふゆうれい》

「なんで居《い》て欲《ほ》しい時には来ないかね、あの家族は……」

バッグに荷物をまとめながら、僕《ぼく》は「ふぅ」と溜め息を吐《つ》いた。まったく……なんで病《や》み上がりの人間が一人で朝っぱらから退院準備《たいいんじゅんび》で汗《あせ》をかかにゃならんのだ。仕事や学校よりも、肉親の体を心配しろっての。…………。……心の中で愚痴《ぐち》るのは存外《ぞんがい》気分が凹《へこ》んだので、やはり無心に作業にあけくれることにする。

この前の「事故《じこ》」から約二ヶ月。七月初旬《しょじゅん》の太陽がジリジリと照りつける本日は僕、式見蛍《しきみけい》の退院日である。事故の次の日に関しては、さすがに家族も一目散に飛んできたのだが。まあ、飛んできたとはいっても……「まったく、めんどくせえ」「ああ、出費がかさむわ」「お兄ちゃん、死ぬ時は私も！」等々……両親二人のべらぼうに冷たい対応と、妹の過剰暴走《かじょうぼうそう》した心配という、どうせなら来て欲しくない類《たぐい》の見舞《みま》いだったのだが。

実家は前述《ぜんじゅつ》した通り遠く離《はな》れており、当然全員がそれぞれ仕事や登校を抱《かか》えている家族は、それ以降《いこう》あんまり頻繁《ひんぱん》に来ることもなかったのだが、それでも数回はとんでもない理由のついでにでも顔を出してはくれていた。父さんは「はっはっは。ちょっと愛人との逢《あい》引《びき》ついでにな」と爽《さわ》やかな笑顔《えがお》で言い、母さんは「家事がメンドイからしばらくアンタのアパートにエスケープ！」、唯一《ゆいいつ》《本気で》心配してくれている妹は「たとえ学校を休もうとも！　兄さんのためなら私っ！」とやたらハリキリ病室に泊《とま》り込《こ》もうとする始末（一日かけて説得して、どうにかこうにか帰《き》宅《たく》させたのだが）。

そうやって、人が来て欲しくない時には押しかけてくるクセに……

「はぁ……」

僕はかなりの分量が溜《た》まった文庫本をバッグに詰《つ》めながら、再《ふたた》び大きな溜め息を吐いた。今日が平日だというのも痛《いた》かった。休日なら友人が手伝ってくれる可《か》能性《のうせい》もあったんだけどな……。ジーパンにTシャツ、その上から半袖《はんそで》シャツを羽《は》織《お》るという服装《ふくそう》も失敗だったかもしれない。外見的には涼《すず》しそうなのに、この格好《かっこう》は存外汗をかく。

「爺《じい》さん、アンタは手伝う気……ないよな」

例の霊《れい》に話しかけてみる。……相変わらず爺さんは完全無視《むし》だった。まあ、もう慣《な》れたけどさ。どうやら、事故の日からずっと僕のベッドを見ていた爺さんは、僕が来る前そのベッドで息を引き取った人物らしい（噂話《うわさばなし》からの勝手な憶測《おくそく》だが）。薄情《はくじょう》な家族の金に物言わせた気遣《きづか》いによって、僕はずっとその個室《こしつ》で過《す》ごすことになったため、おかげで二ヶ月ずっと爺さんに見つめられるハメになった。でも、どうやらこの爺さんは僕を見つめているというより、ベッドを見つめているらしいので、途中《とちゅう》からはそれほど気にしないで過ごすことにしたのだけど。……まあ、世に言う《地縛霊《じばくれい》》ってヤツだ。人や物事に未練を残したのではなく、その《場所》自体になにか強い想《おも》いを残して死んだ人物。……ま、全部友人からの受け売りなんだけど。なんかそんな話を聞くと、ちょっと微妙《びみょう》な気分になってしまう。地縛霊にしたって、病院のベッドに想いを残すなんて……。少し寂《さび》しいじゃないか。家族が薄情だったのは、僕だけじゃないのかもしれないな……。

友人は、霊に対して同情したりするのは止《や》めた方がいいと言っていたが、この爺さんに関してはそれほど危険《きけん》な思想も強い霊力も感じないので、まあ別に害はないだろうとも言っていた。地縛霊ってやつは、自分のテリトリーを侵害《しんがい》するものを通常は拒《こば》むそうだが、この爺さんは特にそういうつもりもないらしい。

「爺さん、どうせ暇《ひま》なんだから、手伝ってくれたっていいじゃないか」

「…………」

絶対反応《ぜったいはんのう》が返ってこないことを知りつつも、黙々《もくもく》と作業するのも虚《むな》しいので声をかける。霊に手伝えっていうのも虚しい印象があるが、僕の場合は……

「式見さ〜ん。準備はできましたか？」

唐突《とうとつ》に、病室のノックもなしに看護師《かんごし》が入ってきた。事故《じこ》の日からずっと僕の担当《たんとう》だった春沢芳子《はるさわよしこ》さんだ。彼女は元々サッパリした性格《せいかく》だったらしく、典型的な「患者《かんじゃ》と看護師」という関係よりは、「風邪《かぜ》の弟を看病するお姉さん」みたいな関係性を作り出す人物である。僕の場合もその例に漏《も》れず、更《さら》には家族が「世話してくれる」という頻度《ひんど》が異常《いじょう》に少なかっただけに、春沢さんとはもう砕《くだ》けた調子で喋《しゃべ》られる関係にはなっている。……まあ、仮《かり》にも患者である僕の個室にノックもなしに入ってくるのはどうかとも思うのだけれど。

「春沢さん。ええ、準備の方は《一人で》殆《ほとん》ど終わらせましたよ」

「うわっ。なんですか、それは。私に対する嫌味《いやみ》ですか？　私だって四六時中貴方《あなた》の面倒《めんどう》見てられるわけじゃないんですから」

春沢さんが苦笑《くしょう》しながらそう返す。

「別に。春沢さんが手伝ってくれるなんて、最初から期待してませんよ」

僕もニッコリと笑《え》みを浮《う》かべてやる。

「……貴方ほど説得力のない薄《うす》っぺらな微笑《ほほえ》みをする高校生も珍《めずら》しいわね」

「どうも」

「褒《ほ》め言葉と受け取るあたりも、ただものじゃないけど。顔の素材自体はいいんだから、その態度《たいど》さえどうにかすれば、モテモテ人生歩めそうなのにねぇ」

彼女はそう言って溜め息を吐くと、ツカツカとナース特有の足音を鳴らしてこちらに近付いてくる。

「で、冗談《じょうだん》はともかく、準備《じゅんび》の方はいい？　荷物もだけど、タクシーの手配とかは……」

「ああ、それは別にいいですよ。ちょっと重いですけど、こっから駅までそう遠くないですし。タクシーなんて贅沢《ぜいたく》なもん、一人暮《ぐ》らしの高校生がそうそう使えるもんじゃないですよ」

まあ、タクシーに乗る金銭《きんせん》的余裕《よゆう》がないわけじゃないが、そこは……なんか、僕の価値《かち》観《かん》というか。実家はそれなりに《金持ち》の部類（実は小さな会社の経営者《けいえいしゃ》）に入るのだが、だからといって僕自身が金持ちなわけでもないし。移動費《いどうひ》に千円単位以上をかけるのは、なんか馬鹿《ばか》らしくなってくるのだ。

僕の答えを聞いて、春沢さんは「それでも……」と返してきた。

「病《や》み上がりなんだから、今日ぐらいは使えばいいじゃない。貧乏臭《びんぼうくさ》い」

「じゃあ、春沢さんがタクシー代を──」

「さあさあ、準備ができたら早く《徒歩》で帰ってね。私、さっさとシーツの取替《とりか》えとかやっちゃいたいわけよ。これが早く終われば、休憩《きゅうけい》時間長くとれるんでね」

「…………」

僕は大きく溜め息を吐くと、残りの荷物を手早く詰《つ》めて、さっさと病室をあとにすることにした。……まったく、なんて看護師だ。僕の周囲はこういうヤツしか居ないのか。

「じゃあ、《お世話になりました》」

病室の入り口に立って、不機嫌《ふきげん》そうに言ってやる。

「感謝《かんしゃ》の言葉で相手に不快《ふかい》感を与《あた》えられるとは、やはりただものじゃないね、キミ」

春沢さんはそう言って快活に笑った。そうして、更《さら》に明らかな《営業用スマイル》を作ると……

「またのご利用、心よりお待ちしておりま〜す！」

「……アンタが自分で利用しろっ」

とんでもない看護師だ。これで患者には人気があるってんだから、世の中絶対《ぜったい》なんか間《ま》違《ちが》っている。……僕は室内に背《せ》を向けると、ようやく廊下《ろうか》に向かって歩き始めた。——と、不意に背中に声がかけられた。

「体、大事にしなさいよ。少なくとも私は心配してやってるんだからさ」

「…………」

……ふん。ちょっと人気ある理由分かっちゃったじゃないか……。

「金は使うべきところでは惜《お》しみなく使うべきだ」

それが病院から出て駅まで歩行した僕の結論《けつろん》だった。……ああ、また一つ大人になったな……。汗《あせ》だくでホームのベンチに座《すわ》りながら、そんなことを考える。まったく、暇《ひま》だからって大量に文庫本を買い込むんじゃなかった。なんで紙ってこんなに重いんだ？　塵《ちり》も積もれば山となるという言葉の具体例だな。まあ、塵は積もる前に風で拡散《かくさん》すると思うけど。

くだらないことを思考しながら、ベンチでゆっくりと息を整える。病み上がりとはいえ今は一応《いちおう》全快してるんだから、全く何の問題もないと考えていたけど、やはりそうは問屋が卸《おろ》さなかった。自分でハッキリ認識《にんしき》できるぐらい、ガクンと体力が落ちている。元々運動する方じゃなかったから、別に二ヶ月寝込《ねこ》んだところで大して違いがあるようには考えてなかったが、やはり「寝たきり」っていうのは、一気に基礎《きそ》体力をうばってしまうものらしい。日常生活の中でいかに自分が筋肉《きんにく》を使っていたのかが改めて認識《にんしき》できる。カバンを持つ腕《うで》にしても、体重を支《ささ》え歩行する足にしても、酸素《さんそ》を取り込む肺《はい》にしても……全《すべ》てが入院前より確実に劣《おと》っているのが分かった。……むう。こりゃまいったな。普通に生活してれば回復《かいふく》するものなのだろうか？　リハビリとか面倒臭《めんどうくさ》いことするのはイヤだぞ。生きる意志《いし》のない僕には尚更辛《なおさらつら》い行為《こうい》だ。

大分息が整ってきたところで、手持ち無沙汰《ぶさた》に閑散《かんさん》としたホーム内をぐるりと見渡《みわた》す。平日の昼間だけに、人はかなりまばらだった。なんでこの時間帯にこの駅に居るのか分からない高校生、営業でもまわっていたような新人っぽいスーツ姿《すがた》の若者《わかもの》、買い物袋《ぶくろ》を両手にさげたおばさん、ベンチで眠《ねむ》りかけてる爺《じい》さん、やたら派手《はで》なシャツを着てウォークマンをシャカシャカ鳴らせている男性、それに……線路上に血だらけのサラリーマンが一名、あ、首無しの女性《じょせい》っぽい体も一体あるか。まあ、最後の二人は多分生きてないヤツだ。

「……きもっ」

首無しの方をちらりと確認《かくにん》して小声で呟《つぶや》く。僕の場合、霊《れい》っていうのは基本的に生きてる人間と全く変わらない状態《じょうたい》で見える。ごくたまに薄《うす》かったりするのを目撃する場合もあるけど、殆《ほとん》どは実体あるものと見間違うぐらいの状態だ。入院生活中は、さすが病院だけに色んな霊がうようよしていたが、それだって、壁を通り抜《ぬ》けたり、明らかに血だらけだったりしない限《かぎ》りは、どれが幽霊か本物の人間か区別のつかない有様だった。普通《ふつう》に歩いていて、普通の格好していれば、僕にしてみれば生きてる人間と全く変わらないのである。一度なんて、待合室の椅子《いす》に人が座《すわ》ってると思ったら、その上からもう一人腰掛《こしか》けていったので驚《おどろ》いたことがある。まあ、どうやら最初に座っていた人の方が幽霊だったみたいで、結果、僕はその場から離れるまで「二人の人間が重なってる」っていう、実に奇妙《きみょう》でいびつな映像《えいぞう》を見るハメになったのだけど。

その例でいけば、線路内に居る二人は確実に幽霊の類《たぐい》だった。でも、さすがに首が吹《ふ》っ飛んでいるヤツは初めてだ。病院内ではそれほど損傷《そんしょう》の激《はげ》しい幽霊を見たことなかったから、思わず体をぶるっとさせる。見えるとは言っても、やはり怖《こわ》いものは怖い。グロテスクなのは勘弁《かんべん》だ。

しかし、僕は何事もなかったかのようにベンチに深く腰掛けた。幽霊ってのは、こっちが見えてるらしいと察知《さっち》すると、すぐに寄って来る傾向《けいこう》にある。院内でもそれで結構失敗して、よく友人に祓《はら》ってもらっていた。まあ、別に害のあるヤツじゃなかったらいいのだけど、さすがにあの首無しについてこられるのだけは勘弁だ。気持ち悪いし、絶対いい感情持って死んだヤツじゃない。百害あって一利なしの雰囲気《ふんいき》をぷんぷん放ってる。……こりゃ、絶対電車への投身自殺は却下《きゃっか》だな。見るからに悲惨《ひさん》だ。僕は改めてその方法を却下した。

息も大分落ち着き、ようやく脳《のう》と肺に余裕《よゆう》が生まれてくる。僕はベンチに腰を深くかけ、しかし性格柄《せいかくがら》足を大股《おおまた》に開くでもなく、そのままの姿勢《しせい》で空を見上げるように首の角度を動かした。ホーム屋根の隙間《すきま》から見える空には水色のキャンパス中を白い雲がゆっくりと流れており……なんとなくだけど、そこから、少しだけ天国を連想し、空想した。あの上にある世界——それは、ただ、それだけでとても魅力的《みりょくてき》に思える。別に何がなくてもいい。雲の上にぽわぽわと漂《ただよ》う……なんて幸福な情景《じょうけい》なのだろう。幸せなんて、実際《じっさい》そんなもんで案外充分《じゅうぶん》なんだろう。少なくとも僕にとっては。

そのまま視線《しせん》を上空に向けていると、ふと、いつもの感覚に……まるで自分がモニタ越《ご》しに世界を観察しているような感覚に襲《おそ》われた。割《わり》といつものことだ。悪い気持ちじゃないし、むしろ心地《ここち》よい状態と言える。それこそ息を切らせている時などは感じないが、しかし、こうして身体《からだ》が安定すると、一定して押《お》し寄せてくる感覚。不思議だが、一人で居る時よりも、人混みの中に居る時……たとえば今のこのホームのような状況の時にこそ、よくこういう風な心持《こころもち》になる。大勢の人間が居るのに……誰《だれ》一人として、僕に注意を向けていない。だから、とても自分が希薄《きはく》な存在《そんざい》であるように錯覚《さっかく》する。人ごみを一人で歩いている時に感じる「個性《こせい》の埋没《まいぼつ》感」にも似《に》ているが、ちょっと違うかもしれない。それよりはプラス傾向の気分というのだろうか。傍観者《ぼうかんしゃ》——そう、世界を観測《かんそく》するだけの、ただの視覚・聴覚《ちょうかく》になったような気持ち。自分という存在が曖昧《あいまい》で……でも、心地よくて。そしてそれは僕の考える「死」の感覚に似ている気がして。この感覚が人より多いことも、僕の死にたがりの要因《よういん》の一つなのかもしれない。——と、唐突《とうとつ》に対面のホームから大きな声が聴《き》こえてきて、僕《ぼく》の意識はそちらに向いた。

よく見てみると、そこでは昼間っからだらしなく酔《よ》っ払《ぱら》った中年男性が、化粧《けしょう》が濃《こ》くスカートが異常《いじょう》に短い女子高生に、「学校はどうしたぁ」などと大声で絡《から》んでいた。主張《しゅちょう》は間違っていないが、その態度はいかがなものかという忠告《ちゅうこく》。対する女子高生も女子高生で、悪い意味での「イマドキ」な汚《きたな》い罵声《ばせい》をオヤジに返し、口論《こうろん》ともいえない口ゲンカになっている。周囲の人々は嫌悪《けんお》感をあらわにし、母親と先程《さきほど》まで手を繋《つな》いで楽しそうだった幼《よう》児《じ》は、大声が怖《こわ》かったのか、しゃくりあげて泣き出してしまっていた。

僕はその光景をボンヤリと見守りながら……世界がどんどん《淀《よど》んで》いくのを感じていた。……いつもそうだ。些細《ささい》なことと言われればそれまでだし、これに関して僕は完全に傍観者《ぼうかんしゃ》で、全く関係ない事象だったのだけれど……。

（……気持ち悪い。汚い。濁《にご》っている）

気分が、尋常《じんじょう》じゃなく悪かった。ホームに居る人間の殆《ほとん》どが現在気分悪いだろうが、僕のそれは多分他人《ひと》よりもとりわけ酷《ひど》い。視界が、精神《せいしん》的なものからとはいえ、本当に淀んで見えるのだ。濁って、見えるのだ。時には灰色《はいいろ》に。時には、泥水《どろみず》・吐《と》瀉物《しゃぶつ》のようなものが侵食《しんしょく》して。なんだろう……もしかしたら、霊視能力の産物なのだろうか。いや、昔からそうだったから、違うかもしれない。どちらにせよ……こういう「どうしようもないモノ」を見ると、僕の視界は、酷く淀む。そして……この世界では、最早《もはや》こんな出来事は日常茶飯事《にちじょうさはんじ》でもあり……僕の視界は、大概《たいがい》、淀んでいると言っても過言《かごん》じゃない。

(こんな世界に……居たくない)

そんな時僕はすぐにそう思ってしまう。不快なモノばかりにまみれたこの世界に……どうして、頑張《がんば》って居続けなければならないのか。理解《りかい》に苦しむ。別に、楽しいことがないとまで極論《きょくろん》はしない。しないが……僕にとってこの世界は、少なくとも、楽しいことよりは不快なことの方が多い世界だとも、思えた。だから……

「もうすぐ一番ホームに電車が参ります。白線より内側に――」

ホーム内にアナウンスが響《ひび》き渡《わた》った。僕は一度溜《た》め息を吐いてなんとか意識を切り替《か》えると、ベンチから腰《こし》を上げ、重たい荷物を抱《かか》えてドアの停車位置まで歩を進める。直前まで座っていてもよかったが、荷物を運ぶのに手間取りそうだったので、先に並《なら》んでおくことにした。

荷物を脇《わき》に置いてしばらく手持ち無沙汰《ぶさた》に待つ。徐々《じょじょ》に列車が近付いてくる規則《きそく》的な音が鳴り始めたのを聞き、僕は荷物を持ち上げようと――

「っ?」

荷物を置いてある右側を振り向くと、そこにはいつの間にやら一人の女の子が佇《たたず》んでい

た。年の頃は僕と同じくらいか。水色のキャミソールにチェックのミニスカートというい
でたち。髪《かみ》は肩《かた》より少し上までのショートカットで、綺麗《きれい》に整った顔立ちながら、どこか
元気のよさそうな印象の女の子である。

（……こんなヤツ居たっけ？）

少々訝《いぶか》しく思うも、まあ、それ程気にすることでもないかとすぐに気を取り直す。

規則的な音と振動《しんどう》を伴いながら、電車が着々と駅のホームまで近付いてくる——と、何
を思ったのか、その女の子は少し前へ身を乗り出した。

「ちょっ」

思わず声をあげる。すると、女の子は不思議そうにチラリとこちらを見た後、すぐにま
た線路の方へと視線を戻《もど》した。

「いや、だから危《あぶ》ないって」

もう一度声をかける。すると、今度は少し驚いたような顔をして女の子は振り返った。

「もしかして……あなた、私が見えてるの？」

彼女はキョトンとしながらも、顔に見合った可愛《かわい》らしい声でそう訊《たず》ねてくる。

「見えてるも何も……」

と、そこまで言ってはたと気付く。そうか、コイツ……。くそ、なんで早く気付かなか

ったんだ。見ると、電車はもうすぐ近くまで迫《せま》ってきていた。嘆息《たんそく》しつつ声をかける。

「おい、危ないぞ」

「ん？　ああ、大丈夫《だいじょうぶ》ですよ。だって、私、幽霊《ゆうれい》ですもん。全部すり抜けちゃうんです。面白《おもしろ》いんですよ、体の中を電車が通り過《す》ぎていくの」

「いや、そういうことじゃなくて……」

僕が警告《けいこく》したいのは、《それを踏《ふ》まえた上で》のことだ。しかし、彼女は「大丈夫、大丈夫」と聞く耳持たない。……くそ、ヤバイ、背後《はいご》に人が並んでいる以上、僕が移動《いどう》するのもイヤだ。……仕方ない。

僕が心の中でそう呟《つぶや》いた瞬間《しゅんかん》、電車がホームに入ってくる。女の子は「よしっ」と呟くと線路の上へ飛び出そうと――

《ガシッ》

瞬間、僕は《彼女の腕《うで》を摑《つか》んだ》。

「え？」

女の子はビックリしたような声をあげる。しかし僕はこれだけじゃまだ電車にぶつかりそうだと判断《はんだん》し、そのまま《グイッ》と彼女の体自体を引き寄せた。

「わ、わわっ」

女の子は戸惑《とまど》いと共に、僕の体の方へと飛び込《こ》んできた。少々恥《は》ずかしい思いもあったが、後ろに人が並んでいるので、自分の体で彼女の体をがっしりと受け止める。瞬間、電車は空気を裂《さ》く音と共に目前を素早《すばや》く通過《つうか》していった。……ふう、一安心。霊とはいえ、目の前で《轢《ひ》かれる》のは、ちょっと勘弁《かんべん》だ。僕はスプラッタ好きじゃあない。

電車がゆっくりと止まると、続いて目の前のドアが音を立てて開く。僕は彼女を横へと「よっ」と避《よ》けると、特に声もかけずに車内へ乗り込んだ。「じゃあな」なんて声をかけても、周囲の人間には独《ひと》り言を言ってるようにしか見えないだろうし。

しかし――

「ちょ、ちょっと待って！」

電車のドアが閉《し》まる直前、さっきの幽霊の女の子は慌《あわ》てたように車内へ入ってきた。

……おいおい。

「勘弁《かんべん》してくれよ。なんでついて来る……いや、《憑《つ》いて》来るかね」

失敗した。もっと注意深く行動すりゃよかった。浮遊霊《ふゆうれい》の類《たぐい》だったか……すっかり駅の地縛霊《じばくれい》だと思ったんだが。電車に乗り込めるとは思わなかった。しかし、まあ、ありゃ不《ふ》可抗力《かこうりょく》か。まったく、憑いてない……いやいや、ツイてない。死にてぇ。

ドアが閉まり、電車がゆっくりと動き出す。入り口付近で佇んでいる僕に向かい、女の子はおずおずと未《いま》だに戸惑いの感情を隠《かく》せないまま口を開いた。

「あ、あなた、今、なんで私を……いや、そうじゃなくて、なんで見える……って、いやそうでもなくて、う、腕を掴んで……」

「まあ、落ち着け」

「あ、う、うん……」

女の子はそう呟くと、「すぅ」と深呼吸《しんこきゅう》を開始した。……幽霊が深呼吸するところを見たのはさすがに初めてだ。というか、幽霊に呼吸の必要性はあるのだろうかという疑問《ぎもん》に思い当たったりしていると、その時まさに……

「あれ、私、息してたっけ？」

なんて、本人も首を傾《かし》げていた。……なんだ、コイツ。全然幽霊っぽくない。

「で、落ち着いた？」

とりあえず話しかけてみる。と、ここにきて「これじゃあ周囲から見たら独《ひと》り言呟くアブナイ奴《やつ》だ」とはたと気付き、電車内ということで少々ためらったが、背に腹《はら》は代えられないので、ポケットから携帯《けいたい》電話を取り出して耳に当てた。

「うん、さっきよりは落ち……って、電話してるの？　車内での電話はダメなんだよ！」

女の子が僕を見て咎《とが》めるように叫《さけ》んでくる。幽霊のくせにカタイやつだ……。まあ、正

論なんだけど。

「いや、電話で話してるように見せかけようかなって思ってるだけ。実際に使ってるわけじゃないって」

「え？……なんで……なんでそんなことすんの？」

「なんでって……。アンタはいいかもしれないけど、僕は変な目で見られるじゃないか。周囲から見たら独り言言ってるようにしか見えないんだから」

溜め息混《ま》じりにそう説明する。

「……ああ、なるほど。私、普通《ふつう》は見えないんだっけか……」

女の子は納得《なっとく》したように呟いた。……なんだ？　こいつ、自分の現状をあんまりきちっと認識《にんしき》してないのか？……そういや、浮遊霊っていうのは、自分が死んだと認識してないヤツがなるものだと聞いたことがある。つまり、事故《じこ》で死んだやつとか、心の準備《じゅんび》なしに死ぬとそういう風になるらしい。病院では大体病気とかで徐々《じょじょ》に衰弱《すいじゃく》した人間とかが多かったから、あんまり死んだ認識なさそうなのは見たことなかった（毎日きまった場所を、それこそ「とり憑かれてるように」歩いてるやつとかは見たけど）。

しかし、今目の前に居るキャミソールの少女はちょっとそれとも違《ちが》う気がした。だって、一応は自分が幽霊だと認識してるようだし。……どちらかといえば、まだ「幽霊に慣《な》れてない」みたいな……。

「なあ、アンタ、幽霊だよな？」

一応、再確認してみる。これで普通の人間だったりしたら、もう赤面ものだ。彼女は唐《とう》突《とつ》な質問《しつもん》に少し面食《めんく》らったような顔をしたが、すぐに質問の意味を察《さっ》すると、

「あ、うん。幽霊だよ。ホラ……」

と言って、テクテクと車内の方へと進んだ。そうして、他《ほか》の客の目前まで行くと、プラプラと手を振ったり奇妙《きみょう》な顔をしたりしていたが、僕以外のお客さんは彼女の行動に全く気付かない。彼女はひとしきりそんなことをすると、再び僕の方へ戻ってきた。

「でも、なんだって今更《いまさら》そんなこと訊《き》くの？」

怪訝《けげん》そうな顔をしながら、彼女は僕の顔を覗《のぞ》きこんでくる。幽霊とはいえ、可愛《かわい》い女の子に顔面間近まで接近《せっきん》されるのはかなり恥《は》ずかしかったため、僕は少し身を引いて距離《きょり》をあけた。初恋《はつこい》さえまだなだけあって、どうも身内や元からの知り合い以外の女性《じょせい》には免疫《めんえき》がない僕である。

「なんか……キミ、ちょっと幽霊っぽくないじゃないか。僕が今まで見たのは、こう……大体が重苦しい雰囲気《ふんいき》だったり、殆《ほとん》ど意思《いし》みたいなモノが欠如《けつじょ》した感じだったり……」

この世に留《とど》まっているということは、やはりどこかしら《無念》があってそうなってる

んだから、通常はこんな風に明るくポジティブで、ハッキリとした意識《いしき》みたいなのを持ってるのは居ないはずなのだ。事実、僕が病院で見た幽霊《ゆうれい》達は一様にどこか欠けている印象のモノばっかりだったし。

「でも、私は幽霊だよ」

彼女はちょっと戸惑った風に言う。……まあ、それはそうなんだけどさ。

「じゃあ、キミ、なんで死んだの？」

死んでもこんなに明るく居られる死に方があるなら、ぜひご教授《きょうじゅ》願いたいものだ。……しかし、彼女の反応《はんのう》は僕の予想していたものとかけ離れたものだった。

「え？　……あの……それは、よく、分からないの」

唐突に少し落ち込んだような顔になる。

「へ？　なんで死んだか分からない？」

「うん……。なんか、気付いたらこんな体になってて……」

「…………」

そんなことってあるのだろうか？……まあ、僕も幽霊云々《うんぬん》に関しては初心者だからよく分からないけど……。幽霊って、基本《きほん》的には死んだ原因《げんいん》に絡《から》んだ無念でこの世に留まるものだと思うんだけどな。浮遊霊にしたって、どんな事故《じこ》に遭《あ》ったとかぐらいは知ってるものだろう。

「本当に普通《ふつう》に寝《ね》て起きた時みたいに……気付いたらこうなってて……」

彼女は今までの元気とは一転、酷《ひど》く不安そうな顔になって呟く。

「で、でも、ほら、自分の家族のとことか戻れば、自分がどういう経緯《いきさつ》で死んだのか分かるじゃないか」

なんか自分が女の子を追い詰《つ》めたみたいでいたたまれなくなり、僕は慌《あわ》てて少しフォローに回った。が……。

「ダメなの……。それさえも分からないの……」

「そ、それさえも分からない？」

「うん……。自分がどこでどういう生活してたのか……いえ、それどころか自分の名前さえも……」

「そ、そうなんだ」

しまった。更に墓穴《ぼけつ》を掘《ほ》った。彼女は今までよりも更に元気をなくしてしまっている。

幽霊の元気を気遣《きづか》うっていうのも妙《みょう》だが、やはり相手がなんであれ、女の子を悲しませていい気分はしない。

「えっと……つまり記憶喪失《きおくそうしつ》……みたいなもんなの？」

「そうみたい。今の状況《じょうきょう》で覚醒《かくせい》してからも、まだ二日しか経《た》ってないし……」

なるほど。だから《幽霊初心者》みたいな感じだったのか。一つの感情に囚《とら》われず自由でポジティブな感じなのも、記憶喪失によって死んだ時の無念だとか苦しみだとかを忘《わす》れてるからかもしれない。

僕《ぼく》はこれ以上この話題で引っ張っても更に墓穴を掘るだけだと判断し、とりあえず話題をずらすことにした。

「あの……それで、なんで僕に憑《つ》いて来たのさ。言っとくけど、僕、見えるには見えるけど、成仏《じょうぶつ》とかさせてやれる能力はないよ。そういうのは《そういう系《けい》の人》のとこへ行ってくれ」

少々冷たい言葉かもしれないが、妙に期待させてもアレである。友人も、下手《へた》な感情移《い》入《にゅう》は、霊側、人間側どちらにとっても殆どいい結果をもたらさないって言ってたし。

彼女は俯《うつむ》き加《か》減《げん》だった顔をあげると、表情を少しだけ元に戻して返してきた。

「あ、うん……。別に成仏させて欲《ほ》しいとかっていう気持ちはないんだ。いえ、むしろそれはちょっと私的に勘弁《かんべん》」

「なんでさ？」

「だって……。それって、結局消滅《しょうめつ》するってことでしょ？　こう言うのも変だけど、私、まだ死にたくないもん」

「……なるほど」

確かに、成仏するってつまりは《消える》ってことなのかもしれない。それは幽霊にとってある意味《第二の死》もしくは《完全なる死》だ。彼女のような境遇《きょうぐう》の幽霊が、それを望まないのも分かる気がする。ま、自殺志願《しがん》の僕自身は《消える》ことに肯定的《こうてい》なんだけど。

「でも、だったらなんで僕に？」

「うん。私のこと見える人って初めてだったから、ちょっと嬉《うれ》しくなっちゃって」

彼女は急に笑顔になってそう告げる。

「そんなもんかね」

「そうだよ。最初のうちは誰《だれ》も見えないっていう状況を楽しんだりする気持ちもあったんだけどね。少しすると、すごく不安になってきて……。自分の存在《そんざい》が信じられなくなるっていうのかな？　自分の意思以外に自分の存在を証明《しょうめい》するものがない不安というか……」

彼女はどうにかうまく自分の気持ちを表そうと四苦八苦している。……まあ、分からない気持ちじゃあないかな。

「ま、それは分かったよ。でも、僕に憑いて来ても、さっきも言ったけど、ホントどうにもならないよ？」

「そんなことないよ！　少なくとも話し相手にはなるじゃない！」

話し相手かよ。

「それに……」

「それに？」

「あなた、結構《けっこう》私のタイプなんだよね〜」

そう言って、彼女は唐突《とうとつ》に僕に《抱《だ》きついてきた》。

「う、うわっ」

今度は僕が驚《おどろ》く番だった。彼女は僕の首に腕《うで》を回し、顔を肩《かた》に乗せ、まさに正面からがっしりと抱きついている。……急激に顔が熱くなる。実は僕は女の子に対する免疫《めんえき》が殆《ほとん》どない。幽霊《ゆうれい》とはいえ、僕の能力上それは体温ある「女の子」であり。ましてや、誰にも彼女の姿《すがた》は見えないとはいえ、電車内で女性に抱きつかれるなんて……そりゃ僕じゃなくても激《はげ》しく赤面もするってもんだ。

「やっぱり……。あなたには《触《さわ》れる》……」

彼女は僕に抱きついたままでポツリとそう呟《つぶや》く。

「ちょ、ちょっと。いいから、離《はな》れてっ」

ケータイで話してる演技《えんぎ》もすっかり忘《わす》れ、ただただ慌《あわ》てて声をかける。彼女はしぶしぶながらも、ゆっくりと僕の首から手を離した。……うぅ、あまりに不意打ちだったんで、顔がまだ熱い……

「あ、真っ赤になってる。カワイイ〜」

からかうように彼女は微笑《ほほえ》みかけてくる。くそっ、幽霊に弄《もてあそ》ばれるとは……なんか非常《ひじょう》に苛立《いらだ》たしいものがあるぞ。

「い、いきなりなにするんだよ！」

「なにって……。ただ抱きついただけじゃない。別にキスしたわけでもあるまいし」

「な、おま——」

キスという言葉に更《さら》に動揺《どうよう》し咳《せ》きこむ僕。別に純朴《じゅんぼく》ぶるつもりはないが、普通《ふつう》の会話の中でそんな言葉を出されるとさすがに……。

「それよりも。これは一体どういうことなの？　私、なんかあなたの体には触れるみたいなんだけど」

「………………」

……コイツ、それを確認《かくにん》するために抱きつきやがったな。赤面したのが、なんか馬鹿《ばか》らしくなってくる。

「私があなたにくっついて来たのも、さっき私の腕を掴んだのが不思議だったからってのもあるんだよ。……もちろん、あなたが私のタイプだったのもあるけどね」

「…………」

やっぱり、不用意に腕を引っ張《ば》ったのは失敗だったか……。世の中、お節介《せっかい》は高確率《こうかくりつ》で身を滅《ほろ》ぼす。

「で、どういうことなのかな？」

彼女は小悪魔《こあくま》風な笑《え》みを浮《う》かべながら、僕の手に自分の手を重ね合わせつつ訊《たず》ねてくる。

僕はその手をパッと弾《はじ》くと、一つ溜め息を吐いてから仕方なく説明することにした。

「……別に、大したことじゃないよ。なんでか分からないけど、どうやら僕は幽霊を見られる能力と同時に、《触《さわ》れる》っていう能力も備《そな》わったってだけのこと」

「幽霊に触れる？　それ、かなり凄《すご》いことなんじゃないの？」

彼女はなおもしつこく僕の顔やら手にベタベタと触ろうとしながら訊ねてくる。僕はそれらを一つ一つ払《はら》いのけながらも、極《きわ》めて面倒臭《めんどうくさ》そうに応対した。

「友人も凄いことだって言ってたけど……。でも、こんなのハッキリ言っていらないよ。触れて得したことなんて、まだ一回もないし」

「……まあ、それはそうかもしれないけど」

呟きながらも、今度はタックルまがいの突進《とっしん》で体に抱きついて来る。……いい加減根負けして、僕はもう彼女の好きにさせとくことにした。

「あ、それは分かったけど、でも、なんで私の腕を引っ張ったの？」

彼女は僕の体に抱きつきながら、とんでもない破壊力《はかいりょく》を秘《ひ》めているであろう上目《うわめ》遣《づか》いで訊ねてくる。……幽霊にドキドキするのも段々《だんだん》バカらしくなってきたので、それに対しても僕は努めて冷静に返すよう善処《ぜんしょ》した。……心臓《しんぞう》は正直ばっくんばっくん鳴っていたのだけどね。悟《さと》られるのは妙に癪《しゃく》な雰囲気《ふんいき》だったし、彼女のキャラ的にも、どうもこっちが意《い》識《しき》しているというのを知られたら、主導権《しゅどうけん》を完全に握《にぎ》られてしまいそうで。僕は平静を装《よそお》いながら言葉を紡《つむ》いだ。

「ああ、キミを引っ張ったのは、あのままじゃあキミ、電車にモロ轢《ひ》かれてたからだよ」

「へ？　いや、だって私幽霊だよ？　電車は透《す》けるから大丈夫《だいじょうぶ》だよ」

「普通だったらそうだろうけどね。あの時は僕の隣《となり》に居《い》ただろう？」

「？」

彼女は全く話の先が読めないといった風に首を傾げる。僕は説明が段々面倒《めんどう》になりつつも、仕方ないのでそのまま続ける。

「さっきは僕が幽霊に《触れる》って言ったけど……。それ、ホンノちょっとだけ語弊《ごへい》があってね。正確《せいかく》には、僕の周囲……確《たし》か半径二メートルぐらいだったかな……の霊体を《物質化《ぶっしつか》》するんだ。まあ、普通の人に見えないのは変わらないんだけど」

「物質化？」

「うん。だから、ほら……僕の周囲に立ったままで、そこのポールにでも触《さわ》ってみなよ」

僕の言葉に、彼女は一旦《いったん》僕への抱きつきをやめて、その手を金属《きんぞく》のポールへと伸《の》ばす。

「あ、触れる！」

まるで新種の生物でも発見したかのような反応を彼女は返した。

「だろ？　で、この状態《じょうたい》で僕がもうちょっとキミから離《はな》れると……」

そう言って、僕は少し車内中央へ踏《ふ》み出してみる。周囲からの視線《しせん》が少し気になったが、もう手遅《ておく》れだ。気にしない。

「わっ、ポールの中に私の指が！」

「……幽霊のくせに、透《す》けて驚くなよ」

彼女の言うとおり、彼女の手はポールを透過《とうか》していた。僕には手の甲《こう》にポールが突き刺《さ》さっているように見えるから、結構怖《けっこうこわ》いんだけど。

「で、その状態で僕が近付くと……」

「え、ちょ、まだポールに手が……」

彼女がそう言って慌《あわ》てて手を動かそうとするのを無視《むし》して、僕は彼女へと近付いた。瞬《しゅん》間《かん》……

「きゃっ」

彼女の手はポールから一瞬にして弾《はじ》かれ、そこで物質化する。彼女はしばしそれを見て呆然《ぼうぜん》としていたが、少しすると唐突にこちらを見て怒《おこ》り出した。

「び、びっくりするでしょ！　物質化するなんて言うから、ポールが手を貫通《かんつう》しちゃうのかと思ったじゃない！」

「ん、ああ、それに関してはどうやら大丈夫《だいじょうぶ》みたいだよ。壁《かべ》とかそこのポールみたいに固定されたものがある場所では、霊体自身が弾かれるみたいだし、逆《ぎゃく》に霊体が物質化する際にその空間に軽いもの……たとえば、ほら、ペンとかあったとして、そういうものは逆に、そっち側が弾かれてしまうみたいだから」

「そういう説明は先にしておいてよ！」

「忘《わす》れてた」

「絶対確信犯《ぜったいかくしんはん》だよ！」

彼女はわざとらしく頬《ほお》を膨らませる。……コイツの「可愛《かわい》い素振《そぶ》り」も確信犯だな。自分の容姿《ようし》をきちんと分かった上でこういうことやってるフシがある。普通《ふつう》だったらちょっとムカツクものではあるが、彼女の場合、それがなぜかあんまり嫌味《いやみ》じゃない。ホント、得な人間だと思う。人間、容姿が全《すべ》てじゃないなんて理想論をよく聞くけど、容姿は言葉の説得力に深く影響《えいきょう》すると僕は考える。たとえば彼女がもっとこう……ふくよかで、「可愛らしい」と形容できる容姿じゃなかったら、僕は今までの彼女の素振りで幾度《いくど》か腹《はら》を立てる場面があったように思う。酷《ひど》い話だとは思うけど、つまりは容姿に見合った性格、言動っていうのがあるって話だ。その点、彼女は自分にあったキャラをよくわきまえてるんだろう。記憶喪失《きおくそうしつ》だそうだけど、多分生前は結構いい人生送れてたのじゃないだろうか？こういう要領《ようりょう》いい人は、大体いつも楽しそうに過《す》ごしているから。

……なんか、ちょっとヒガミっぽい思考をしてしまったな。自分があんまりうまい対人ができる性質じゃないからって、ついそんなことを考えてしまった。ちょっと反省。

電車は僕のアパートの最寄《もよ》り駅へと迫《せま》っていた。周囲の景色が見覚えあるものに変わっている。電車は緩《ゆる》やかに減速《げんそく》を始め、流れるように通り過ぎていく景色が、徐々《じょじょ》に個々《ここ》の物質だと判別《はんべつ》できるようになってくる。

「で、もういいかい？」

僕は床《ゆか》に置いていたバッグを肩《かた》にかけなおす。彼女はそんな僕を見て不思議そうに首を傾《かし》げた。

「ん？　もういいって？」

「いや、僕次で降《お》りるからさ」

「だったら、私も降りるよ」

当然とばかりに彼女はそう答えて、僕のシャツの端《はし》を摑《つか》む。……おいおい。

「キミ、まだ憑《つ》いて来るつもりなの？」

「うん。だって今のところキミしか私を見える人いないし。それに……」

そう言って、もう完全に恒例《こうれい》になってしまった「首に抱《だ》きつく」という行為《こうい》を、なんの恥《は》ずかしげもなくやってくる。

「触《さわ》れるのもキミだけだしね～」

「……はぁ」

まあ、僕ももう大分慣れてきたけどさ。ドキドキを隠《かく》すのには相変わらず要《い》らない体力を使う。

「キミも幽霊《ゆうれい》に関することは初心者みたいだし、私も幽霊初心者だから、色々と相談しあえることだってあるでしょ？」

「……別に僕は……」

と、そこまで言ったところで友人の顔が浮かび上がる。……ああ、相談といえばアイツだな。僕《ぼく》の触れる能力についても聞きたいことあったし、ここは……

「なあ、実は僕の知り合いにこういうの詳《くわ》しいヤツが居るんだけど、そいつのところ行ってみるか？　そいつもアンタのこと見えるし」

もう既《すで》に駅のホームへと入った風景を眺《なが》めながら、しっこく抱きついている彼女に声をかける。……恥ずかしい云々《うんぬん》より、もう、なんていうか、非常《ひじょう》にうざったい。物質化している以上、体重も体温も感じるのだから、暑苦しいことこの上ない。

「え？　他にも見える人知ってるの？　当然行くよ！」

「じゃあ……一旦《いったん》家に荷物置いたら、放課後になるのに合わせて学校行ってみるか」

今日は家でゆっくり休む予定だったが、まあ、授業《じゅぎょう》を受けるのでなければ、久《ひさ》しぶりに友人に会うのも悪くない。

電車がホーム内で位置を調整するように停車し、空気が抜《ぬ》けるような音をたててドアが両開きに開く。僕は抱きついたままの彼女を促《うなが》しつつ、電車の外へと足を踏み出した。ホームへ降り立つと、車内とは違《ちが》いムワッとした熱気が立ち込める。さすがにこの状況で抱きつかれるのはキツイなと考えた矢先、彼女は自分から手を離した。

「うわっ。あっついね～」

「ん？　幽霊も暑さを感じるのか？」

「う〜ん……。どうだろう？　気にしたことなかったけど……」

そう言って彼女は一旦僕の《物質化範囲《ぶっしつかはんい》》から体を離してみる。すると……

「あ、暑くない」

物質化が解《と》けたと思われる瞬間《しゅんかん》、彼女はぽつりと呟《つぶや》いた。……ふむ。また一つ発見だな。アイツが喜びそうな実験結果だ。僕の《触れる能力》に関しては、まだまだ検証《けんしょう》の余地《よち》があるので、案外コイツの存在《そんざい》は僕にとってもプラスになるのかもしれない。今までこんな風に普通《ふつう》にコミュニケーションとれる幽霊って会ったことなかったし。

「じゃ、行くか」

そう言って僕にとっては見慣れたホーム内を歩き出す。抱きつきが終わって内心ホッとしていたのはナイショだ。先日までつけていた心電図が今もついていたら、確実に春沢さんにドクター呼《よ》ばれるところだったよ……。

「あ、ちょっと待って！」

「ん？」

「名前！　名前まだ訊いてないよ」

「ああ、そういえば……」

幽霊に自己紹介《じこしょうかい》するなんて発想がなかったため、すっかり忘れていた。

「僕は《式見蛍》。数式の式に、見るの見、蛍《ほたる》と書いてケイだ」

「へえ……。よろしくね、ケイ！」

「ああ、よろしく……って、キミの名前は……」

――と、そこまで言ったところで、彼女が記憶喪失《きおくそうしつ》だったことに気付く。

「あ、ごめん」

咄嗟《とっさ》に謝《あやま》った。どうも、彼女はこの話題になると元気をなくすフシがあるから。しかし、彼女は今回はそれほど気にしてなかったらしい。すぐにニッコリと微笑《びしょう》を浮《う》かべる。

「ううん。いいよ、別に。……でも、やっぱり名前ないのは不便だよね、呼ぶ時に。……じゃ、なんかケイが考えてよ」

「僕が？」

「うん。ニックネームみたいなのでもいいからさ。ケイが呼びやすいのでいいよ」

「キミの名前ねえ……」

そう呟き、とぼとぼとホーム内を歩行しながらしばし考える。……そうして……

「ユウ……」

「ん？」

「《ユウ》ってのは、どうかな？」

「ユウ……うん、響《ひび》きは悪くないけど。でも、どうしてユウなの？ っていうか、どういう字でユウなの？」

う、答えづらい質問を……。まあ、適当《てきとう》に取り繕《つくろ》うか。

「字……字は……ええと……あ、遊ぶ兎《うさぎ》って書いてユウだよ」

「へえ。《遊兎《ユウ》》か。可愛《かわい》い名前じゃん！ うん！ 私、それ気に入ったよ！」

「そ、そうか。そりゃよかった」

《ユウ》は本当に嬉《うれ》しそうに微笑《ほほえ》む。…………。

（こりゃ、名前の本当の由来が幽霊のユウ、もしくは浮遊霊のユウだなんて言えないな……）

僕は内心そんなことを考えながら、何度も自分の名前を嬉しそうに呟くユウを隣《となり》に、非常にフクザツな気分になりつつ、ホームを横切った。……そういえば、ユウに付き纏《まと》われ始めてから、不快《ふかい》なことはあったはずなのに、なぜか世界はあまり淀《よど》まない。そういう意味では確かにコイツの存在《そんざい》は僕にとってもマイナスばかりじゃないのだろうか。う〜ん……ま、理由はよく分からないけどね。

学校へと向かう前に、一度僕は自身のアパートへと足を向けた。まあ実際《じっさい》そこでゆったりするつもりは毛頭なく、主たる目的はこの重たいバッグを置くことだ。

駅から徒歩五分といえば立地はいいように聞《き》こえるが、実際この電車があらゆる場所に張《は》り巡《めぐ》らされている現代《げんだい》、徒歩五分の場所なんて最早《もはや》デフォルトな感さえあるため、そういうありがたみは特にない。どうせなら学校から徒歩五分だったらとさえ思うぐらいだ。交通の便がいいとは、そういうことだろう。

まあ、しかし小さくとも駅前は駅前。コンビニ、スーパー、ファーストフード、書店など、とりあえずこの辺で生活完結できそうなものは揃《そろ》っており、そういう意味では便利かなとも思う。駅から僕の家に向かう際には、しかしすぐに閑静《かんせい》な住宅街《じゅうたくがい》方面に入るため、登校の際に通りかかる上その時間に機能しているものといえばコンビニぐらいしかなく、しかも普段《ふだん》はスーパーで値札《ねふだ》をちゃんと見て割引《わりびき》商品を主婦《しゅふ》にまじって買うような僕だから、結局このコンビニも殆《ほとん》ど利用はしない。フルに環境《かんきょう》を活用できているとはとても言えないだろう。駅から近くとも、僕は電車を使った遠出なんてのもしないし。

「ケイ、なんか評価《ひょうか》が微妙《びみょう》すぎる場所だね。都会とも言えないし、かと言って下町なんてほど活気もないし、田舎《いなか》ではとりあえずないけど、先進的でもないし……」

僕の生活環境になにを期待していたのか、ユウが僕の腕に手を絡《から》ませながら、周囲をキョロキョロとしつつ、少し残念そうに呟いていた。……まぁ、異論《いろん》はないけど。暑さに慣れてきたらまたすぐベタベタを開始するのはやめてほしい。心臓《しんぞう》の負荷《ふか》的に。

「ユウはどうせもっと都会的なのが良かったんだろう？　ネオンとかが騒《さわ》がしいやつ」

「失礼な。見て分からないの、ケイ」

急に「ぷん」とわざとらしく「怒《いか》り」のポーズをとるユウ。僕は首を傾《かし》げた。

「何が？」

「私みたいな美少女だよ？　静かで荘厳《そうごん》な自然の中がピッタリじゃん、どう見ても」

ニコッと笑うユウ。……遂《つい》にコイツ、自分で自分を美少女だと言い切りましたよ……。

「確《たし》かにピッタリだ……」

諦《あきら》めたように呟《つぶや》く僕。ユウは更《さら》に嬉しそうに笑った。

「でしょう、でしょう！」

「獣蠢《けものうごめ》く熱帯ジャングルのような、豊《ゆた》かな自然の中がピッタリだよ、キミには」

「でしょう！……ん？　今、なんか、無意識《むいしき》になにかムッとしたんだけど……。あれ？　気のせい？　今、ケイなんて言ったっけ？　もう一度言ってくれる？」

「ユウは美しい城《しろ》の朝もやのかかったような湖畔《こはん》に物憂《ものう》げに佇《たたず》む姫《ひめ》のようなのが、ピッタリだって言ったの」

ピノキオだったら、鼻が伸《の》びる場面だ。

「あ、そうなんだ。そうだよね！　やっぱり！　ケイクラスになると見る目あるよねー」

「どうも」

「ちゅーしちゃう。ちゅー」

唇《くちびる》を、セクハラ酔《よ》っ払《ぱら》い中年のごとく突《つ》き出してくるユウ。咄嗟《とっさ》のそんな動作に、免疫《めんえき》のない僕は正直動揺《どうよう》しまくりだったが、まさかこんなノリでファーストキスを奪《うば》われるのもどうかと思うので、僕は本能《ほんのう》を理性《りせい》で抑《おさ》えて表面的には冷たくつっぱねた。

「そ、それは遠慮《えんりょ》しておきます、姫。私《わたくし》にはもったいのうございますので」

そう言いつつ、体はかなり強引《ごういん》にホッペに接触《せっしょく》を試みようとする彼女の唇を突き放していた。「つれないのぉ」と、ユウがどこの代官かと思うような呟きを発していじけている。

……セクハラ幽霊《ゆうれい》だ……。死人だけに訴《うった》えられないのが、ホンキで残念。アメリカならいけるか？

ホント、なにかをごまかすっていうのは、不器用な僕からしてみれば本当に疲《つか》れる。昔から死にたがりの性質の問題があっただけに、その辺、イヤな思い出はいくらでもあった。

「はぁ……。死にてぇ」

僕は色んな意味で溜《た》め息を吐《つ》き、そして、いつものように呟く。

「ふぇ？」

僕のその呟きに、ユウがキョトンとする。……ああ、しくった。コイツの前で呟くのは初めてだったか……。

「気にすんな」

「無理」

一瞬《いっしゅん》でツッコマれた。溜め息を吐きつつ空を見上げる。ユウは、僕の腹《はら》をグリグリと拳《こぶし》で抉《えぐ》り始めていた。

「今、不本意にも幽霊やっている私の前で、キミ、なに言った？　ケンカ売ってる？　ねえ、ケンカ売ってるの？」

「……買ってくれるのか？」

「買わない。買わないけど、営業妨害《えいぎょうぼうがい》はする」

「意味分かんねぇ……」

「それはケイの方だよ！　なによ、その《死にてぇ》って！」

ユウが結構凄《けっこうすご》い剣幕《けんまく》で迫《せま》る中、僕は、自宅アパートの玄関《げんかん》まで来て、ポケットから鍵《かぎ》を取り出し、オートロックを開錠《かいじょう》した。その間も、ユウはネチネチと糾弾《きゅうだん》を続けてくる。

僕はオートロックの扉《とびら》を抜《ぬ》けて四階の自分の部屋までの階段を昇り始めると、一つ息を吐《は》いてから、しつこい彼女に言葉を向けた。

「死にてぇってのは、そのままの意味だ。死にたいの。以上、説明終了《しゅうりょう》。次回作をお楽しみに」

「全然説明になってない！　っていうか、この流れじゃ全然次回作見たくない！」

「じゃあ打ち切り。公開中止。さようなら」

「え、あう……。って、だから、話を変な方向に逸《そ》らして終わらそうとしない！　危《あや》うくはぐらかされかけたよ！」

「しまった。……ユウは、凄《すご》い洞察力《どうさつりょく》だな。感服したよ」

「……エッヘン」

胸《むね》を張《は》るユウ。……エッヘンてリアルで言う人、初めて見たよ……。

「凄いなぁユウは」

僕はユウを褒《ほ》めつつ、階段をてくてく昇《のぼ》る。ユウも機嫌《きげん》良さそうに、僕にくっつきながらニコニコで一緒《いっしょ》に昇ってきていた。

「それほどでもないよぉ」

非常に扱《あつか》い易《やす》い。なんだコイツ。僕今、コイツに五十万円の浄水器《じょうすいき》を売りつける自信ありまくるぞ。

「美人だしスタイルいいし、なにより性格《せいかく》がいいよなぁ」

「そ、そんなに褒めないでよぉ。ちゅーしちゃうよ、ちゅー」

唇を突き出すユウ。うわ、今回こっちの唇を狙《ねら》ってきやがった！

「い、いえいえ、ですからそれは私にはもったいのうございます」

心臓《しんぞう》に異常《いじょう》をきたして再《さい》入院するんじゃないかって程焦《ほどあせ》りながら、結構本気の腕力《わんりょく》で引き剥《は》がす僕。ユウは「よいではないか、よいではないか」と、また何処《どこ》かの代官になっていたので、僕はかな〜り全力でそれを阻止《そし》した後、赤味が残る顔でふぅと一つ息を吐《は》き、そして、思わず呟《つぶや》いた。

「死にてぇ……」

「…………」

瞬間、目をぱちくりとし、動きが止まるユウ氏。……しまった。僕はそそくさと階段《かいだん》を上がると、自分の部屋の前まで早足で直行、ドアに鍵をさし――

「ケイ〜！」

「ひっ」

幽霊に恨《うら》みのこもった大音声《だいおんせい》で呼ばれたら、そりゃさすがの僕といえどビクつくわけで。恐《おそ》る恐る振り返ると、そこには、なんか井戸の底から這《は》い上がってきたような、髪《かみ》の逆立《さかだ》った、超常存在《ちょうじょうそんざい》様が居《い》なすった。

「ま、まったく油断《ゆだん》も隙《すき》もないよ……。なんて見事な舌先三寸《したさきさんずん》。詐欺師《さぎし》の才能《さいのう》アリだよぅ、ケイは。このユウ様をたばかるとは……」

「……いや」

キミを騙《だま》すことは詐欺師の才能に乏《とぼ》しくても楽勝だと思うぞ、と言おうと思ったが、なんか血を見ることになりそうだったので、その選択肢《せんたくし》の採用《さいよう》はぐっとこらえた。とりあえず恋愛《れんあい》シミュレーションゲームでこの選択肢を選んだら、好感度減《げん》どころか、バッドエンドに直行してもおかしくない感じさえする。危《あぶ》ない危ない。リアルで恋愛ゲームが役立つなんて、思ってもみなかったよ。ありがとう、先輩《せんぱい》。貴女《あなた》に無理矢理《むりやり》貸し付けられたゲームのおかげで、僕《ぼく》は今、不本意ながら生きています。

「ケイ〜。さあ、聞かせて貰《もら》いましょうかぁ？　一体どういうことなのかな〜？」

「と、言いますと、代官様。例のあれのことで？」

「だから、もう話逸《そ》らそうとしても駄目《だめ》！　もうその巧《たく》みな話術《わじゅつ》にはひっかからないんだから！」

巧みだったのか、僕の話術。初めて知ったぞ。

「ま、まぁまぁ、ユウ。とりあえず、むさ苦しいところだけど、ほら、一旦《いったん》部屋で落ち着こうよ」

ガチャッと開錠《かいじょう》、素早《すばや》くドアを開いて、彼女を「さあ」と室内へ促《うなが》す。

「む、むぅ……」

ユウは渋々《しぶしぶ》といった感じながらも、しかし次の瞬間《しゅんかん》には僕の部屋にすぐに興味《きょうみ》が移《うつ》ったのか、「お邪魔《じゃま》しま～す」と意気揚々《ようよう》と部屋へ入っていった。……なんか……浮遊霊《ふゆうれい》を自分の部屋にわざわざ連れ込《こ》んできたのって、霊能力者史上僕が初めてなんじゃぁ……。

……死にてぇ。

色々とフクザツな感情《かんじょう》は湧《わ》いたものの、僕はとりあえず自分でも久《ひさ》しぶりの室内へと入る。

「うわぁ。……やっぱりビミョー！」

「そういう評価《ひょうか》、本人の前で、妙《みょう》に爽《さわ》やかに言わない」

ユウがくるくると部屋の中央で回りながら、「広さもビミョー！」と叫《さけ》んでいたので、僕はげんなりとしつつ、ワンルームの床《ゆか》へとバッグをドスンと下ろした。実際《じっさい》、僕は事故《じこ》で入院……つまり突発《とっぱつ》的な入院だったわけで、本来なら部屋は片付《かたづ》いているはずなどないのだが、今僕が見る限《かぎ》りはかなり整然と片付いていた。……どうせ、大方あのお節介《せっかい》すぎる妹がハリキって掃除《そうじ》でもしたのだろう。……とりあえず、えっちぃ本はもうこの部屋から消滅《しょうめつ》させられたと見て間違《まちが》いない。……別にいいけどさ。それ自体にそれほど未練はないけどさ。妹に完全にプライバシーを握《にぎ》られているのが、少しばかり悲しい。

「えっちぃ本ないの、えっちぃ本！」

ユウが人の部屋に入る早々、そんな発想をしてきた。言いつつも、ちゃっかり引き出しとか開けまくっているし。……心読む能力でもあるんじゃないのか、コイツ。

「残念ながら、ないよ、そんなモノ」

本当に残念なことだが。

「ええ〜？　ケイ、不健康《ふけんこう》〜！」

「……ないことで批判《ひはん》されるとは思わなかった」

意外な展開《てんかい》。多分、残念がるのはコイツぐらいのものだろうけど。っていうか、知り合ったばかりの男の部屋にほいほい来た上に第一にえっちぃ本探《さが》すのって、凄《すご》くなんかまずくないか、お前。女の子として。

「ケイ、もしかして《そっち系《けい》》なの？　ちゅーを拒否《きょひ》する仕草といい……」

「……ご想像《そうぞう》におまかせします」

面倒《めんどう》だったので、溜《た》め息混《いきま》じりにそう答えておく。ユウは途端《とたん》、ニヤッと邪悪《じゃあく》に笑った。

「え、否定《ひてい》しないんだ。その女性顔と純真《じゅんしん》さでねぇ。……へぇ。へぇ。……へぇ〜」

「今想像するのはやめろ。なんだ、その赤い顔は。なぜ指を組んで宙《ちゅう》を見つめてホワンとしている。やめろって」

「へぇ……凄いなぁ……へぇ」

「お前、同人誌《どうじんし》でも書くつもりか。いい加減《かげん》にしろ。妄想《もうそう》の世界に入り浸《びた》っているんじゃない」

「じゃあ、本題に入る？」

キラリとユウの目が光る。……うっ。僕の扱《あつか》いうまくなってきやがったな、コイツ。

「妄想していて下さい、止めませんので」

「ううん。やっぱりいいよ。妄想の続きは今度にとっておく。それよりも」

「う……」

「《死にてぇ》発言について、ちゃぁんと聞かせてもらいましょうかぁ？」

「……ふぅ」

ユウがどうも今回ばかりは本気っぽいので、僕は座布団《ざぶとん》を床《ゆか》に敷《し》いて座《すわ》った。……ユウが不満そうに「私には？」と訊《たず》ねてきたが、無視《むし》する。だって、今僕が座っているのが来客用だからね、本来。つまり、ユウが座るものはない。……少しばかりの反抗《はんこう》。

ユウが、なにかブツブツと本気で文句《もんく》を言いつつ絨毯《じゅうたん》にペタンと座ったのを見計らって、僕は、溜め息混じりに少し弁解《べんかい》……いや、弁解というよりか、そのままの気持ちを告げることにした。

「だから、そのまんまだよ。僕は、死にたいの」

「……本気なの？」

ユウが、少し今までにない低い、真剣《しんけん》なトーンで僕を覗《のぞ》き込《こ》んできた。……僕は、コクリと頷《うなず》く。

「そういうこと冗談《じょうだん》で言う程には、腐《くさ》ってない」

「……本気で言うのはもっと駄目《だめ》だよ……」

「皆《みな》に言われる」

僕は何度聞いたか、そして何度見たか分からない反応を受けて、嘆息した。……分かっている。罰当《ばちあ》たりだって、自分でも分かっているし、そういう視線になることは当然だとも思う。分かってはいるけど……でも、やっぱり、こういう視線を向けられると、どうしても落胆はしてしまう。

ユウは少し躊躇《ためら》うようにした後、おずおずと、僕に訊《たず》ねてきた。

「どうして、死にたいの？」

「…………」

正直、ウンザリした。またこれ、この質問。聞く方の気持ちも分かる。分かるけど……。

「その理由を話したところでさ、ユウ」

「？」

「キミが最終的に僕にかける言葉は、《駄目だよ、そんなの》なんだろ、ユウ」

「！」

ユウが驚《おどろ》いたように目を見張《みは》る。……僕は、溜め息を吐いた。……そう。そんなのは、分かりきっていることなのだ。しかも僕の場合、死にたい理由が、他人には全然伝わらない、凄く曖昧《あいまい》なものだ。だから、結果的に言われる言葉は……確実に、そんなの駄目だという、批判《ひはん》。……だから、面と向かって誰《だれ》かに死にたい理由とか……話したくないんだ。

「いつもそう。間違《まちが》っていると、頭ごなしに言われる。……分かるよ、それも。そんなの、僕だって分かっているさ。罰当たりな考え方だと、実際《じっさい》。……でもさ。僕は、その上で、死にたいって、思っているんだ。そういうことを分かっている上で、でも、死にたいって思ってしまうんだ、やっぱり。……理由は、説明できない。人に伝わる気持ちじゃ、絶対ないんだ。明確な説明できる理由が、ないんだよ、ホントに。根源《こんげん》的に……そう、なにか、生理現象のように、僕は、死にたいって欲求《よっきゅう》が湧《わ》いてきちゃうんだ」

「そんな……そんなのって」

ユウは、全く理解《りかい》できないという風に首を振った。……生きたいのに死んでしまっている彼女からすれば、それは、当然だろう。腹《はら》のたつことでもあるだろう。でも……。

「まあ、僕だってその欲求だけに動かされているわけじゃない。死にたいには死にたいけど、当然、痛《いた》いのとか苦しいのとか絶対イヤだからさ。まあ、だからまだ、一応《いちおう》生きているよ。今のところうまく楽に死ねる方法もよく分からないから、現状維持《げんじょういじ》。必死になってまで死ぬ方法見つけようっていう気概《きがい》もないしね。そりゃ僕にだって、楽しみとかあるしさ。……まあ、生きているというより、死んでいない、という生き方、なのかな」

「……わかんないよ、私には」

ユウはしょぼんとしてしまっていた。……はぁ。だから、イヤなんだよ。この話題を本気で話すの。僕は自業自得《じごうじとく》だからいいけど、確実に、相手を不快《ふかい》にさせてしまう。それも僕を想《おも》ってくれる人ほど、だ。……死にたがりの僕だけど、好意を向けてくれる人間を不快にしたいとは、そりゃ思わない。僕は頭をポリポリと少し掻《か》いた後、溜《た》め息混《いきま》じりに、言葉を紡《つむ》いだ。

「……死にたがるのが間違っているなんて、それは絶対的な正義《せいぎ》のように今は言うし、法《ほう》律《りつ》も認《みと》めちゃいないけどさ……。でも、ホントにそうなのかな、ユウ。僕の場合は全然違うけどさ。安楽死っていう問題だってあるし、一昔前なら、この国、平気で《国のため》って人の命を扱《あつか》っていたんだよ？……なんていうか……。

うん、これは、僕の勝手な正当化でしかないけど、さ。それは分かった上で言うけど。自殺志願者《しがんしゃ》を頭ごなしに否定《ひてい》するのは、僕、あまり好きになれないな。……僕を除《のぞ》いて考えてみても、死にたいって言う人はさ、そんなこと言っちゃうぐらいの、幸せな人には到《とう》底《てい》分からない、苦《く》痛《つう》であったり、苦境《くきょう》であったり、そういうものを抱《かか》えているんだからさ。それを総合《そうごう》した上での、死んだ方がマシっていう選択肢《せんたくし》なんだから、さ。それを他人がとやかく言うの……なんか、好きになれないよ」

「そうかもしれないけど……。でも、ケイは、やっぱり変だよ！　全然、ちゃんとした理由ないじゃない！　生理的に死にたいって……そんなの……」

「うん、だから、それだけは、もう、謝《あやま》るしかないよ。ごめん。冒瀆《ぼうとく》しているって言われても、仕方ない。でも……ちょっとだけでも、分かってほしい。自分のどうにもできない部分から湧いてくるこの衝動《しょうどう》を抱えて過《す》ごすのは……本当は、僕だって、ちょっとだけ辛《つら》いんだって、ことを、さ。

そういう辛さも含《ふく》めて、だからまた死にたくなるっていう、モヤモヤした悪循環《あくじゅんかん》で、余《よ》計《けい》にまた辛いってことを……って、まあ、勝手なこと言っているね。でも……ごめん、だから、説明したくなかったんだ。どんなに言葉を並《なら》べ立てたところで、最終的には、結局、人の考え方なんて変わらないからさ。言う人は《間違《まちが》っている》って言うからね。どんなに僕が自論《じろん》を展開《てんかい》したところで。この気持ち、伝わるものじゃないし……」

「ケイ……」

なんだか、空間が一気にしんみりとしてしまった。……あぁ……もう、だから、僕は本当はこんなに真面目《まじめ》で重い考え方で死にたいって言っているわけじゃないんだって。別に不真面目に言っているわけでもないけどさ。暗く暗く、死にたいわけじゃなくて……。明るく、前向きに、死のうと思っているっていうか……。ああ、もう、ホント説明できないからイヤなんだよな、コレ。

「なんか、ごめんな、ユウ。その、心配してもらったみたいで……」

僕が珍《めずら》しく頭を下げると、ユウは、途端《とたん》にわたわたと慌《あわ》てた。

「う、ううん。わ、私の方こそごめんね。そうだよね。死にたいって言っている人にその理由訊くのって……よく考えれば、本当は、凄《すご》く立ち入った、失礼なこと訊いているよね。……ごめん、ケイ、私の方こそ」

「いや……」

「ケイの理由は、よく、私には分からないけどさ。でも、なんとなく、《そういう考え方もある》っていう風には、思えるよ。うん。それに……それに、ケイは、やっぱりいい人だよ」

「はぁ？」

「だって、そんな風にいつも自分の生と死で悩《なや》んでいるっていうのにさ。電車に私が……幽霊《ゆうれい》の私なのに、轢《ひ》かれそうなの、体張《は》って助けてくれたじゃん！　うん！　死にたがっていることと、ケイがいい人なことには、全然関係ないもんね！　だから、私はやっぱりケイが大好きだよ！」

ニッコリとユウが満面の笑《え》みを浮かべる。…………。

「え、いや、あ、その……」

なんだ……。今まで、キスとかされそうになってもなんとか大丈夫《だいじょうぶ》だったのに……。なんか、今、僕、凄く、これまでの比《ひ》じゃない程に顔が熱い。なんだこれ……。……なんか……こんな風に言われたの……初めてだった。今まで、僕がこんなことを話すと、大概《たいがい》の人は、僕を理解できないって、軽蔑《けいべつ》するばかりだった。それで当然だと僕も思っていたから、文句《もんく》も言えなかった。僕のことに同情してくれるような人も……でも、やっぱり、僕のことを本当は全然理解なんてしてくれてない人ばかりだった。

別に本当は、他人にこの気持ちを理解させようなんて、僕だって、もう諦《あきら》めていて、ホントはどうでもよかったんだ。……僕が本当に望んでいたのは……。

「えへへー！　じゃあ、気分も一新！　えっちぃ本探《さが》しでも、再開《さいかい》しよう！　ホントはあるんでしょう、ケイ！」

「だからないって！　って、勝手に机《つくえ》とかグチャグチャに漁《あさ》るなって、もう！」

本当は、こうやって、僕《ぼく》の気持ちを知っても、普《ふ》通《つう》に変わらず接《せつ》してくれるっていう……それだけの、ことだったんだよ。本当に。

第三章　類は友呼《よ》ぶスクールライフ

私立現守高校《しりつあらかみこうこう》はまさに「それなり」のどこにでもある学校である。進学校と呼ぶには知名度、学生の平均《へいきん》学力共に低く、かといってレベルが低いのかと言うと、大学進学率、就《しゅう》職率《しょくりつ》でそれなりに実績《じっせき》を上げているという、なんとも評価《ひょうか》のしがたい学校だ。まあ、要は特に個性《こせい》のない学校というところだろうか。

僕が実家から遠く離《はな》れてこんな特色のない学校に来ているのには色々と理由があるのだが、一つには一人暮《ぐ》らしがしたかったのがある。いや、もしかしたらそれが一番大きな理由かもしれない。そのため、地方から出て遠く離れた学校へ行こうと考えた時、僕の学力でどうにか行けそうだったのが、この現守高校だったというわけだ。だから校風などには特にこだわらず決めたのだが、これが来てみると中々に過ごしやすいものだった。決して「広大」と呼べるほどではないが、「それなり」に広い敷地《しきち》内はキッチリと整備《せいび》されており、校庭はちょっとした公園のようにさえなっていたりする。どちらかというと、小さな大学キャンパスと称《しょう》した方が近いかもしれない。おかげで休み時間や昼休みは非常《ひじょう》に有意義《ゆういぎ》に過ごせるようになっており、授業環境《じゅぎょうかんきょう》よりも明らかにそっちに重点を置いている僕ら学生にしてみれば非常にありがたい学校だ。紺色《こんいろ》とチェック模様《もよう》を基調《きちょう》とした制服《せいふく》も「それなり」に格好《かっこう》の良いもので、男子、女子共に不満を漏《も》らす者は居《い》ない。校則《こうそく》も「それなり」に緩《ゆる》く、金髪《きんぱつ》とか明らかな非常識《ひじょうしき》的ファッションでなければ、脱色《だっしょく》ぐらいならばガミガミと注意されなかったりする（僕はそのまんま黒色だが）。まあ、つまりは、生徒、教員共に「それなり」に学園生活を送り、そして全員が「それなり」に満足できている、なんともゆるーい学校なのである。まあ、僕的に一番ありがたいのは、ゆるいからこそ、ここでは《淀《よど》んだ視界《しかい》》になることが割《わり》と少ないっていう、その一点だったりするのだけれどね。でも、重要だよ、やっぱり、僕じゃなくても。校風が乱《みだ》れきってたり、逆に堅苦しすぎないっていうのはさ。

久《ひさ》しぶりに見た現守高校は入院前と全く変化なく、相変わらずの「それなり」の存在《そんざい》感をもって夕陽《ゆうひ》の中に佇《たたず》んでいた。二ヶ月ぶりとなると、どちらかというと学校嫌《ぎら》いの僕でもやはり「それなり」に感慨深《かんがいぶか》くなるものである。しばしボーッと景観を眺《なが》める。校庭から続く校門では、現在《げんざい》続々と生徒達が排出《はいしゅつ》されてきていた。帰りのホームルームが終わってすぐのこの時間帯は、「第一次帰宅《きたく》ラッシュ」またの名を「帰宅部部活」だから当然といえば当然か。ちなみに「第二次帰宅ラッシュ」は規定《きてい》された部活動の時間帯が終了《しゅうりょう》する時刻《じこく》だったりするのだが、第一次ほどの生徒数ではない。つまりはこの高校は帰宅部が現在一番部員数が多いということだ。僕もその王手部活に身をおいている者の一人だったりする。……いや、この辺には少しばかり注釈《ちゅうしゃく》があるのだが、面倒《めんどう》なので今は語るまい。

「ねえ、入んないの？」

ボーッと眺めてばかりいる僕に対し、いいかげん暇《ひま》になってきたのか、ユウが僕の腕《うで》に自分の腕を絡《から》ませながら告げてくる。……もう、なんか本格的《ほんかく》にベタベタされるのに慣《な》れ始めている僕がいるな……。バカップルって、こういう風に形成されていくのかもしれない。……死にてぇ。

「ん、ああ、入るけどね。やっぱ私服だと浮《う》くなぁ……。着替《きが》えるのが面倒だったからこのまま来たけど」

高校内に私服で入るというのは中々あることじゃないので、なんか微妙《びみょう》に気後れする。大量の制服姿《すがた》がぞろぞろと排出されている校門に逆流していくのだから尚更《なおさら》だ。

「じゃあ、その相談する人のこと、このまま校門で待ってるの？」

「……いや、アイツはいつ出てくるかよく分からんからな。中に入るよ」

「じゃ、さっさと行こうよ」

ユウは僕の腕をぐいっと引っ張って前へと踏《ふ》み出した。このまま引きずられていると、周囲から見たらおかしな歩き方しているようにしか見えないので、僕も彼女に合わせて前へと歩を進める。私服姿の僕が校門から入っていくと、やはり学生達の注目を浴びた。

「それなり」に人数の居るこの学校では、やはり僕のことを知らない人間の方がずっと多い。ざっと見渡してみても、僕の知り合いは居なそう――

「よ、後輩《こうはい》」

――と、唐突《とうとつ》に僕の目の前に一人の長髪《ちょうはつ》の女生徒が立ちはだかった。綺麗《きれい》に整った《美人》という呼称《こしょう》をなんのお世辞心《せじごころ》もなく使える顔立ちに、スラッとした長身のスタイル。そして理由なく不敵《ふてき》な笑み。姿に似合《にあ》わない、いっそ詐欺《さぎ》のような、男……いや漢口調《おとこ》。

……思わず目を逸《そ》らす僕。あんまり病みあがりには会いたくない類《たぐい》の人に会ってしまった。

「やあ、先輩」

僕もぎこちなく笑んでいつもの挨拶《あいさつ》を返す。彼女は三年生なので、二年の僕が先輩と呼ぶのは普通《ふつう》なハズなのだが、この人はどういうわけか、「お前が《先輩》と私を呼ぶなら、私はお前のことを《後輩》と呼んでやる」なんて意味の分からない意地を張って僕のことを「後輩」と呼ぶ。ちなみに他《ほか》の後輩のことは苗字《みょうじ》で呼ぶあたりが、なんか僕としてはフクザツなところだ。

先輩は僕の顔を珍《めずら》しいものでも見るかのように眺《なが》め回してくる。

「後輩。お前、入院してたんじゃないのか？」

「確《たし》かに、入院《してた》っすよ」

僕はそれだけポツリと呟《つぶや》く。先輩は一瞬首《いっしゅん》を傾《かし》げたが、すぐに納得《なっとく》いったように頷《うなず》いた。

「……ああ、なるほど。お前、その突《つ》き放した感じ、相変わらずだな」

先輩は僕の言葉に苦笑《くしょう》しつつそう返した。……アンタに言われたくないっス。——と、隣《となり》でユウが先輩を指差して「この人？」と訊《たず》ねてきた。僕は先輩に聴《き》こえないぐらいの小さな声で「違う違う」とだけ返しておく。

「で、なんだってお前は私服で逆流してくる？　産卵《さんらん》でもするのか？」

僕は鮭《さけ》ですか。

「実はそうだったんです。おかげで制服から私服に成長してしまいました。これも偏《ひとえ》に先輩様のおかげでございます。それではごきげんよう。さようなら」

僕はそう言うとすみやかに校門へと……

「待てい」

ガッシリと先輩に肩を摑《つか》まれる。……ちっ。軽く受け流して、あくまで自然に通り抜《ぬ》けようとしたのだが……

「明らかに不自然だよ」

隣からユウが呆《あき》れたようにツッコンできた。正面には僕の肩を摑んで不敵《ふてき》に笑う先輩。

「心配で眠《ねむ》れぬ夜を幾夜《いくよ》も過ごした先輩様に、お前はなんの挨拶もないわけか？」

絶対爆睡《ぜったいばくすい》してたであろう健康優良美女《けんこうゆうりょうびじょ》がそんなことを言ってくる。

「血色いいじゃないですか」

「ファンデーションでそう見えるだけだ」

「先輩、学校に化粧《けしょう》なんてしてこないでしょう」

実際、そんなことしなくても充分《じゅうぶん》元からして綺麗なのが、この性格《せいかく》に相まって最悪なのだこの人は。何人の男性が憧《あこが》れ、そして絶望させられたことか……。

「後輩よ……。お前はいつからそんなに薄情《はくじょう》になったんだ。私はお前をそんな風に育てた覚えはないぞ」

およよ……と、非常にわざとらしい泣きまねまで始める先輩。この人も暇《ひま》だな……。

「僕も、一歳《さい》しか違《ちが》わない上に他人である先輩に育てられたという韓国《かんこく》ドラマもビックリな記憶《きおく》は、残念ながらありませんけど」

「まさか事故《じこ》のショックで、それこそ韓国ドラマもビックリの、私との蜜月《みつげつ》の記憶を喪失《そうしつ》してしまって……」

先輩は口に手を当てて「もしや……」という感じの《あからさまな演技《えんぎ》》をする。

「………」

くそ……埒《らち》が明かない。この人、僕をからかい始めたらべらぼうにしつこいからな。

……仕方ない。

「いや、ありがとうございました先輩《せんぱい》。僕が今こうして生きていられるのは、貴女様《あなた》のおかげでございます。ひいては、今度是非《ぜひ》昼食をおごらせて欲《ほ》しいのですが……」

妥協案《だきようあん》。

「うむ。金銭《きんせん》で解決《かいけつ》する問題ではないが、後輩がそこまで言うならば仕方あるまい。賄賂《わいろ》もまた誠意《せいい》のカタチ。それで手をうとう」

絶対始めからこういう展開《てんかい》を狙《ねら》ってたな、この先輩は……とは思うものの、僕はニッコリと微笑《ほほえ》んだ。

「ありがとうございます」

「では、早速高級五ッ星フレンチレストランのフルコースを模索《もさく》するため、私は失礼する。それでは、ごきげんよう。さようなら」

「え、ちょ……」

しまった……。学校で昼食の約束といえば、学食か購買《こうばい》だと考えていたのに……。普通《ふつう》の高校生にそんな店行くという発想があるとは誰《だれ》も思うまい。やられた。なんて悪魔《あくま》だ。

……もう、

先輩は今までとは打って変わった素早《すばや》さで校門を駆《か》け抜《ぬ》けて行ってしまった。……もう、取り返しがつかない。さよなら、僕の今月の生活費。さよなら、僕の毎晩《まいばん》の夕食のおかず一品。さよなら、食物繊維《せんい》その他、必要栄養素達。僕の身長の成長は今後見込《みこ》めないかもしれません。

「なんか……凄《すご》い先輩いるんだね、ケイ……」

今まで呆然《ぼうぜん》と成り行きを見守っていたユウがポツリと呟《つぶや》く。幽霊《ゆうれい》さえも呆《あき》れさせるとは……。

「まあな。あの人は確かに特殊《とくしゅ》だよ」

僕は肩《かた》を竦《すく》める。

「あんまりケイと接点《せってん》ありそうな感じの人じゃなかったけど？」

「……確かに性格的にはあんまり僕の友人タイプじゃないな。でも、先輩は中学からの知り合いなんだ」

まあ、昔からあの人の周囲は空気が清浄《せいじょう》で居《い》心地《ごこち》が良かったのも事実だ。《淀《よど》み》という言葉さえ知らない、みたいな。いっそ気持ちいいぐらいの傍若無人《ぼうじゃくぶじん》ぶりっていうのかな。理不尽《りふじん》なこと言いまくるけど、不思議に不快《ふかい》じゃないんだよな……。

先輩の背中《せなか》を見るとはなしに見送り、再《ふたた》び校門の方へと歩き出す。ユウも僕にピッタリくっつくようについてきた。

「さっきから《先輩》って言ってるけど、名前は？」

「ん？　名前？…………」

あ、あれ？

「？」

ユウが不思議そうに覗《のぞ》き込んでくる。…………。

「……あ、あぶなかった。いつも《先輩》って呼んでるから、すっかり名前が記憶の奥底《おくそこ》に沈《しず》み込んでしまっていた……」

「…………」

うっ、ユウの冷たい視線が痛《いた》い。なので、すぐに気を取り直して彼女の名前を告げる。

「名前は、たしか《真儀瑠紗鳥《まぎるさとり》》だったかな。なんか、珍しい苗字《みょうじ》だったと思うんだけど……字が難《むずか》しくて、メールに苗字入れるの断念した覚えがある」

「まぎる？　ホント、凄い苗字だね。初めて聞いたよ」

「そりゃそうだろ。お前、記憶ないんだから」

「え？　う～ん……。いや、それはなんか違うかな。確かに私自身のことや小さい頃《ころ》の思い出とかは思い出せないんだけど、そういう常識的《じょうしき》なことは、なんとなく分かるんだよ」

「……そうか」

まあ、それはそうか。ある程度《ていど》常識に関する記憶がないと、こんな風にコミュニケーションはとれないもんな。……ああ、こういうのなんて言ったっけ……この前テレビで見た記憶があるな……。《エピソード記憶の欠落》とか言うんだっけ？　俗《ぞく》に言う《思い出》だけが欠落して、《箸《はし》の持ち方》だとか《日本語の使い方》だとか、そういう基礎《きそ》的な部分の記憶は存在してるってやつ。ま、幽霊にまで適応《てきおう》できるのかどうかは知らないけど。

僕《ぼく》は特に真剣《しんけん》に考えるでもなく、なんとはなしにそんなことを考えつつ高校の玄関《げんかん》をくぐった。ユウはキョロキョロと物珍《ものめずら》しそうに周囲を見渡《みわた》している。コイツも、外見的には僕と殆《ほとん》ど変わらない年代の感じだから、生前は学校へ通ってたんだろう。

「ユウ、なんか思い出したりしたか？」

懐《なつ》かしい自分の下駄《げた》箱に外靴《そとぐつ》を入れ、自宅《じたく》から持ってきた、妹によって洗濯済《せんたくず》みらしい、しかし踵《かかと》部分はやっぱり「くにゃくにゃ」な上履《うわば》きに足を突《つ》っ込む。

「ん～ん。全然。多分私も学校とか行ってたんだろうけどね～。ここに来て分かったことは特にないかな」

「そっか」

まあ、別に期待もしてないけど。それにユウの記憶《きおく》が戻《もど》ろうが戻るまいが、ハッキリ言って僕の知ったことではない。多少の興味がないわけじゃないが、まだ会って数時間しか経《た》ってないユウにそれほどの思い入れがあるわけでもないし。可愛《かわい》い女の子だろうがなんだろうが、そこら辺、僕は結構《けっこう》シビアだ。自分の生きるか死ぬかで四苦八苦してる時に、他人の心配なんてしてらんない。……いや、マジで。なんか、どうも説得力ない気がしてならないんだが……ホントのホント、別に僕はユウがどうなろうが知ったこっちゃない、ホントに冷た〜い人間なのだ。うん。……いや、そう、だから、電車での一件《けん》は気まぐれだよ、気まぐれ、うん。まあ、その気まぐれ的行為《こうい》がどうも生まれてこの方連続している気もするけどさ。

上履きを履き終え、僕を先にユウと教室を目指して歩く。夕陽に染《そ》まる校舎《こうしゃ》内は、やはり僕にとってそれなりに懐かしい風景ではあった。特に劇的《げきてき》な思い出が頭に思い浮かぶものでもなかったが、悪い気分でもない。モニタ越《ご》しの世界の感覚。平和な世界を客観的に観測《かんそく》しているような心地《ここち》よさを感じ、《死》っていうのがこういうことだったらいいな、なんて夢想《むそう》する。

自分の学年の教室群《ぐん》のあたりへ差し掛《か》かると、さすがにその頃《ころ》には見知った顔に何度か声をかけられたりしながらも、先輩とのやりとりのような時間の消費を何度もやるわけにもいかないので、適当《てきとう》に「ちょっと挨拶《あいさつ》しにきただけだよ」というセリフだけ残してさっさと目的の教室へと急ぐ。ユウは僕の知り合いが現《あらわ》れるたび、相手の目の前で手を振《ふ》ったりして自分が見えるかどうか確認《かくにん》しては落胆《らくたん》していた。

「ここが、僕のクラス」

二年B組と表記されたプレートの掛かったドアの前に立つ。

「じゃ、ここにその友人さんが居《い》るの？」

ユウが、ワクワクを抑《おさ》えきれないといった感じで問いかけてきた。……なにがそんなに嬉《うれ》しいんだか。

「まあ、この時間帯なら多分な。アイツ、なんだかんだでHR後は教室で駄弁《だべ》ってるから……」

掃除班《そうじはん》にとっては非常に迷惑《めいわく》な類《たぐい》の生徒だったり。いや、不真面目《ふまじめ》というわけではないんだけど。それなりに社交的な女生徒ならば、井戸端会議《いどばたかいぎ》は逃《のが》れられない血の宿命だろう。

ユウが「早く、早く」と急《せ》かすので、僕は自分の教室に対する感慨《かんがい》にふける間もなく、ガラガラと横開きの戸を開いた。瞬間《しゅんかん》、放課後でも室内にまだ居た十人強の視線《しせん》が僕へと集まる。部活組や駄弁り組だ。……つまり、割《わり》と五月蠅《うるさ》いメンバー。

「どうも」

とりあえず室内に向かってそれだけ僕が呟《つぶや》くと……。

「おお、式見！　なんだ、もう退院《たいいん》したのか？」

「式見君じゃない。なに、植物状態《じょうたい》だって聞いてたけど？」

なんて、ワッとクラスメイト達に囲まれてしまった。……しかし、別に、僕が人気者だというわけではない。「事故《じこ》で入院していた」という話題性からだろう。どうやら、なんか話に少々尾《お》ひれもついてるみたいだし。

僕はなんだかんだと質問《しつもん》してくるクラスメイトに「体はもう完治したよ」やら「いや、別に死んでないって……」やら、「棒《ぼう》でつつくのはやめろ！」なんて一通りスキンシップをはかったあと、さっきからなぜか教室の隅《すみ》に行ってしまっていた目的の友人の方へと向かった。

「よ、鈴音《りんね》」

「…………」

僕の目的の相談者……神無鈴音《かんな》。身長一五七センチ程《ほど》の小さく華奢《きゃしゃ》でほっそりとした体つきに、白磁《はくじ》のように白い肌《はだ》(言ってみたはいいけど、白磁ってなに？)。全体的にどこか神秘《しんぴ》的な雰囲気《ふんいき》ながら、それほど周囲から浮《う》いている存在というわけでもない。肩《かた》に少しかかるまで伸《の》びたその髪《かみ》は、特に纏《まと》められることもなく無造作《むぞうさ》に散らしてあるが、別に寝癖《ねぐせ》なわけではない。いや、本人に確認《かくにん》とったわけじゃないから知らないけどさ。別に見苦しいという部類じゃないので、寝癖でも大差あるまい。顔の造形《ぞうけい》がいいので、どんな髪型、ファッションだろうが割と様になってしまうみたいだ。……ちょっと不公平。

その彼女は現在《げんざい》、なぜか僕の言葉に全く反応《はんのう》を返さないでいた。

「鈴音？」

再度声をかけてみる。すると……

「け、蛍！　あ、アンタなにやってるのよ！」

「へ？」

急に怒鳴《どな》られた。

「思いっきりとり憑《つ》かれてるじゃない！　しかも、今回結構霊力高めのヤツよ！」

「え？……ああ、ユウのことか。いや、コイツは別にそういうんじゃないんだ」

僕は背後《はいご》のユウを手招《てまね》きし、自分の隣《となり》に陣取《じんど》らせる。鈴音は呆気《あっけ》にとられたようにポカンと口を開いた。

「ほら、ユウ、コイツが僕の相談相手、神無鈴音だよ」

ユウに鈴音を紹介する。ユウはしばし鈴音をジーッと観察し……

「うわっ。ホントに私のこと見えてるんだね、この人！　なんか感激《かんげき》～」

「え、え？」

鈴音は状況《じょうきょう》が全く飲み込めず、目を白黒させる。仕方ないので、僕は軽くユウとの数時間前のやりとりの一部始終を説明した。鈴音はそれを聞き終わるとなぜか「はぁ」と溜め息を吐く。

「蛍……。こういうのも、立派《りっぱ》にとり憑かれてるって言うわよ」

なんか……すっかり呆れられてしまったようだ。

「む。僕はべつに……」

「そうだよ。私だって、別にケイに害を与《あた》えようとしてるわけじゃないんだからさ。《とり憑いてる》なんて言わないでよ」

ユウもちょっと怒《おこ》ったように言うが、それでも鈴音の態度《たいど》は変わらなかった。

「いい？　守護霊《しゅごれい》でもない霊体が他人に追従《ついじゅう》していれば、たとえ害意がなくても、《憑いてる》と称《しょう》されるのよ。それに、霊体っていうのは、人間の側に居るだけである程度の影響《えいきょう》を……」

また始まった。鈴音は、説明を始めると非常に長ったらしい。しかも説明の後半部分はいつも最初の頃《ころ》と全く違う話題へと変化していたりするので、僕としてはできるだけ速《すみ》やかにいつも会話を中断《ちゅうだん》させているわけだが……。今回も、例に漏《も》れずぶっつりと切ってやることにした。

「おいおい、退院祝いの言葉もないのか、鈴音」

「え？……あ、あ、うん。え、えと……良かったね、蛍」

唐突《とうとつ》な話の転換《てんかん》に、鈴音はわたわたと慌《あわ》てる。コイツは非常に知識だけは豊富《ほうふ》だが、こと「応用」とか「臨機応変《りんきおうへん》」とか、そういうのには弱い。つまりは、頭でっかちってやつなのだ。だから、暴走《ぼうそう》気味な時はこうやって急なことをやってやれば、会話の主導権《しゅどうけん》をこっちに握《にぎ》りなおせる。……鈴音とは高校に入ってからの付き合いだが、最近ではもうすっかりコイツの扱《あつか》い方を覚えていた。

「快気祝《かいきいわ》いをくれ」

たたみかけるように言ってみる。

「え？　え〜と……」

「まさか、大切な友人の快気祝いさえ用意していないのか？」

「あう……。ご、ごめん。……って、そ、そんなの用意してるわけないでしょ！」

ふむ。もう回復《かいふく》してしまったか。……惜《お》しかったな……うまくいけばこのまま押《お》し切って、先輩へのおごりとプラスマイナスゼロに持ちこめるかと思ったのだが。

「それに……蛍のことだから、どうせ……」

「どうせ？」

「……回復を嬉《うれ》しくなんて、自分で思ってないいんじゃないの……」

鈴音が顔を下に俯《うつむ》けてポツリと呟《つぶや》く。

「…………」

ずばり図星を指されてしまった。鈴音は僕の自殺志願《しがん》を知っており、そして、それをあまり好ましくは思っていなかったりするわけで。ま、友人として当然といえば当然なのだけど。

「え〜と……」

ヒジョーに微妙《びみょう》な空気が立ち込《こ》める。僕自身は別にそれほど自殺志願にネガティブな感情を抱《いだ》いてはいないのだけど、鈴音はそれを極端《きょくたん》に嫌《いや》がる。だから、この話題が出た時ばかりは、僕でも彼女の扱いに困《こま》ってしまうのだが……。

「ん？　なに暗くなってるのさ、ケイ！」

約一名、全然雰囲気《ふんいき》とか考えないバカがこの場には居たようで、彼女は最早恒例《もはやこうれい》のように僕の体へガバッと抱《だ》きついてきた。

「なっ！」

それに驚《おどろ》きの反応《はんのう》を返したのは、もちろん今更《いまさら》な僕ではなく鈴音だ。彼女は今までの沈《しず》んだ空気を一変、その表情を一気に困惑《こんわく》の色に染《そ》めた。

「ちょ、ちょ、あなた！　なに抱きついてるの！」

なぜか鈴音が物凄《ものすご》くあせって叫ぶ。別に自分が異性《いせい》に抱きつかれているわけでもないだろうに、なんか知らんがえらく困惑気味のようなので、僕の方がなんとなく照れることもできず……溜め息混《ま》じりに少し言い訳《わけ》を試みた。

「まあ、ユウのこれは今に始まったことじゃないからな。あんま、気にすんな」

「気にするわよ！　ちょっと！　あなた早く離《はな》れなさい！」

なぜか鈴音はそれでも勢《いきお》いを緩《ゆる》めない。……なんだってんだ？　鈴音、普段《ふだん》はここまで激《はげ》しくないんだが……。鈴音の必死さとは裏腹《うらはら》に、ユウ自身はあくまでマイペースで……

「やだ～」

なんて言って、僕から離れようともしない。まあ、これは毎度といえば毎度だ。

「は、な、れ、な、さ、い！」

「イヤ」

……人の体を中心に睨《にら》みあうの、止めて欲《ほ》しいんですけど……。クラスメイトの視線も激しく痛《いた》いし。ユウの存在がそもそも認知されてないため、虚空《こくう》に叫ぶ鈴音が物凄くイタく見えるらしい。

「まあ、まて、鈴音。お前、なんでそこまで怒《おこ》ってんだ？　霊《れい》が体にひっついてると、なんかダメなのか？」

「ダ、ダメよ！　れ、霊体エネルギーは人体へ影響《えいきよう》を……」

「でも、今は物質《ぶっしつ》化してるから、別に大丈夫《だいじょうぶ》なのでは？」

「うっ……。と、とにかく！　ダメなものはダメなの！」

「…………」

全く鈴音らしくない。コイツはもっとこう、どんなことでも論理《ろんり》的な思考を元に発言、行動するヤツだ。今のように「ダメなものはダメ」なんて駄々っ子みたいなセリフ、全然彼女らしくない。顔なんてもう真っ赤だし。……自分が抱きつかれたわけでもないのに、なにをそんなに怒ってるんだか。

「鈴音、ちょっと落ち着け。今日のお前変だぞ？」

「私より、くっついてるソイツの方がおかしいでしょう！」

確かに。危《あぶ》ない……判断基準《はんだんきじゅん》がずれ始めているかも、僕《ぼく》。慣《な》れって怖《こわ》い。

「いや、まあ、そうなんだが……それにしても鈴音が焦《あせ》る必要性はないじゃないか」

「そうだそうだ〜」

ユウは鈴音の視線《しせん》から僕の体を挟《はさ》んで対角線に陣取《じんど》り、後ろから同意の声を上げる。

……コイツはコイツでまた、ヒジョーにうざったい。

「お前もだ、ユウ。絶対《ぜったい》にダメとまでは言わんけど、TPOをわきまえず節操《せっそう》なく抱きつくのは人として……」

「幽霊《ゆうれい》だけど？」

「……幽霊だとしても、一応は女の子なんだから、ちょっとは考えろ」

「むぅ～」

ユウは明らかに不機嫌《ふきげん》になりながらも、しぶしぶ僕から離れた。……まったく、ホント、幽霊の時に出会えてよかったというか……。これでユウの姿が誰《だれ》にでも見える生前だったら、大変なことになってただろう。……僕の心臓《しんぞう》具合も。

「鈴音、これでいいだろ？　いい加減《かげん》、機嫌《きげん》直せ」

なんで機嫌損ねたのかは、よく分からんけど。鈴音は僕の言葉になぜか焦《あせ》ったようにプイッと横を向いた。

「べ、別に私は機嫌を損ねたりなんか……」

「じゃ、またケイに抱きつこ～っと」

「ダメです！」

……やっぱり怒ってるじゃんか。

「え、えと。と、とにかく、蛍に抱きつくのは却下《きやつか》です。れ、霊が人にあんまり接近するのは、健康上とてもよろしくないわけで……」

「…………」「…………」

なんか……今更全然説得力に欠ける。僕もユウもジトーッとした視線で鈴音を見つめていたが、彼女は「こほんっ」と一つ咳払《せきばら》いをすると、一旦《いつたん》態度を改めた。

「とにかく。……その娘を連れて来たのには、なにか理由でもあるの？」

「《ユウ》だよ」

「その娘」という表現に、ユウが自ら注釈《ちゆうしやく》をつける。

「……ユウさんを連れて来たのには、なんか理由があるのかしら？　蛍」

「ああ、ちょっとな。さっきも言ったけど、コイツ幽霊初心者な上、どうも記憶喪失《きおくそうしつ》らしいから、なんかアドバイスでもくれてやってくれ」

僕の言葉に、鈴音は心底呆《あき》れたような表情になる。

「……あのねえ。私は霊能者だけど、別に幽霊じゃないのよ？　幽霊としてやってくアドバイスって……」

鈴音はそう言って「はぁー」と溜め息を吐いた。そうして、今度はユウの方に向き直る。

「ユウさん。自分のこと見える仲間が欲《ほ》しいなら、私達霊能力者より、他《ほか》の幽霊のところ行った方がいいんじゃない？　同じ幽霊なら、姿《すがた》も確認《かくにん》できるでしょ？」

それもそうだ。しかし、ユウは鈴音の言葉に不満そうに反論《はんろん》する。

「確かに他の幽霊さんは居《い》たけどさ。なんか、怖《こわ》いんだもん。ボーッとしてたり、体がぐちゃぐちゃだったり、《腕《うで》がない……》しか呟《つぶや》かなかったり……」

「…………」

それは確かにあんまり友達にはなりたくないな。鈴音は更《さら》に溜め息を吐いた。

「でも、私達霊能力者は、基本《きほん》的に貴女《あなた》達幽霊を成仏《じょうぶつ》させるのを目的としたことしかできないわよ？」

「それはヤダ。私、まだ死にたくないもん」

……あえてそこはツッコムまい。

「……じゃあ、私にできることは何もないわよ。悪いけど」

あんまり「悪い」と思ってなさそうな表情《ひょうじょう》で鈴音が言う。しかし、当のユウ本人はケロッとしたものだった。

「いいよ、べつに」

「へ？」

「私はただ、話し相手がほしかっただけだから。特にすることないんなら、とりあえずケイと一緒《いっしょ》に居るからいいよ」

「なっ？」

鈴音がまたも焦ったような表情になる。

「ど、どうして蛍と一緒に居ることになるんですかっ！」

「だって……」

ユウはそう言って、僕の腕に自分の腕を絡《から》ませ、頭を肩《かた》に預《あず》けた。

「ケイだけは《触《さわ》れる》んだもん♪」

ユウがニッコリと微笑《ほほえ》む。……対照的に、鈴音の方は怒《いか》りのオーラを体中から発散させ始めていた。なんだ、この、尋常《じんじょう》じゃない邪気《じゃき》は。発生原因《げんいん》も不明。

「……蛍」

トーンの低い声で鈴音がポツリと呟く。……怖い。

「は、はい」

「成仏させる方向で対処《たいしょ》してよろしいかしら？」

ニッコリと鈴音。……いや、マジで怖いんですけど。

「り、鈴音。まあ、落ち着け。それはさすがに、ある種殺人と変わらないぞ。本人嫌《いや》がってるものを……」

「悪い霊《れい》は、大体成仏を嫌がるものです。……大丈夫《だいじょうぶ》、すぐに楽になりますよ」

「どこの悪役のセリフだ！　怖すぎるって！」

鈴音がジリジリと圧倒《あっとう》的な威圧《いあつ》感をもって近付いてくる。ユウもさすがに楽天的な表情を一変、幽霊《ゆうれい》らしく青い顔になって僕の背中《せなか》にピッタリとくっついた。

「け、ケイ〜」

背後《はいご》から涙声《なみだごえ》が聞こえる。情《なさ》けない背後霊も居たもんだ。とり憑いている当人に助けを求めるってどうなんだ。

「蛍ぃ〜」

同じ名前を呼ぶ声ながら、前方からはなぜか更に怒気《どき》をこもらせた声が聴《き》こえてきた。

……仕方ない。僕は一つ溜め息を吐いて、鈴音に向き直る。

「鈴音。いくらなんでも、それはやりすぎだぞ」

諭《さと》すように声をかけてみる。

「…………」

「あのな、確かにユウは迷惑《めいわく》な霊だけど、でも、悪いヤツじゃないぞ」

「……む」

「なんでお前がそこまで怒るのかは分からんが、もうちょっと冷静に考えろ。無理矢理成仏させようなんて、ちょっとやり過《す》ぎだぞ」

「……う」

鈴音はようやく表情を崩《くず》す。……まあ、コイツも、本来優《やさ》しいヤツだから。自分の行動が少々行き過ぎなことぐらい、すぐに気付いていたのだろう。鈴音はそのまま自信なげな表情になると、おずおずと小さく呟いた。

「ごめん……。ごめんね、ユウさん」

「あ……ううん。いいよ、べつに」

ユウもホッとしたように強張《こわば》った肩の力を抜《ぬ》く。背中越しに緊張感《きんちょう》が解《と》けたのがわかった。僕もホッと胸《むね》を撫《な》で下ろす。……が、

「じゃあ、とりあえず蛍の背中から離《はな》れようね。ユウさん」

物凄《ものすご》くニコやかながら、明らかに怒気が含《ふく》まれている声で鈴音がそんなことを言う。

……ある種、さっきよりずっと怖い。

「はい……」

今度ばかりは、さすがのユウも素直《すなお》に僕の背から離れた。

【interlude―検証報告《けんしょうほうこく》―】

調査対象《ちょうさ》……式見《しきみ》　蛍《けい》
調査能力《のうりょく》……《幽霊に触《さわ》れる》（霊体物質化現象《ぶっしつかげんしょう》）

○　調査に至《いた》る経緯《けいい》

式見蛍（以下、蛍）が事故遭遇《じこそうぐう》直後から霊が見えるとの相談を受け、入院中色々とアドバイス行為《こうい》を行っていたが、ある日蛍が「なあ、幽霊って触れるもんだったのか？」なんて意味の分からないことを言い出す。詳《くわ》しく聞いてみると、どうも、入院中廊下《ろうか》で霊と遭遇した際、混雑《こんざつ》していて霊を避《よ》けるスペースがなかったため、「まあ、どうせすり抜《ぬ》けるなら……」と思ってそのまま歩行した結果、見事に霊と正面衝突《しょうとつ》したらしい。その後、何度か自分から霊に触《ふ》れてみたりした結果、私への相談と至った次第《しだい》。当初こそ私も半信半《はん》疑《ぎ》だったが、実際《じっさい》に彼の病室に居た地縛霊《おじいさん》を相手に検証した結果、どうやら本当に触れるらしいことが判明。これは、非常に異常な事態である。過去、どのような文献にもこのような能力を持った霊能力者の存在は記されていない。事故によっての臨死体験の末、霊視能力が開花するケースは往々にしてあるものの、《触れる》なんて能力はどのような場合をおいても例のあるものではない。元来蛍の潜在霊力は非常に高かったが、それにしても《触れる》という能力の原因とはなり得ないであろう。しかしながら臨死体験だけでこのような能力を得られるとも思えないため、この能力は元々蛍の中にあった素質が事故（又は臨死）をきっかけに顕在化したものだと考えられるのだが……。以下、蛍の《触れる》という能力に関して、私、神無鈴音が……いえ、私と《協力霊　ユウ》によって検証した結果を記す。なお、《ユウ》に関しては後記とする。

（なお、下記の文章は私の個人的検証であり、正式な場への報告文章ではないので、多分に推測等が含まれる）

○　《触れる》ということについて

　当初こそ蛍が《触れる》だけだと思っていたが、どうやらそれは違うらしいことに気付く。きっかけとなったのは、蛍の衣服も霊体に触れているのを目撃したことだ。これは

《蛍》という存在のみが霊《れい》に《触れている》というわけではないということを示《しめ》す。どういうことかというと、彼の周囲の物質もその《触れる》という能力の効果《こうか》対象にあるということだ。検証の結果、効果半径はどうやら二メートル程らしい。その半径内に居る霊体は、あらゆる物質に触れるらしいのだ。ここで重要なのが、「半径内にある物が霊体に触れられる」ではなく、「半径内に居る霊体が物質に触れる」という点である。一見同じことのように見えるが、実は全然違う。つまりは、彼の能力は元来ある物質に働きかけるのではなく、霊体自身に働きかけているということだ。検証結果、私はこの能力を《霊体の物質化》と称《しよう》することにした。

〇　《物質化》について

さて、私がこの能力を《霊体の物質化》と名づけたのには理由がある。それは、この能力の効果範囲《はんい》のことだ。前述《ぜんじゆつ》した通り《能力》の範囲自体は二メートル程なのだが、その《二メートル》には若干《じやつかん》の注釈がある。検証の結果、霊体の《二メートル範囲内》に入ってる部分だけが物質化するのではなく、霊体の一部でもその範囲内に入っていれば、その霊体は全体が物質化するということが判明した。……すこし分かりづらいが、つまりは、たとえば霊体の体の下半身だけが範囲内で、上半身が範囲外という状態になった時、上半身は物質をすり抜《ぬ》けてしまうのかというと、そんなことはなく、依然《いぜん》として物質に触れるということだ。これは、能力が霊体自身に影響《えいきょう》を及《およ》ぼす類《たぐい》のものであるという証拠《しょうこ》ではなかろうか？　ちなみに、《物質化》とは言っても、霊視能力のない者に見えないのは変わらないようだ。ゆえに《実体化》という表現は現状避《さ》けている次第《しだい》。この点に関してはまだまだ検証の余地《よち》ありといったところか。

○　物がある場所での《物質化》について

これは、基本《きほん》的にそこにあるものを《弾《はじ》いて》行われる（何もなくても、空気を弾くため多少の風が起こるようだ）。しかし、ある程度《ていど》固定されたものや、物質化した際《さい》の霊体自身の重量より重いものがある場合、その物質を弾くことはできず、霊体自身が弾かれるかたちになる。弾かれた結果なにもない場所、もしくは霊体の重量以下の物質しかない場所に出た場合はそこで物質化。《壁》など周囲が全《すべ》て物質化できない場所だった場合は、効果半径である二メートル距離《きょり》をあけられた（吹《ふ》き飛ばされた？）時点で、能力の効果は終わる（つまり物質化しない）。

この件に関してもう一つ特記すべきは、有機質内《ゆうきしつ》（生物内）での物質化についてである。これは基本的に効果の対象とならない。つまりは、有機質内にある霊体には、まったく能力《のうりょく》が反応《はんのう》しないということである。……まあ、当然といえば当然のことかもしれない。もし有機質内のものまで効果対象にあるのならば、生きている人間の体内の霊体（魂《たましい》）も、弾かれ、物質化してしまうことになる。私自身、蛍に近付いても特に異常はないため、これに関してはわざわざ霊体を使っての検証《けんしょう》は必要ないだろう。……一つ検証するとすれば、《憑依《ひょうい》》状態での物質化だが、予想としては、九十九パーセント物質化しないだろうと私は考える。……もし弾くようなら、憑《つ》き物落としの商売あがったりだし（冗句《じょうく》です）。

○　物質化中の《生物》としての機能

これは霊体自身のイメージが深く関係する。自分が人間だときっちり思っているものはその通り人間としての体に近いものになる。つまり、霊体状態の体を忠実《ちゅうじつ》に再現《さいげん》できるということだ（首無し等でもそれは然《しか》り）。極端《きょくたん》な話、化物状態をイメージしていれば化物にだってできる（古来《鬼《おに》》と称されたような霊とか）。

ここから少し《霊》に関する注釈《ちゅうしゃく》を。霊体がとれる《形態》は、それ自身の霊力に比例《ひれい》して多彩《たさい》かつ強力になるので、大して霊力のない霊がいくら体を変化させようとしたところで無理である。自身のイメージ力も関係するため、力は持っていても、明確《めいかく》なイメージを描《えが》けなければ変化もできない。平均的《へいきん》には、人間は生前の自身を形作る程度《ていど》には霊力もイメージ力（自分の体だから）も備《そな》わっている。が、霊力が少なかったりイメージ力が足りない場合（まだ自我《じが》があまりない幼《おさな》い状態《じょうたい》で死んだ人間……つまり水子《みずこ》とか）は、俗《ぞく》に言う《人魂《ひとだま》》という状態になる。なお、人魂といえど霊体であるため、物質化は可能《かのう》だと思われる。協力霊、ユウさんに関する報告《ほうこく》はまた別記。

○　物質化中の《怪我《けが》》

基本的に有効。痛《いた》みも感じるし血も流す。が、物質化が切れると全《すべ》て外見上は元通りになる模様《もよう》（ユウの協力によって判明《はんめい》）。ただし、物質化中に怪我を負っている場合は、その分霊体のエネルギー源《げん》たる《霊力》を消費してしまう（物質化が切れた際《さい》の復元時《ふくげんじ》に）。つまり存在《そんざい》として《薄《うす》く》なったり、行使できる力が減《へ》る。ちなみに前述した通り、生物としての機能は霊体自身のイメージが深く関係するが、人間である以上……いや、生物である以上、基本的な生物としてのイメージは植えつけられているため、基本的に心臓《しんぞう》部分を損傷《そんしょう》すれば《致命傷《ちめいしょう》》だし、指をちょっと切ったぐらいならば《軽傷》として、霊体自身に反映《はんえい》する模様（物質化を解《と》いた時の、霊力低減量に比例。ちなみにこの検証はユウの髪《かみ》を切って行われた。決して傷つけてなどはいないので、誤解《ごかい》なきよう）。《首無し霊》など、最初から致命的な欠陥《けっかん》を持っている霊の物質化に際しても、そのルールは同じ。欠損《けっそん》霊の場合、その欠損部分の役割《やくわり》をどこか他の部分で補《おぎな》っているだけである。つまり、頭のない霊を物質化したからといって、その霊が急に苦しみだしたり、また、物質化を解いた瞬間に霊力が低減したりすることはないということである。

……蛍にはきちんと報告してないが、これは非常《ひじょう》に異常《いじょう》なことであるということを記載《きさい》しておく。……極論《きょくろん》として、《物質化》の能力は《霊を傷つける》そして《成仏《じょうぶつ》ではなく消滅《しょうめつ》させる》という能力に他ならない。除霊《じょれい》、交霊、降霊《こうれい》、成仏……それらに代わる新しい干渉《かんしょう》能力とでもいうのだろうか。とにかく、蛍を中心として新たな《理《ことわり》》ができているのは確実である。正直、私は恐《おそ》ろしくさえ思う次第である。

○　物質化中の《食事》

付記となるが、これも基本的に有効《ゆうこう》だということが、ユウさんによって判明した。物質化中の食物摂取《せっしゅ》は可能《かのう》である。しかし、だからといって効果範囲《はんい》内から出た瞬間《しゅんかん》食べ物が体から抜《ぬ》け落ちるとか、そういうことはないようだ。食事に限《かぎ》らず、物質化中に体に《取り込《こ》んだ》物は、霊力として変換《へんかん》されるらしい。霊は元々ある程度霊力の自然回復機能（空気中からの霊気吸収《きゅうしゅう》等）を持つが、食事はそれの補助《ほじょ》といったところか。俗に悪霊《あくりょう》と呼ばれる霊体が、他の霊体を吸収して回復、成長するのと、イメージ的には同じである。ただし、食事はあくまで食事であり、悪霊の《取り込み》とは違《ちが》って、《成長》はしない。あくまで《回復》だけである。

○　付記　ユウさんに関して

彼女は今回の検証に協力をしてくれた浮遊霊《ふゆうれい》である。通常の霊よりコミュニケーション能力に優《すぐ》れたところがあり、ある種貴重《きちよう》な霊体である（他にも居《い》ないことはないが）。これは、蛍の言う通り彼女の記憶喪失《きおくそうしつ》という実状が影響しているのだろう。一つの感情に囚《とら》われていないためのものであると思われる。とはいっても、やはりこの世に留《とど》まっている以上、深層《しんそう》部分ではなにか大きな《無念》を抱《かか》えていると思われるのだが……。

ユウさんは、自分の服装《ふくそう》を変化させられる程度にはイメージ力も霊力もある。が、自身を劇的《げきてき》に変えることはできないらしい。せいぜい、髪《かみ》の色や服装《ふくそう》を変えられるくらいである。最初出会った時はキャミソールにミニスカートという、しばしば「下着のような」とでも評《ひょう》されがちなぐらいにシンプルな服装であった。これは、彼女が死んだ時に身に着けていたからか、もしくは、イメージとして楽だったからだと思われる。あれから数日経過《けいか》した現在《げんざい》は、ある程度自由に服装を変化させて楽しんでいるようだ。今ではかなり凝《こ》ったデザインのものまで着ている。

そうそう、更《さら》に付記となるが、どうやら物質化中の形態変化、及《およ》び浮遊は不可能らしい。浮遊に関しては、存在として《軽い》霊体だからこそできる芸当だといったところか。形態変化に関しても、そもそも霊体という存在が流動的なモノであることに起因《きいん》した能力であるとも言えるし、更には霊とはいえ《物質》である以上、物理現象に逆《さか》らった現象は起こせないということかもしれない。

ユウさんは現在蛍にとり憑《つ》いている状態である。常々《つねづね》蛍にはあんまり近付き過ぎるなと注意をしているのだけど……彼も、あれで結構《けっこう》お人よしだから、完全な拒絶《きょぜつ》はしない。結果、今のところユウさんは未《いま》だに蛍にべったりである。……非常に腹立《はらだ》たし……とと っ、なんか関係ないこと書いちゃってるし！　い、以上、レポート終わり！

【interlude ―中に居《い》る―】

あ、ショーコ？　え、うん、そりゃそうか。ショーコのケータイだもんね。ワタシワタシ、カズミだよ。元気してた？　え、さっきまでガッコで会ってたって？　そだっけ？　まあまあ、いいじゃん。……ちょっとぉ、溜《た》め息吐かないでよ。なんか、ワタシが可哀想《かわいそう》な子みたいなノリもやめてくれる？　まったく……。

ところでさ、ショーコ、《中に居る》っていう話、知ってる？……え～！　知らないの？　マジ？　今結構有名だよ、《中に居る》。……え、それなんの話かって？　あ、うん、《中に居る》っていうのは、まあ、都市伝説っていうの？《怖《こわ》い話》だよ、怖い話。

あのね、メリーさんっていう話なら知ってる？　これは有名でしょ。なんていうか、都市伝説よりもう一つの怪談《かいだん》になっちゃってるしね。……うん、それそれ！　電話が何度もかかってきて、その度《たび》に段々《だんだん》声の主が近付いてくるってやつ。要はあれの発展形《はってんけい》なんだけどね。……いやいや、怖いんだってば！　結末がちょっと違《ちが》うだけなんだけど、なんか、もう、ホント、アレとは違う気持ち悪さっていうの？　あのさ、メリーさんて、最後の部分がボヤかされてたり、後ろに妖怪《ようかい》みたいなのが居て終わりだとか、そんな話でしょ？　でも、《中に居る》は違うのよ。……うん、……うん……って、うわっ、よく分かったね。え？　タイトルまんまの結末だって？　う、まあ、それはそうなんだけどさ。ホント、気持ち悪いでしょ？　だって、最後には自分の中から声が聴《き》こえてくるんだよ？　もう、想《そう》像《ぞう》しただけでキモいっしょ？……いや、アンタのテンションの方がキモイって……ショーコ、なにげに毒舌《どくぜつ》ね。ワタシ、《中に居る》にとり憑《つ》かれてなくても電車に飛び込みそうだったわ、今。……その抑揚《よくよう》のないフォローもかえって傷《きず》つくよ、ショーコ……。まあ、いいや。いや、よくないけど。

で、最終的にはさ、そのなんだかワケの分からないものに意識《いしき》のっとられて、本人何も分からないうちに死んじゃうんだよ？　ワタシが聞いたのは最後、終電に飛び込む話だったんだけどさ。え？　目撃者《もくげきしゃ》の居ない話で主人公死んだのなら、その話はどうやって伝わるのかって？　ショーコ……ワタシ、貴女《あなた》は嫌《きら》いじゃないけど、そういう野暮《やぼ》なトコロは正直どうかと思うわよ……。まあね、別に、ホントにあった～……っていうノリよりは、なんていうか、驚《おどろ》かせたり怖がらせたりするカンジの話だからさ。色んな意味で「都市伝説の信憑性《しんぴょうせい》」ってところね、この話も。いいじゃん。怖くて楽しけりゃさ。ホラー映画《えいが》だって、べつに実際《じっさい》あったことだから楽しいというわけじゃないでしょ？　そういうことなのっ。黙《だま》って聞きなさい。もう……テンション下がるわね。

……え？　そんな話のためにわざわざ電話したのかって？　ううん、まさか。ショーコ、ワタシがケータイ料金で金欠気味なの知ってんじゃん。わざわざただの怪談だけで電話なんてしないって。メールで済《す》ますよ、フツー、この手のは。

あのね、最近この話が盛《も》り上がってるのってさ、実は、「それっぽい」事件《じけん》がこの辺で多発してるからなんだよ。まだ街の口コミレベルだけどね、その方がむしろ信憑性あることって、あるよね。下手《へた》に有名になるよりさ。……え？　どういうことかって？　うん。さっきの例でいくとさ、それこそ直前まで全然そんな素振《そぶ》りのなかった人が電車に飛び込んだりさ、自殺なんてしそうもない人が急に自殺したり。……え？　そんなのよくある話だって？　ショーコ、あんたホント冷めてるわね……。まあ、それはそうなんだけどさ。でも、ホント、なんか最近この辺でそういう事件《じけん》が多いらしいよ。この前だって友達の友達の明るい女の子が唐突《とうとつ》に自殺したって話聞いたし……。……《友達の友達ほど信用できない情報源《じょうほうげん》はない》？　ショーコ、相変わらずクールだねぇ。え、意味の分からない文字列を逆《ぎゃく》から読んでみろ？……う〜ん「edisnimorF」……これがなに？　うん？　ふろむいんさいど？　ああ！　「From inside」！　つまり「中から」だねっ――てか怖っ！　更《さら》に怖いけどめっちゃ作為的《さくい》っ！……はぁ……そっか。なんかこれ、明らかに「尾《お》ひれ」な感じだねぇ……確かに。話し手の工夫《くふう》入ってる感じっていうの？　あーあ、今回は結構怖いと思ったんだけどなぁ～。もっと怖がってくれないと、話がいがないってもんだよ。……でも、実際変な事件が続いてるっていうのは事実みたいだよ。ショーコも気をつけなさいよ。……え？　どう気をつければいいかって？……う～ん……お守り……持つとか？なんの？　う～ん……あ、安産祈願《きがん》とか？　いや、子供《こども》産めるってことは、それまで生きられるということみたいな……独身《どくしん》貫《つらぬ》けば不死！　みたいな……。

あ、ショーコ？　なんで溜め息吐《つ》いて急に切っちゃうのよ～……

第四章　甘《あま》くない同棲《どうせい》生活

「起きろ〜！　ケイ〜！」

「…………」

……またか。今、何時だ？

うっすらと長時間張り付いていた瞼《まぶた》を開き、ボンヤリする視界《しかい》で短針《たんしん》と長針だけにピントを合わせる。それ以外の視覚情報《じょうほう》は蒙昧《もうまい》。て、うわっ、まだ六時じゃないか。七時に起きれば充分《じゅうぶん》学校には間に合うって何回言えばコイツは分かるんだ？　もう、無視しよう。七時まで寝《ね》る。断固《だんこ》寝る。というわけで、視界は再度《さいど》暗転。

「朝だよ〜！　起きろ〜！」

聴覚《ちょうかく》がシャットアウトできない……「耳を閉《と》じる」ができないっていうのは……人類の今後の進化の課題だと思う。

「朝！　朝！　朝〜！」

「……ユウ、うるさい」

一言だけポツリと呟《つぶや》いて、ゴロンと寝返りをうつ。……う〜ん……この朝方の布団《ふとん》の感《かん》触《しょく》って、どうしてこうも極楽《ごくらく》なのだろうか？　これこそ人類の英知の結晶《けっしょう》だよ。羽毛《うもう》布団。……軽く何か歴史上の偉人《いじん》をサラリと一斉《いっせい》に否定《ひてい》した気がするけど。まあ、いい。こんなに気持ちいいのだから。死ぬことを「永眠《えいみん》」というけど、ずっとこんな感覚が続くなら、ぜひとも今すぐ永眠したいところだ。永眠……ああ、なんて素晴《すば》らしい響《ひび》きの言葉なのだろう。この言葉を作った人物は、さぞかし素敵《すてき》な人だったんだろうなぁ。

「起きてよケイ！　もう朝だって！」

「……朝だな」

「朝だよ！」

「夜じゃあないな」

「夜じゃあないよ！」

……むむ。適当《てきとう》にユウをあしらおうとしたのだが、うまく思考力が働いていない。どうも不毛なことを言った気がするが……あぁ、ん、はふぅ、羽毛布団。

「……寝る」

満足顔の僕《ぼく》。今、多分、僕は人生で一番いい顔をしている。最高潮《さいこうちょう》の顔をしている。主人公を助けて想《おも》いを伝え、満足して死んでいくヒロインの瞳《ひとみ》を閉じた顔ぐらい、いい顔し

ているはずだ。それぐらい幸せ。あぁ、羽毛布団。羽毛布団万歳《ばんざい》。もう、羽毛布団教に入団したいぐらいだよ。羽毛布団党《とう》に一票投じたいぐらいだよ。ウモーブトン大統領《だいとうりょう》が——

「寝るな！　朝だって！」

「……朝は寝る時間だ」

「起きる時間だよ！」

……うっさい。羽毛布団大統領との蜜月《みつげつ》のような時間が台無しだ。……まさか一人暮《ぐ》らしで眠りを他人に妨《さまた》げられるということがあるとは思わなかった。

「まだ登校までは時間あるだろ〜。七時までは寝させてくれ」

羽毛布団陛下《へいか》をかぶりなおす。

「ダメだよ！」

「……なんで？」

ふわぁとあくび交《ま》じりに羽毛布団皇帝《こうてい》から顔をひょっこり出して聞き返す。それに対するユウの答えは……

「私がヒマだからだよ！」

「…………」

………………………あっそ。

「寝る」

「寝るなぁ！」

「……くぅ……」

「わわわっ。ね、寝ないでよ～」

ユウがなんとも情《なさ》けない声をあげる。……もう、勘弁《かんべん》してくれ……。

「……ユウも寝てりゃいいだろ？」

「だって、幽霊《ゆうれい》は基本的《きほん》に寝なくても大丈夫《だいじょうぶ》なんだもん……。なんか、あんまり眠くなんないんだよ……」

知ったことか。

「じゃあ、テレビでも見てろ」

手探《てさぐ》りで枕元《まくらもと》のリモコンを探り出し、ユウの居《い》るであろう方向につきつける。……幽霊にリモコン渡したのって、もしかして人類史上僕が初めてじゃないだろうか。

「やだ～。面白《おもしろ》いのやってないんだもん、この時間」

「……朝のニュースとかやってるだろうが……」

「萌《も》えアニメがやってないんだよ～」

「…………」

軽いノリで彼女のディープな嗜好《しこう》が判明《はんめい》してしまった。リアルで「萌え」とか口に出す人、初めて見た。まあ、僕の羽毛布団信仰《うもうぶとんしんこう》もどうかと思うけど。

「……ヒマならメシでも用意しといてくれ」

「無理だよ〜。ケイから離《はな》れたら透《す》けるもん。う〜ん……ワンルームだから一応《いちおう》、台所に届《とど》くことは届くけど……途中《とちゅう》で包丁床《ゆか》に落としても知らないよ？」

最凶《さいきょう》に恐《おそ》ろしい予言だった。ていうか本来幽霊が枕元に居る時点で恐怖映像《きょうふえいぞう》は充分に成り立っている。それが包丁なんて持ってたら……もう、ハリウッドに進出できそうだよ、Jホラー監督《かんとく》として。

「……前言撤回《てっかい》。……もう、なんでもいいから大人しくしといてくれ」

僕は寝《ね》たいんだ……。なんで死亡《しぼう》後の人間に生活ペースを合わせにゃならんのだ。ただでさえここ数日、ユウには迷惑《めいわく》かけられてるってのに……（無駄にメシ食われたり、夜中まで世間話に付き合わされたり……）。

「むぅ〜……。……あ、でも、ケイ……」

「……なんだよ」

呟きながら弾力《だんりょく》ある枕へと顔を潜《もぐ》り込《こ》ませる。羽毛布団閣下《かっか》の有能《ゆうのう》な補佐《ほさ》、マクラー君もまた、いい仕事していた。実は彼は羽毛布団閣下の寝首をかこうと近付いてきた過激派《かげきは》のスパイなのだが、段々《だんだん》と彼の屈託《くったく》ない笑顔《えがお》に惹《ひ》かれ――いや、この話は僕の胸《むね》の中に留《とど》めておこう。眠《ねむ》い。眠すぎる。

「もう、七時に近いんだけど……」

「………」

なにか、ユウが変なことを言っていた。いや、今の僕に他人を変という資格《しかく》はない気が一瞬《いっしゅん》したが、まあいい。

おそるおそる時計を確認《かくにん》。……六時五十五分……。…………。…………まじっすか？

「な、なんで……」

「だって、ケイ、私に適当に答えながらも、時々意識《いしき》失ってたじゃん。一時間前からずっとそんな調子だったから……」

ユウのなんだか意地悪そうな声が聴《き》こえる。

「……勘弁してくれよぉ」

朝っぱらから大きく溜め息を吐く。なんで《遅寝《おそね》早起き》を実行しなくちゃならないんだよ……。僕はしばし羽毛布団師匠《ししょう》の中で落胆《らくたん》しながらも、起きなければいけない現状《げんじょう》を心の中でどうにか妥協《だきょう》させ、七時の目覚ましが鳴る数秒前でボタンを押下《おうか》した。

「おっはよう！」

「…………」

いや、勿論《もちろん》今のセリフは僕のじゃない。そんなキャラになってたら自分でもびっくりだ。で、本日マトモに起きて最初目にしたのは、相変わらず生きてる人間よりずっと元気そうな女の子。幽霊初心者で未《いま》だに僕にとり憑《つ》いているユウである。僕が雛鳥《ひなどり》だったら彼女を親と認識するところだった。最近はすっかり服装《ふくそう》に凝《こ》り始めたようで、ディープな例の趣味《しゅみ》も相まってか、フワフワとしながらも涼《すず》しそうなドレスみたいなものをよく着ている。普通《ふつう》に歩いていたら中身の優秀《ゆうしゅう》さもあって少し目を引くだろう。そこは幽霊の特権《とっけん》ってやつか。ポイントポイントには布《ぬの》を巻《ま》きつけたような装飾《そうしょく》もしたりで、日に日に凝っていくその様子を見ていると、いつの日かコイツはホントにアニメキャラになってしまうのではないかと若干《じゃっかん》の不安を抱《いだ》く。僕は嘆息《たんそく》にも似《に》た息を吐《は》き出した。

「……おはよう」

彼女とは対照的に、僕はボサボサ頭で酷《ひど》く不機嫌《ふきげん》な雰囲気《ふんいき》を振《ふ》りまきながら言葉を紡《つむ》ぐ。コイツに憑かれてからというもの、僕はとにかく疲労《ひろう》が酷い。……いや、一般《いっぱん》的に言う「生気を吸《す》い取られている」とかそういうのじゃなくて、僕の場合、ただ単にコイツに付き合うのに体力を消費しているだけなのだが。いや、ある意味で吸い取られるよりタチが悪いかもしれない。

幽霊《ゆうれい》のユウには基本的《きほん》に「スタミナ」なんて概念《がいねん》は殆《ほとん》どないわけで、深夜までぶっ通し喋《しゃべ》りっぱなしだろうが、朝っぱらから異常《いじょう》なハイテンションだろうが、一向におかまいなしなのである。おかげで、そのユウと四六時中一緒に居る「一応《いちおう》は生きている」僕としては、せめて睡眠《すいみん》ぐらいまともにとらせて欲《ほ》しかったのだが……。

「今日も元気にガンバロー！」

「……頑張《がんば》んねぇよ」

ユウにジロリと恨《うら》みのこもった視《し》線《せん》を向けながら、「ふわぁ」とまた大きなあくびをする。多分ユウから見ればみっともないことこの上ない顔なのだろうが、今更《いまさら》、コイツの視《し》線《せん》を気にしたって仕方ない（羽毛布団殿下《でんか》との蜜月《みつげつ》も見られているし）。ユウに憑かれ始めた日から、僕の辞書では「プライバシー」という言葉の上に斜線《しゃせん》が引かれてしまっているのだ。それに、幽霊の視線なんてイチイチ気にしていたら身が保《も》たない。むしろ、ユウが僕に愛想尽《あいそつ》かしてくれれば、それはそれで都合がいいくらいだ。……今のところ、全然離れていく素振《そぶ》りはないけど。

僕は朝の準備《じゅんび》に全く役に立たないユウを脇《わき》に手早く最低限《さいていげん》の支度《したく》だけを整えると、ホントに軽めの食事をとってすぐに登校の途《と》についた。玄関《げんかん》から出発間際《まぎわ》に、羽毛布団王妃《おうひ》に「行って来ます」と小さく声をかけたのはナイショである。

小鳥のさえずりだけが唯一《ゆいいつ》「爽《さわ》やかさ」を演出《えんしゅつ》する街をボーッと歩く。隣《となり》には当然のようにユウ。コイツ、本当にいつも僕に「べったり」という言葉がぴったりな状態《じょうたい》である。誰《だれ》にも見えないのをいいことに学校にもついてくるし……ホント、トイレや風呂《ふろ》など最低限のプライベート空間以外は殆どずっと一緒《いっしょ》に居るんじゃないか？　こんなの、下手したら恋人《こいびと》でもありえない。半ば最悪のストーカーである。……まあ、容姿《ようし》が可愛《かわい》い女の子だったのだけが、僕にとって唯一の救いといったところか……。別にそれで得することもないんだけど、少なくとも油ギッシュな中年男性に憑きまとわれるよりはマシだろう。下心とかを全く抜《ぬ》きにして、生活環境《せいかつかんきょう》的にも。

しばしボーッと二人（傍《はた》から見れば一人）、無言で歩く。マンションを出てすぐの路地にさしかかる。——と、ユウが周囲の風景を眺《なが》め回しながら、いつものように脈絡《みゃくらく》のない言葉を呟《つぶや》いてきた。

「いくらが食べたい」

「…………」

「無視は寂《さび》しいよう、ケイ」

「いや、他《ほか》にどんな選択肢《せんたくし》あった、今」

嘆息しつつ、仕方なくユウの方を向く。彼女は両手を胸の前で組んで空を見上げ、とろんとした目で視線を虚空《こくう》に漂《ただよ》わせていた。……ああ、いってしまわれている。

「いくらって、美味《おい》しいよねぇ」

「そうだな。それは同意してやる」

「いくらって、神様だよねぇ」

「それはさすがに同意しかねる」

どんな頼《たよ》りない神様だ。……い、いや、もしかしたら、幽霊の彼女が感じる「頼りない不安定な世界」を、そういう物凄《ものすご》く分かりにくい比喩《ひゆ》で表したのだろうか？　まさか、コイツ、ボケたふりして案外とんでもなく頭のいいヤツ——

「いくらは……カチコチに凍《こお》らせて食べるに限るよねぇ」

いや。コイツは、紙一重《かみひとえ》で阿呆《あほ》だ。

「お前……いくら好きの割《わり》に、今、激しくいくらを侮辱《ぶじょく》したぞ」

「え？」

ユウが全く理解できないという風に首を傾《かし》げて僕を見た。……僕にはお前がいつまでたっても理解できないよ……。

「なんでまた、わざわざ凍らせて？」

「え。……もう、やだなぁ、ケイ。そのまま食べようとしたら、プチッとすぐに潰《つぶ》れちゃうじゃん。そんなの私から言わせれば邪道《じゃどう》だね、邪道」

……うん。なんだ……。別にいくらの食し方にこだわりはないが……コイツを、今、全国のいくら好きさんの代わりに、一発殴《なぐ》りたい。それぐらいは許《ゆる》されそうな気がする。僕がそんな風に思っているのには全く気付きもせず、ユウはなぜか胸を張って異常論理《ろんり》を展《てん》開《かい》しはじめた。

「凍らせた際のあの美味食感といったら、もう、既《すで》に三大珍味《ちんみ》さえ超《こ》えているよね。三大珍味食べたことないけど」

「理不尽《りふじん》過ぎる不戦勝だな」

「冷たいっていうのもポイントだよね。凍ったいくらをザラザラと熱々ゴハンに振《ふ》りかけて一気にかきこむのが通」

「想像《そうぞう》すると一瞬《いっしゅん》心が折れそうになった」

「液体窒素《えきたいちっそ》で凍らせるのがやっぱり一番美味しいのは、言うまでもないことだよね」

「いや、僕には言ってもらったところで全く理解できない」

「なんせあの美食家として有名な魯山人《ろさんじん》氏も、往年《おうねん》にはこれしか食さなかったっていうぐらいだからね」

「サラリと故人《こじん》の嗜好《しこう》をねじまげたな」

「はふぅ。私の心をここまで奪《うば》い去ってしまうなんて……。まったくもって、罪《つみ》な存在《そんざい》だよう、冷凍《れいとう》いくら」

「まったくだ」

最終結論だけは僕《ぼく》も完全に同感だった。彼女の言う意味とは違うだろうけど。ユウは僕のその返答だけ耳に入ったのか、「うんうん。ケイも精進《しょうじん》するんだよ」なんて無意味に偉《えら》そうに頷《うなず》いていた。……もう、勝手にしてくれ。僕は朝っぱらから激しく溜《た》め息を吐いた後、再度《さいど》、登校を再開した。

しばらくはユウと他愛《たわい》もない……というかユウがボケ、僕が「ツッコマざるを得ない」会話を展開して、朝の爽やかさ台無しの街を歩き続ける。

数分すると、場所は駅までの中間地点である、朝は通り道として主に機能《きのう》している大きな公園内に差し掛《か》かっていた。……景色が、淀《よど》み始めていた。

「……なあ、ユウ」

「……なに？」

ユウに声をかけつつも、視線《しせん》は前方……目の前を歩く人間。綺麗《きれい》なタイル地の路面にタンを吐《は》き、歩きながらタバコに火をつけたスーツ姿《すがた》の中年男性《だんせい》を見つめ続ける。

「あのな、一つ今、すっごい協力してほしいことができたんだけど……」

「奇遇《きぐう》だね。私もそれを言おうかなって思ってたところだよ」

ユウは僕の言葉にイタズラな微笑《びしよう》を浮《う》かべる。……コイツ、こういう部分では僕と気が合うから、僕もあんまり冷たく当たれないんだよな……。僕はそんなことを考えつつ、ユウに一回だけ目配せをすると、歩行ペースを少し上げた。中年男性の隣《となり》まで行き、さらにはそのまま少しだけ追い越《こ》す。チラリと視線だけを後ろに向ける。ユウは、僕の《二メートル範囲《はんい》》から出ない位置関係で中年の背後《はいご》につき、そして……

「ていっ」

掛け声と共に中年の歩行する足を軽く蹴《け》り払《はら》った。

途端《とたん》に、バランスを崩《くず》しヨタヨタと転びかける男性。ユウはその様子を見守りつつも、彼の口からタバコをヒョイと抜《ぬ》き取り、パパッとアスファルトで消火して彼の手の中に再びムリヤリ握《にぎ》りこませた。

「のわぁ！」

「？？？？？」

転んだ際《さい》の混乱《こんらん》も相まって、中年男性はそれこそ狐《きつね》につままれたような顔で呆然《ぼうぜん》とその場に佇《たたず》んでいた。……上出来だ。ギリギリで転ばなかったところだけが心残りといえば心残りだが、まあ、それほど多くは望むまい。僕は「我《われ》関せず」の態度で何事もなかったように前を向いて歩き始める。すぐにユウも僕の隣に追いついてきた。

「へへへっ。あの顔、すっごく面白《おもしろ》かったね！」

「……まあな」

クールに言いつつも、僕も内心結構《けっこう》「いい気味だ」なんて思ってた。まったく……なんで沢山《たくさん》の人が背後を歩行してる中で……幼《おさな》い子供《こども》も多数歩いている中で、歩きタバコなんてするかね。手を振りながら持つ高温のそれが身長低い子供に危《あぶ》ないのは勿論《もちろん》だし、タバコの煙《けむり》が嫌《きら》いな人間が強制的《きょうせい》にそれを吸わされ続けるのが、どれだけ苦痛《くつう》か分からないとは……。会社で仕事のノウハウを学ぶ前にもっと先に学ぶべきことがあるんじゃないか？

「でも、意外」

ユウが僕の顔を覗《のぞ》き込みながらそんなことを言う。

「なんだよ」

「いや、ケイ、そんなに正義《せいぎ》感強い方だとは思わなかったからさ。……いっつも『あぁ、死にてぇ』なんて呟《つぶや》いてるから、てっきり自分も他人もどうでもいいって感じの考え方なのかと……」

「……別に。正義感なんて高尚《こうしょう》なもんじゃないよ。僕はただ自分がケムたくて、あのオヤジにムカついただけ。それだけだよ」

「ふぅん」

ユウは納得《なっとく》したような声をあげつつも、その表情《ひょうじょう》はニターッとなぜだか奇妙な笑《え》みを浮かべて再び僕の隣に陣取《じんど》る。……ったく、僕は本当にそんなんじゃないんだからな……。

そんなことを考えながらも、面倒臭《めんどうくさ》いのでわざわざそれを言うこともなく……というか、言ってしまったら余計《よけい》にユウにからかわれそうだったので、いつもの憮然《ぶぜん》とした表情をしたまま「死にてぇ」と呟き、幽霊には似合わない青空の下をとぼとぼと歩いた。


「……おはよ、蛍《けい》」

「なんで朝っぱらからそんな殺意のこもった視線《しせん》で挨拶《あいさつ》してくるんだよ、鈴音《りんね》」

ここにも問題のある人間が一人。白い肌《はだ》の女生徒が非常《ひじょう》に不機嫌《ふきげん》そうに、隣の席についた僕とユウを眺《なが》めてくる。……なんか、ユウが僕と一緒《いっしょ》に行動するようになってからというもの、なぜか鈴音は終始不機嫌だ。とり憑かれているのは僕だってのに……。まったく理解できない。

「べっつにぃ」

「なんだよ、その『べっつにぃ』って。明らかに色々含《ふく》みのありそうな表現《ひょうげん》だな、おい」

「べっつにぃ」

「……お前、いつからそんなヒネくれた性格《せいかく》になったんだ？」

「べっつにぃぃ」

「…………」

相当ご立腹《りっぷく》なようだ。……ったく、理由が分からない怒《いか》りほど、厄介《やっかい》なものはない。一体なにが不満なんだか。ユウはといえば、いつものように僕の机《つくえ》の上にどっかりと腰《こし》を下ろして、興味深そうに教室内の噂話《うわさばなし》に耳を傾《かたむ》け始めていた。

「なあ、鈴音。幽霊《ゆうれい》と居《い》るのがあんまりよろしくないのは、僕にだって一応は理解できるよ。だけど、なにもそこまで怒《おこ》る必要ないいんじゃないか？」

「…………」

鈴音はツーンとした感じで、完全に無視《むし》を決め込《こ》む。……今度はそう来たか。ふん、そっちがそういう気なら……。僕は少しイタズラ心を起こすと、完全に僕の方から顔を逸《そ》らしてる鈴音に近付き、そして……

「ふ……」

「ひゃうっ！」

思いっきり傍《そば》で耳に息を吹《ふ》きかけてやった。

「な、な、ななな？」

おおー。予想以上の反応《はんのう》。ガタガタと椅子《いす》を鳴らし、顔なんてゆでだこのごとく真っ赤。肌《はだ》が白いから余計に赤が映《は》える。

「な、なにを……」

しかもこの慌《あわ》てぶり。ホント、からかいがいがあるというか……咄嗟《とっさ》のことに弱いというか……。

「な、な、なんで……」

完全に混乱《こんらん》気味の鈴音に、僕はここぞとばかりに発言してやる。

「べっつにぃ」

「うっ……」

勝った。一矢《いっし》報《むく》いてやった。鈴音はしばらく「すぅ……はぁ……」と深呼吸《しんこきゅう》を繰《く》り返したあと、最後に一つ溜め息を吐いて、ようやくまともにこっちに視線を向けた。

「分かったわよ……。ゴメン、私が悪かった」

「分かればよろしい」

「でも、蛍も悪いんだからね」

「……なんでだよ」

　僕の何処《どこ》に非《ひ》があったというのか。

「……四六時中女の子と一緒《いっしょ》だなんて……不潔《ふけつ》だよ」

「……はぁ？」

「……女性蔑視《べっし》？」

「女の子が不潔って意味じゃないわよ！」

　鈴音がキレ、クラス内の女生徒からも凄《すご》い視線を向けられたので、真面目《まじめ》に話すことにする。

「不潔って、お前……。相手は幽霊だぞ？　しかも別に僕達はそんな関係じゃあ……」

「でもっ！　ユウさんは明らかに好意ありじゃないのよ！」

「いや、好意って……。まあ、そうと言えないこともないけど……。僕は羽毛布団《うもうぶとん》一筋《ひとすじ》だからなぁ」

「──は？」

「いや、なんでもない」

　確《たし》かにユウはやたらと抱《だ》きついてくるし、少なくとも嫌《きら》ってるってことはないだろうけど……。でも、だからって「そんな関係」っていうわけでもない。何度も言うけど、相手は幽霊だし。問題のユウは現在、なにか興味深い話題でもあったのか、僕から離れてクラスの反対側の方に居る女子集団《しゅうだん》の話題に聞き耳を立てに行っていた。なんとなくユウの方に視線をやる。

「少なくとも、お前の言う《不潔》っていう関係じゃあないぞ」

「で、でも……」

「それに、ユウが僕に好意を持ってることが、なんだって鈴音の怒りに繋《つな》がるんだ？」

「はうっ！」

僕の指摘《してき》に、鈴音は再び顔を真っ赤にした。……む。今回は顔が赤くなる理由が全く分からん。

「と、とにかくっ、やっぱり幽霊とはいえ、女の子とずっと一緒ってのは、ま、マズイと思うわけで……」

「……まあ、分からないでもないけど。でもなあ。僕だって正直なところ、ユウのこと嫌ってるわけじゃないし……。行くアテのないアイツを、あんまり無下《むげ》にできないだろう？」

別に善人《ぜんにん》ぶる気は全くないけど、だけど、さすがにこの状況《じょうきょう》でアイツを追い払《はら》うのは、やっぱり後味が悪い。確かに迷惑《めいわく》はかけられてるものの、僕だって別に楽しくないわけじゃないし。本気でイヤだったらとっくにこんな生活はやめている。僕はそういうヤツだ。

それに、ユウだって悪いヤツじゃない。

「……わ、分かるけど……。でも……」

鈴音はそう呟いてしばし不満そうにしていたが、一度息を大きく吐き出すと、完全に落ち着いた顔に戻ってこちらに視線を向けた。

「うん……。まあ、とりあえずいいわ。私も頭では理解してるから……」

「頭以外に、どこの理解が必要なんだか」

相変わらず鈴音の言動は不可解だったが、まあ、どうやら一応《いちおう》は納得《なつとく》してくれたみたいなので、ここはよしとしよう。僕が胸《むね》を撫《な》で下ろしていると、鈴音はユウの方にチラリと視線をやったあと、今度は今までとは打って変わった真剣《しんけん》な表情を向けてきた。

「でも、ちょっと真面目《まじめ》な話……」

「ん？」

「本当に、ユウさんを好きにとかなっちゃダメだよ？」

「へ？」

鈴音が本当に真剣そのものの表情で言ってくる。僕は呆《あき》れた視線を彼女に向けた。

「なに言ってんだか。僕らは別にそういう関係じゃ……」

「ううん。《恋《こい》》とかそういうのだけじゃなくて。友達としてでも、あんまり深入りしちやダメだよ……」

「…………」

「……そこに、幸せな結末は絶対《ぜったい》にないんだよ……。ユウさんは、幽霊《ゆうれい》なんだから……」

「…………」

……分かってる。分かってはいるさ、僕《ぼく》だって。アイツ本人がどう思ってようが、多分いつかは成仏《じょうぶつ》するべきなんだろうし、僕にしたって、いつまでもアイツと過ごすわけにもいかない。……そんなこと、最初から分かってること。……だけど……

「アイツ……どうして死んだんだろうな……」

ポツリと、独《ひと》り言のように呟く。鈴音は一瞬《いっしゅん》悲しそうに目を細めた。

「分かんない。分かんないけど、幸せな死ではなかったはずだよ……。あの若《わか》さで死んでるし……それに、成仏できてないことが、何よりの証拠《しょうこ》」

「…………」

「蛍、彼女の死んだ理由に関しては、あんまり追求しても意味のないことだよ。大事なのは、無念をもって死んでしまったというその事実。……それに、真相は判明《はんめい》しない方がいいとも思う。死んだ時のこと思い出したら、彼女はもう、今の《ユウ》ではいられなくなる……」

「……想《おも》いに囚《とら》われる……か」

僕はまだ死んだことないから分からないが、一般《いっぱん》的に死ぬ程の苦しみや痛《いた》みってのは、本当に、常軌《じょうき》を逸《いっ》するものだということぐらい、簡単《かんたん》に想像《そうぞう》できる（例の事故《じこ》も経験《けいけん》したことだし）。そして、それを思い出したら、《想いの塊《かたまり》》みたいな存在《そんざい》の幽霊ってヤツは、それのみに囚われてしまうのも分かる。それから解放された時が、俗に言う《成仏》ってやつなのだろう。……ユウは、今のままが幸せ……いや、幽霊の時点で、とうに《幸せ》なんて手の届かないものなのかもしれない。……でも、だったら……

「だったら、せめて……。今この時ぐらいは、アイツの好きにさせてやりたいよな」

「……蛍」

鈴音がフクザツな表情で僕を見る。……そんなにマジになられると、ちょっと調子が狂《くる》う。

「……なんてな。別に、僕はそんなに深く考えてるわけじゃないんだけど。ユウのことは嫌いってわけじゃないし、そのユウが僕と一緒に居て楽しいってんなら、まあ、別に無下にする理由もないってだけ。実際《じっさい》、僕自身、楽しくないこともないからね。……僕の基本《きほん》理念はね、鈴音。《今が楽しければそれでいい。そうやってずっと毎日楽しく過《す》ごして、そうして最後の時を迎えられれば、それは最高に幸せな人生》……そう、思ってるわけ。

だから僕はいつ死んでも悔《く》いがないようにしてる。……いや、正直、それもあって、もう死んでしまいたいって思ってるのかもね。もう別にゴールでも満足というか……もう悲しいことなんか一つとして経験したくないというか……と、話脱線《だっせん》したか」

僕がそこで言葉を切ると、やはり鈴音はちょっとフクザツそうな顔をしていた。……失敗した。コイツの前では、あんまり「死にたい」とか言うのはタブーだったんだ……。僕が少しばかり後悔《こうかい》していると、鈴音はふっと肩《かた》から力を抜いた。

「そうね……。あんまりウダウダ考えたって、現状はどうにもならないか……」

「そうそう。それこそ、ユウを見習って、思うままに好きなようにやってた方が、ずっと利口ってもんだ。ま、他人に迷惑《めいわく》かけない範囲《はんい》で、だけどな」

どうせただでさえ意味のない暇《ひま》な人生なんだから。複雑《ふくざつ》なことばっかり考えて、頭を痛めたまま過ごしてやる道義《どうぎ》はない。暇つぶしはできるだけ楽しいモノを選んだ方がいい。

そして、いつまでもこんな暗い話題ばかりを続けてやる意味もない。なので、僕はここで強制《きょうせい》的に話題を変えてやることにした。

「そういえば鈴音。朝からお前の不機嫌ですっかり話題にだしそびれてたんだが……」

「……なによ」

鈴音がグッとつまりながら訊き返してくる。

「今日の朝、ユウが例のごとくフラフラと駅の中で妙《みょう》な方向に行っちゃって、仕方なく僕も追って、いつもとは違《ちが》う階段《かいだん》からホームに下りることになったんだけど……」

「あんた達、朝っぱらから元気ね……」

鈴音が呆れたように溜め息を吐く。……元気なのはアイツだけだっての。

「とにかく、ホームのいつもは行かない反対側の位置に行っちゃったわけだよ。でさ、そこでちょっと変なモノ見ちゃって……」

「変なモノ？」

「ああ、多分幽霊の類《たぐい》なんだろうけど……。なんか、周囲の空間がぐにゃぐにゃしてる感じで、見た瞬間寒気がするっていうか……。全然直視《ちょくし》に耐《た》えないっていうか……。一応人の形はしていて、別に首無しとかじゃないんだけど……なんか、やたらゾッとする感じでさ。なんていうんだろ、ああいうの……。ああ、そう、初めて実際に使う言葉で言うと、《禍々《まがまが》しい》っていうのかな？　とにかく、理由なく気持ち悪いんだ。僕もユウもそれ見た瞬間ビックリしちゃって、すぐに気付かれないうちに引き返したんだけどさ……」

僕にだけ分かる感覚で言えば、それは《淀《よど》み》のカタマリのような存在だった。世の中の悪意を凝縮《ぎょうしゅく》したような……。

「……その話、本当？」

鈴音が、真剣そのものの表情になって訊《たず》ねてくる。

「嘘《うそ》」

「……ほぅ」

「いや、待て、鈴音。なんだその、除霊《じょれい》以外に用いそうなお札《ふだ》は。激しく禍々しいんだが……。ごめんなさい。冗談《じょうだん》です。嘘じゃ、ないです。嘘とかつく理由がないだろう？」

「……そうね。……蛍、今後、絶対その場所に近付かないようにしなさい」

急に《上から視点》で鈴音が忠告《ちゅうこく》してくる。……でも、僕は別にそれを不快《ふかい》に思ったりはしない。鈴音がこういう言い方をする時は、決まってそれは重要なことであり、鈴音が心から発している言葉だってことを知ってるから。

「どういうことなんだ？」

一応理由を訊いてみる。鈴音が近付くなと言うならとりあえず近付きはしないが、やはり理由ぐらい知りたい。

「……あのね、それは多分、悪霊《あくりょう》の類《たぐい》だよ」

「悪霊？　悪霊って……あの悪霊？」

心霊関係のテレビ番組でよく聞くワードだ。怖《こわ》い怪談《かいだん》の元凶《げんきょう》ってのは、大体それが原因《げんいん》だったりするやつ。

「そう、悪い霊と書く悪霊。まあ、ちょっと世間の認識《にんしき》とずれてる部分はあるけど、殆《ほとん》ど問題ない差異《さい》かな。とにかくいいものじゃないし、近付かない方がいいって感じのヤツ。なんせ悪い霊ってそのままネーミングされちゃうぐらいだからね。ホント、悪いのよ、色々な物事に対して」

「ふぅん……」

「しかも蛍の話を聞く限《かぎ》り、結構《けっこう》ヤバめな感じだから……。周囲の空間が歪《ゆが》んで見えるようなのは、多分他《ほか》の霊を結構大量に取り込《こ》んで、霊力が異常に肥大化《ひだいか》してる感じのヤツなんだよ。見える人間は特に近寄《ちかよ》らない方がいい。過剰《かじょう》表現じゃなく、本当に《とり殺される》可能性《かのうせい》だってあるんだから」

「…………」

そりゃ……なんていうか……怖いな。そういえば、最近あそこで飛び込みがあったっていう話を聞いた気もするけど……。僕がブルッと身を震《ふる》わせていると、鈴音はちょっと得意になった感じでいつもの解説を始めだした。

「悪霊ってのはそもそも、死ぬ時の悔恨《かいこん》、執念《しゅうねん》、嫉妬《しっと》などの負の感情が強かった生物がしばしばなるものでね。主に他殺や自殺の霊が多いの。事故の場合はそういう激情《げきじょう》よりも《なぜ?》が強いため、死んだことに気付かず漂《ただよ》う浮遊霊《ふゆうれい》が多いんだけどね。あ、だからユウさんは多分予期しない死に方をしたんだとも推測《すいそく》できるんだけど……。話を悪霊に戻《もど》すわね。死の際《さい》の感情が劇的《げきてき》に強いせいか、悪霊は往々《おうおう》にして強い霊力を持つ傾向《けいこう》にあるの。そして負の感情の大きさから、自身を邪悪《じゃあく》なものにイメージすることも多く、化物のような姿《すがた》をしている悪霊も少なくないわよ。そういうものは昔から《鬼《おに》》《悪魔《あくま》》などと呼《よ》ばれていたりするわけね。霊視能力《れいしのうりょく》のある人間がそういうものを目撃《もくげき》することによって、そういう言葉が生まれたってわけ。……ま、歴史はとりあえずいいか。悪霊はね、常《つね》に怒《いか》りの発散場所を求めているため、人に悪さをすることが多いの。そのための《悪霊》という名称《めいしょう》というわけね。だけど、霊体は基本《きほん》的にそれほどできるわけでなく、せいぜい幻覚《げんかく》を見せたり、体調をくずさせたり、意識《いしき》をある程度《ていど》のっとったりということしかできないわけで、悪霊としては非常《ひじょう》にもどかしく、結果、完全なストレス発散はできないので、結局永遠《えいえん》に誰《だれ》かを無差別に傷《きず》つけるだけの存在となり……」

「あー……。鈴音。もう悪霊の説明はいいよ……」

途中《とちゅう》までは一応真面目《いちおうまじめ》に聞いていたのだが、鬼とかのワードが出たあたりから、ちょっと……いや、かなり頭が痛《いた》くなってきた。別にそれほど悪霊に興味《きょうみ》あるわけでもないし。興味の対象外の専門《せんもん》的話題って、どうしてこうも苦痛《くつう》なのだろうか？　鈴音は途中で話を遮《さえぎ》られたことで不満そうに頬《ほお》を膨《ふく》らませた。

「え〜、もういいの？　ここからが面白《おもしろ》いのに……」

「……いいって」

僕にとって面白いと思える場面は、確実にこの話題には今後ないと断言《だんげん》できる。

「そう……残念」

彼女は本当に残念そうにガックリとする。……コイツの説明好きも筋金《すじがね》入りだ。……というのも、巫女《みこ》家系《かけい》であるという《神無家《かんな》》の中で、彼女の能力はかなり中途半端《ちゅうとはんぱ》なものらしい。別にそれほど出来損《できそこ》ないってわけでもないが、だからといって優秀《ゆうしゅう》なわけでもない。この学校と同じく「それなり」の人間だという。だからこそ彼女は必死でなにかに特化しようとして、結果、こうした「頭でっかち」な人格が出来上がったというわけだ。だからこそ彼女は知識を放出することに無常の喜びを感じるし、必要以上の説明もする。

……周囲からしたら迷惑《めいわく》なことこの上ない。

「それより、鈴音」

ガックリと落ち込んでしまった鈴音を見てさすがにちょっと悪いなと思ったので、今度は少しだけ自分も興味ある話題にすり替えることにする。

「霊力ってのが、幽霊が存在するために必要な力だってのは分かるんだけどさ……」

つまりは《カロリー》とか《燃料《ねんりょう》》みたいなもんだろう。ちょっと違《ちが》う部分もあるみたいだけど。

「うん」鈴音がうなずく。

「じゃあ、生きてる人間の《霊力》って、なんの意味があるんだ？　ほら、ずっと前に、僕に潜在《せんざい》的霊力があるとかないとか言ってたじゃないか」

自分になんかの才能みたいなのがあるってのは、それだけで少しは嬉《うれ》しいものだが、どう使えるのか分からなければ、なんの意味もない。最近は幽霊が見えるようになったり色々あったから、そこら辺、またジワジワと気になり始めていた。

「あ、うん。……えーとね……言いづらいんだけど……」

「ん？」

「その……普通《ふつう》の人には、あんまり意味あるもんじゃないかな」

僕の才能、意味なし宣告《せんこく》。ショック。……死にてぇ。

「あ、でもね、私達のように除霊《じょれい》とかを生業《なりわい》とする人達には、ある程度《ていど》意味あるよ。……まあ、それも、霊力を《体外に排出《はいしゅつ》する》っていう行為《こうい》ができるように厳《きび》し～い鍛錬《たんれん》をつまなきゃ意味ないんだけど……」

「どういうことだ？」

「うん。蛍の能力はとりあえず論外《ろんがい》として、普通、霊ってのは、生きてる人間がどうこう干渉《かんしょう》できるもんじゃないんだよね。で、それを除霊だとか成仏《じょうぶつ》だとかさせようと思ったら、どうしたって、ある程度干渉する力を持たなきゃだめなわけだよ」

「ふむふむ」

「さっき悪霊が他の霊を取り込むって話をちょっとしたけど、その例と同じで、《霊体同士》ってのは、直接《ちょくせつ》的に触《さわ》れるわけじゃないけど、ある程度お互《たが》い干渉しあえるわけ。悪霊のように強い意志《いし》の塊《かたまり》の場合、それは《取り込み》っていう干渉形態《けいたい》なわけね。……で、話を戻《もど》すけど、霊能力者ってのは、自分のその《霊力》……つまり《霊体の構成《こうせい》要素と同じ物》を体外に排出したりすることによって、霊に干渉するわけ。……まあ、干渉の仕方は霊能力者それぞれなんだけど……意思を伝えたりとか、霊を落ち着かせたりとか、場合によっては苦しめたりとか……」

「ほぉ」

そりゃ凄《すご》い。じゃあ、僕もユウにいやがらせとかできるんじゃないか？　霊力波～ビリビリビリ～うぎゃー……みたいな。いや、鬼畜《きちく》か僕は。

「んじゃ、僕も除霊とかできるわけか？」

「全然。できるわけないじゃない」

キッパリと否定《ひてい》されてしまった。……楽な就職先が見つかったかと思ったのに……。

「あのね、霊力を体外に排出するってのは、本当に大変なことなんだよ。結局は自分の魂の一部を排出するってことだからね。それこそ厳し～い精神鍛錬の末、ようやく一部の霊能力者だけが身につけられる能力なわけ」

「鈴音は？」

「私も、一応はできるわよ。……まあ、あんまり強い霊には歯がたたないんだけど……。私の場合は、霊に不快感を感じさせるタイプかな。とり憑《つ》いてるヤツの力を弱めて、油断《ゆだん》したトコで引き剝《は》がす除霊法《じょれいほう》」

「へぇ……」

初耳だ。鈴音が実際に除霊してるとことか、あんま見たことなかったからな……。つまりは、コイツが本気で怒《おこ》ったら、ユウは結構大変な目にあわされちゃうわけか。……ちょっと見てみたいかも（別にユウに恨《うら》みがあるわけじゃないが）。

「んじゃ、僕《ぼく》も鍛錬によっちゃ、できるようになるかもしれないと……」

「無理無理。蛍、根性《こんじょう》ないし」

「……」

んなハッキリ言われても……。

「霊力を体外に排出するって、どういう感じなんだ？」

「う〜ん……。まあ、第一段階《だんかい》としては、《幽体離脱《ゆうたいりだつ》》ができるようになることかな。これは全部の魂をまるごと出しちゃう行為だから、このままじゃ除霊云々《うんぬん》に使えないんだけど……。……ほら、もうこの時点で蛍、無理そうでしょ？」

「……確かに」

体から魂抜け出るイメージとか、全然湧《わ》かない。そういうのは、なんていうんだろう……。耳を自分の意志でピクピク動かせる人と動かせない人の違《ちが》いっていうの？　できる人には当然のごとくできるけど、感覚の摑めない人には全然摑めない……みたいな。そんな感じのする行為だよな、幽体離脱って。

「鈴音はできるのか？　幽体離脱」

「当然」

ちょっと得意そうに彼女が言う。まあ、さすがは巫女家系《みこかけい》。「萌《も》え」とか言われるだけの存在じゃあないってことか。ま、今の風潮《ふうちょう》がアレな感あるだけで、巫女って本来の意味で考えると、中々厳《おごそ》かな存在だし。

「じゃあ、色んな場所覗《のぞ》き放題だな」

僕の場合、幽体離脱と聞いて最初に思いつく利用方法がそれだったりする。……いや、だって、それって結局「壁も抜けられる透明人間《とうめいにんげん》」みたいなもんじゃないか。……僕も一応は男なので、その言葉にちょっとした憧《あこが》れはある。

「ば、バカッ！　の、覗きなんてそんなこと……」

鈴音はまたも真っ赤になってしまった。……いちいち過剰《かじよう》な反応《はんのう》するヤツだな。見てる方としては面白《おもしろ》いけど。

「しないのか？」

「………。し、したことないわよ」

「なんだよ、今の間は」

……おいおい。怪《あや》しいことこの上ないぞ。

「け、蛍のことなんて、覗いたことないんだからねっ！」

覗いたことありますよと思いっきり宣言《せんげん》していた。……まあ、鈴音に見られて困《こま》ることも特にしてないとは思うけどさ。いや、さすがにあんまりにプライバシーなものは除《のぞ》くけど。

「うぅ……。と、とにかく、幽霊見える人には幽体離脱状態の人間も見えるわけで……」

鈴音はなんだか急に脈絡《みやくらく》のない説明を始める。パニクってるのか、微妙《びみよう》に話がつながってない……。ま、僕もそこは深く追及しまい。追及したところで、僕にとってもあんまり面白い話題になるとは思えないし。

「つまり、鈴音が幽体離脱してたら、今の僕には見えるわけか。……あ、なら、幽体離脱状態のヤツも、僕の能力で物質化《ぶっしつか》するのかな？」

鈴音に合わせて話題を変えたついでに、ちょっと疑問《ぎもん》に思ったので、興味本位で聞いてみる。鈴音は「ふむ」とすぐに真面目な表情に戻ると、指を顎《あご》に当ててちょっと考察モードに入った。

「……多分物質化はするわね。……でも……それもよく考えると微妙ね。浮《う》いたり透《す》けたりできなくなるわけだから、それって、普通の状態で蛍に会ってるのとなんら変わらないし」

「確かに」

その行為《こうい》に全く意味はない。……なんだかなぁ……応用性のカケラもないっていうか……。僕の能力、ホント、くだらないものばっかりだな。……人生に前向きじゃないヤツには、それなりの能力しか宿《やど》らないってことか。……まあ、僕なんか自殺志願者より、もっと生きたいヤツに優秀《ゆうしゅう》な能力が宿った方がいいとは思うけど。

――と、そんなことをボンヤリと考えてるうちに、担任《たんにん》がＨＲのために入室してきてしまった。……学校に着いたのはユウのせいでいつもより少し早めだったというのに、鈴音の説明やらなんやらで、一気に朝の時間を消費してしまっていたらしい。……なんかすっご損《そん》した気分だ。鈴音以外のクラスメイトとも、全然話せてないし。担任が入ってくるのを確認《かくにん》すると、ユウはいつものように、僕の二メートル範囲《はんい》からちょっと離れた位置をフワフワと漂《ただよ》い始めた。下手《へた》に物質化してると、席の隣《となり》でずっと立ってなければいけないため、この時ばかりはユウも僕にベッタリの状態を解除《かいじょ》する。……まあ、それでも上空から僕と鈴音にしか聞こえない独《ひと》り言を授業中《じゅぎょうちゅう》何度となく呟《つぶや》くのだが。おかげでたまに授業が聴《き》こえない有様《ありさま》だ。

僕はいつものようにやるせない溜《た》め息を一つだけ吐《つ》くと、これまたいつものように「早く楽に死にたいなぁ」なんて小さく呟きつつ、退屈《たいくつ》な一日を開始した。

第五章　両手に花。背中《せなか》に幽霊《ゆうれい》。

さて、「平日」というのは本当に「平坦《へいたん》な日」もしくは「平常《へいじょう》な日」を指す言葉なわけで、本日も例に漏《も》れず平凡《へいぼん》な日中が淡々《たんたん》と過《す》ぎ去った。幽霊が居《い》る風景内で過ごすのが「平常」と言えるのかという意見もありそうだが、どんなに他人にとってそれが異常《いじょう》なことでも、本人にとってそれが日常茶飯事《にちじょうさはんじ》ならば、それはやっぱり平常だということだ。日々死と隣《とな》り合わせの傭兵《ようへい》さんにとっては生死をかけて金を稼《かせ》ぐのが日常茶飯事だけど、日本のサラリーマンにとってその状況《じょうきょう》は明らかな異常なわけで。もっと身近な例でいくと、日々教壇《きょうだん》に立つ教職者《きょうしょくしゃ》にとっては何十人相手に喋《しゃべ》ることが日常だけど、内職だけで生計をたてている引きこもりには、そんな大人数の前で喋るなんて、もの凄《すご》い異常事態《じたい》なわけで。つまりは、幽霊の見えない者にとって幽霊の居る風景は異常だけど、見える人にはそれも当然だったりして、更に触《さわ》れる人にとっては、触れることもまた日常になりつつあるわけで……。そんなこんなで、今日も今日とて、放課後になった瞬間《しゅんかん》にユウはべったりとくっついてきてたりするのである。……死にてぇ。

「……ユウ、学校だけでもいいから、その行為《こうい》はちょっと自粛《じしゅく》してくれないか」

溜め息混じりに、コイツにはあんまり言っても意味がないことを既《すで》に充分《じゅうぶん》に理解しつつも、一応《いちおう》声をかけてみる。

「なんで？」

ユウは本気で理解できていないのか、抱《だ》きつきながらキョトンとした表情《ひょうじょう》を僕に向ける。

……こういうトコを見ると、どうも、ユウは《記憶喪失《きおくそうしつ》》云々《うんぬん》以前に、元々こういうヤツだったっぽい。そういう価値観《かちかん》ってある意味エピソード記憶より強固だろう。僕はユウの無邪気《むじゃき》な視線《しせん》から目を逸《そ》らして口を開く。

「隣の席から殺気を向けられるのは、あんまりよろしくない」

チラリと鈴音《りんね》の、蚊《か》ぐらいなら落とせそうな視線を確認《かくにん》してブルッと身を震《ふる》わせた。この殺気も最早《もはや》「日常」となりつつあるから、まったく、恐《おそ》ろしいことである。「生きてる人間が一番怖《こわ》い」という言葉を、改めて噛《か》み締《し》めてる今日この頃《ごろ》である。……なので、僕としては非常《ひじょう》に速《すみ》やかにこの場を去ろうと考えて席を立ったのだが……。

「おーい、後輩《こうはい》。部活動だぞ」

……またも絶妙《ぜつみょう》な「イヤなタイミング」で出現《しゅつげん》した人物が、とてつもなく大きな障害《しょうがい》として、二年B組の田原《たはら》君の席の背後《はいご》……つまりは僕の席の目の前に立ちはだかった。

「あ、真儀瑠《まぎる》先輩」

声を失って落胆《らくたん》している僕の代わりにそう返したのは、つい先程まで僕らに襲《おそ》い掛《か》かってきそうな雰囲気《ふんいき》を醸《かも》し出していた「萌《も》えない巫女《みこ》少女」（先輩談）だ。今は自分の席に横座《よこずわ》りに腰掛《こしか》けてこちらを見ている。

「おお、巫女服を着ない巫女少女」

先輩が鈴音に向かって「やあやあ」と手を振《ふ》る。

「……なんですか、その呼《よ》び方は」

憮然《ぶぜん》と返す鈴音。そりゃいくら先輩が相手といえども憮然ともなる。

「いやいや、この前後輩がそう嘆《なげ》いていたのでな。『おお！　その存在設定《そんざいせってい》にいか程の意味があるのか！』とな」

「サラリと僕のキャラを変えないで下さい！」

僕はツッコンでからまた肩《かた》を落とした。……うん、まあ、実際《じっさい》ちょっとは見てみたいけど。鈴音の巫女服……というより、いや、そもそも、現実に《巫女服》なるものを見たことないから、とりあえず《巫女さん》を見てみたい気もする。ふむ。神社なんて滅多《めった》に行く機会ないし、そもそも《巫女さん》が居る神社なんてそうそうないんじゃないか？　というより、僕なんかはあんま《巫女服》というものを「可愛《かわい》い」とかいう印象で見られない。別に露出《ろしゅつ》が高いわけでもなし。赤と白だけなんていう、簡素《かんそ》過ぎる色合いだし。一体アレのどこがいいんだか……。

っていうか、実際の巫女さんも最近は大変なんじゃないかと、チラリと隣《となり》の「巫女服なんて着るもんかっ」と毎回顔を赤くして宣言《せんげん》するクラスメイトを眺《なが》めて夢想《むそう》する。なんか……妙《みょう》に卑猥《ひわい》な風潮《ふうちょう》になっちゃってるよな、確《たし》かに。コスプレの域《いき》っていうの？　実際に着ている人にとっては、案外深刻《しんこく》な問題なんだろう。鈴音が着るのを拒否《きょひ》するのも、なんとなく分からないではなかった。ま、僕には鈴音が巫女だろうがなんだろうが正直関係ない。僕にとってコイツは、頼《たよ》りになる友達であり、その評価《ひょうか》になんら影響《えいきょう》はない。別にま居ないだろ。テレビや漫画《まんが》じゃよく出てくるけどね、イヤな一般人《いっぱんじん》。世の中、そこまでは荒《すさ》んでないよ、実際。七割方優《わりがたやさ》しい人で構成《こうせい》されていても、残り三割の悪意が派手《はで》だから、そう見えるだけで。……ま、それだけでも世界は充分《じゅうぶん》に淀《よど》むのだけれど。

「イイヤツ」ぶる気はサラサラないが、友達の背景気にするようなヤツなんて、実際あん

……なんて、僕がそんなことを考えてボケーッとしていると、ユウがつんつんと少しだけアピールするように僕の肩をつついてきた。

「ん？」

「ねえねえ、この人、前にも会った人だよね？……あのさ、やっぱりこの人には私のこと

見えてないわけ？」

ユウが少し期待するような目をして覗《のぞ》き込《こ》んでくる。どうやら先輩のことを聞いているらしい。

「ああ、そうだな。先輩が霊能力《れいのうりょく》をもってるなんて話は聞いたことないし……ほら、事実ユウのこと視界に入ってないっぽいだろ？」

「そっか……。残念。ケイや鈴音の知り合いだったら、ちょっと可能性《かのうせい》あるかなと思ったんだけど……」

ユウはそう呟《つぶや》くと本当に残念そうに肩を落とした。実に幽霊《ゆうれい》らしい「元気のない」姿《すがた》だ。

……ま、確かに、「見える人間」二人の共通した知り合いに期待する気持ちは分かる気もする。が、しかし先輩は特にそういう能力者ではない。……いや、ある意味じゃあ、霊能力者よりも変わった人ではあるんだけど……。

その先輩はまだ鈴音となにやら話している。

「あの、真儀瑠先輩、なにか部活してたんですか？　蛍《けい》のこと誘《さそ》いに来たみたいですけど……」

僕とユウがぼそぼそと会話している間、先輩の気を逸らしてくれようと気を遣《つか》ったのか、鈴音が先輩へと話しかけていたようだ。真儀瑠先輩は妙に鋭《するど》いトコあるから、鈴音のこの配慮《はいりょ》は非常に嬉《うれ》しい……って、まあ別にユウの存在を隠《かく》す理由も特にないんだけど。

「ん？　ああ、やってるぞ。そうだな……分類的には運動系《けい》の部活だ。しかも私部長」

自身を指差し、えへんと偉《えら》そうにスタイルのいい胸《むね》を張《は》る先輩《せんぱい》。……自称《じしょう》のくせして
……と心の中だけで呟く僕。

「へぇ。それは知りませんでした。それで、その部活って？」

鈴音は初耳だったのだろう。少し興味《きょうみ》を示《しめ》して身を乗り出す。

「ああ、その部活というのはな……」

そう言って、少し間をおく先輩。……どうやら本人「タメ」のつもりらしいが、誰《だれ》も別にそこまで彼女の発言に期待しちゃいない。唯一《ゆいいつ》ユウだけがちょっと興味深そうにことの成り行きを見守ってるぐらいか……。先輩がこれから言わんとしている部活名を知っている僕としては、なんだかかなりフクザツな気分なのだが……。

「その部活というのは……」

先輩が意味もなく二度目のフリを言う。ＣＭ明けかよ。

そうして、ひとしきり場がおさまった（と思える）ところで一気に大声。

「帰宅部《きたくぶ》だ！」

「…………」「…………」

ほら、言わんこっちゃない。鈴音もユウも目が点になっちゃったじゃないか。

「あの～……。つまり無所属《むしょぞく》ってことですよね？」

鈴音が先輩の非常識《ひじょうしき》発言を、自分の理解範囲内《はんいない》の言語に変換《へんかん》、着地させようと試みる。

「いや、違《ちが》うぞ。私と後輩は《帰宅部》であって、無所属ではない」

変換失敗。ついでに墜落《ついらく》。……鈴音はあんぐりと口を開けてしまった。これが「呆《あき》れている顔」と教科書に載《の》せたいくらいの顔である。ユウはといえば鈴音ほどではないにしろ、漫画《まんが》にしたら額《ひたい》に汗《あせ》のマークを描《えが》いてやりたいような表情《ひょうじょう》だ。

「帰宅部の活動はズバリ《清く正しく帰宅すること》。そのために我々《われわれ》《帰宅部》は日々精進《しょうじん》しているのだ」

先輩は完全に呆れている二人（先輩から見れば一人）を置き去りにして、そのまま説明を続けている。……仕方ないので、ここら辺で僕《ぼく》が少しフォローを入れることにした。

「鈴音、あんま考えすぎるな。帰宅部ったって、先輩が勝手にそう称《しょう》してるだけで、実際《じっさい》部員とされてるのは僕と先輩含《ふく》め三人だし……。あくまで《自称》だ《自称》。一種のユーモアだと思っとけ」

「……はぁ」

鈴音は納得《なっとく》したようなしないような微妙《びみょう》な返事をした。逆《ぎゃく》に先輩は「む、失礼な！　帰宅部はれっきとした……」なんて再《ふたた》び無意味に崇高《すうこう》そうな講釈《こうしゃく》を開始していた。――と、先輩の話を全く聞く気がないらしい鈴音が、首を傾《かし》げて僕の方を向く。

「ん、三人？　蛍と真儀瑠先輩の他《ほか》にも、誰か居《い》るの？」

もっともな質問《しつもん》だった。こんな存在《そんざい》さえ殆《ほとん》ど知られちゃいない部活動に入る人間なんて、珍《めずら》し過ぎる。僕は嘆息《たんそく》しつつ答えた。

「去年までは二人だったんだけどな。一年に、《帰宅部としての先輩》に憧《あこが》れているなんていう奇特《きとく》な新入生が居るらしくて」

「らしい？」

「ん、実際《じっさい》会ったことはまだないんだ。僕、入院してたのもあるし。そもそもが、なんか先輩以外には懐《なつ》かない引っ込み思案らしい。結果として、僕が先輩と一緒《いっしょ》にいる時は絶対《ぜったい》姿《すがた》を現《あらわ》さないから……会える目処《めど》もなし。ホント超《ちょう》レアキャラ。経験値《けいけんち》一杯《いっぱい》くれそう」

「はぁ……。なんか、やっぱり変人ぞろいの部活だね」

鈴音はなにかとても失礼な納得《なっとく》の仕方をしていた。自分は省《はぶ》けと抗議《こうぎ》してやりたかったが、いい加減《かげん》もうさっさと帰りたかったので、ぐっと堪《こら》え、カバンを持ち、席から一歩を踏《ふ》み出す。

「さ、先輩。お望みの部活動をしましょう」

「む」

部活動という言葉に反応《はんのう》したのか、先輩は「仕方ないな……」とだけ呟《つぶや》き、自身もカバンを持ち上げ歩き出した。……まあ、元々この人は「帰宅するために」ここに来たのだから、その提案《ていあん》を無下《むげ》に断《ことわ》れるはずもない。僕が未《いま》だ後ろでポカンとしたままの二人（？）に「ほら、行くぞ」と声をかけると、彼女らはハッと気付いたように僕と先輩の後ろに続いてくる。……霊能《れいのう》少女と幽霊《ゆうれい》をも呆然《ぼうぜん》とさせる先輩を先頭に構《かま》えながら、僕らはようやく念願の帰宅の途《と》へとつくことと相成った。

「……あ、そういえば」

教室を出て玄関《げんかん》を通過《つうか》し、駅へと向かうため街中をダラダラと歩いている途中《とちゅう》で、僕は相変わらず自信に満ちた歩き方をする先輩の横へ並《なら》んで声をかけた。

「なんだ？」

顔だけ見れば黒髪《くろかみ》の絶世の美女がこちらを振《ふ》り向く。……ホント、これで性格《せいかく》さえもう少し落ち着けば、モテモテの人生歩めるだろうに……。ユウとは違い、外見と中身のギャップで損《そん》してるタイプの人間って、こういうのを言うんだろうな。

「先輩、昼食の件《けん》、どうなりました？」

心の中の先輩に対する評価《ひょうか》はさておき、先日から「どんなモノをおごることになるのや

ら」と眠《ねむ》れない夜を過《す》ごしてきた僕としては、非常に気になる話題を尋《たず》ねてみる。先輩《せんぱい》は

「ふふん」と不敵《ふてき》に笑った後、

「現在《げんざい》、鋭意《えいい》模索中《もさくちゅう》だ」

と妙に嫌《いや》な予感のする顔で返してきた。

「……ちなみに、どういう基準《きじゅん》で店を選んでるんです？」

少々頬《ほお》の肉をひきつらせながら訊いてみる。その背後《はいご》ではユウが朝の出来事を鈴音に説明していた。この二人、当初こそ関係性《かんけいせい》が危惧《きぐ》されたが、どうやら最近はそれなりに普通《ふつう》に僕抜《ぬ》きでも喋《しゃべ》っているようである。ま、その件に関しては一安心なわけだが……。

「基準？　そうだな……目下料金を基準に模索中だ」

先輩が顎《あご》に手をやり考え込むようにして呟く。

「え？　そうなんですか？」

僕は表情を明るくした。それは助かる。フルコースはフルコースでも、リーズナブルな料金のモノなら……

「無論《むろん》、より高額《こうがく》のものを模索してるわけだが……」

「ちょっと待てい」

なんですか？　今、何言いました、この人。

「なんだ?……おいおい後輩。お前、先輩とかわした約束をよもや破《やぶ》る気ではあるまい?」

「いつも自殺止《と》めといて、アンタは僕を殺す気ですかっ!」

高級フレンチフルコースなんて、一介《いっかい》の高校生におごらせるようなモノか? っていうか、んなもん喰《く》ったら、僕、今月他のメシを喰えなくなるんじゃないか? 餓《が》死《し》は勘弁《かんべん》だぞ。自殺志願《しがん》でも、その死に方は最も忌避《きひ》すべきものに類する(苦しさが尋常《じんじょう》じゃなさそうだ)。

僕が青い顔になっているのとは対照的に、先輩はカラカラと快活《かいかつ》そうに笑った。

「ふふっ。安心しろ。死なせはしないよ。後輩が死んだら、帰宅部員《きたくぶいん》が減《へ》ってしまうからな」

「…………」

僕の存在意義《いぎ》、貴女《あなた》にとって「帰宅部員」ってだけっスか? なんか、マイナスの意味でもフツーに死にたくなってきた。

「……ユウ」

一つ溜め息を吐きながら後ろを振《ふ》り返る。背後ではユウが僕の二メートル範囲内《はんいない》なのか、とぼとぼと「歩行」しており、隣《となり》を並《なら》んで歩く鈴音となにやら雑談《ざつだん》しているようだった。

……これだけ見れば、どこにでもある普通の光景なんだけどな……。

「ん？　なに？」

ユウがこちらに視線《しせん》を向ける。僕は先輩に不審《ふしん》がられないよう、できるだけ小声で話す。

「ちょっと帰宅前にスーパー寄《よ》ってこうと思うんだけど……いいか？」

まあ、特にユウの意見を取り入れる必要性もないのだが、「テレビが見たい〜」なんて騒《さわ》がれても面倒《めんどう》なため、一応確認《いちおうかくにん》をとってみる。ユウは「う〜ん」と少しオレンジ色の空を見上げて悩《なや》んだ末……

「見たいのは七時ぐらいのやつだから……買い物の時間くらい大丈夫《だいじょうぶ》かな」

なんてニッコリと承諾《しょうだく》した。と、その会話を聞いていたらしい先輩が隣《となり》から声をかけてくる。

「後輩よ……。金がなくなる前に食料買い込む作戦に出たか」

「うっ」

見抜《みぬ》かれてるし……。っていうか、僕の小声聞かれてるし。

「まあいい。後輩の所持金がどうであろうと、私の選択《せんたく》に変わりはないからな」

「……そうですか」

僕は大きく溜め息を吐きながら、「もしかしたら今回買う食糧《しょくりょう》は僕にとって本当に大切なものになるかもしれないぞ」なんて黒い予感にげんなりとした。——と、一息ついたところで、先輩がさらに「不意打ちの追い討《う》ち」をかけてきた。

「更《さら》に後輩よ。今、お前は誰に向かって声をかけていた？　確《たし》か《ユウ》とかほざいていたな……。さらにさらに。神無嬢《かんなじょう》は私に聞こえないよう小声で配慮《はいりょ》していたようだが、先程から何者かと喋《しゃべ》っていただろう？」

「はうっ」

鈴音はドキッとしたような、あからさまに「図星ですよ」って反応《はんのう》を返す。僕は僕で鈴音ほど表情《ひょうじょう》には出さないものの、内心では「しまった……」と舌打《したう》ちしていた。……この先輩は興味深《きょうみぶか》いことを見つけると、ホントしつこいからな……。できればユウのことは隠《かく》し通したかったんだけど……。

「後輩。私の推理《すいり》だと、霊能力者《れいのうりょくしゃ》の巫女娘《みこむすめ》が話しているのは《幽霊《ゆうれい》》であり、更に後輩にまでそれが見えているらしいということから、お前には最近霊能力が……そうだな……きっかけとしてはあの事故《じこ》がおあつらえむきか……その事故で霊能力が芽生えたのではないかと見ている。そして、まさか巫女娘に霊がとり憑《つ》くとも思えんから、おおかた後輩にでもなにかが……そう《ユウ》とやらが憑いているのではないか？」

「アンタ一体何者ですかっ！」

どこのミステリの主人公だ。先輩《せんぱい》はニヤリと、「どうだ?」などと質問《しつもん》しつつも絶対《ぜったい》に自身の答えに確信《かくしん》を持っているだろう笑《え》みを浮《う》かべて訊《き》いてくる。……どうだもなにも……あんた、その推理だけで充分《じゅうぶん》説明するまでもなく核心捉《かくしんとら》えてるじゃないっすか……。

僕は「はぁ……」とゲンナリしながらも、仕方ないので鈴音に「いいか?」とだけ了承《りょうしょう》をとって、彼女が額《ひたい》に手をやりコクンと頷《うなず》いたのを見計らってから、とりあえず現状《げんじょう》に至《いた》る経緯《けいい》を簡単《かんたん》に……本当に「僕に霊能力が備《そな》わって、更にユウって女の子がついてきた」ぐらいの説明をした。……実際《じっさい》、ここまで推理するような先輩にしてみれば殆《ほとん》ど今更《いまさら》な情報《じょうほう》であり……つまりは「優秀《ゆうしゅう》な人間の答え合わせ」みたいな作業だった。

先輩はやはり当然のごとくユウに興味を持ったようで、なんやかんやとユウに質問をぶつけていた（もちろんユウからの回答は鈴音を介《かい》してだが）。が、記憶喪失《きおくそうしつ》で幽霊《ゆうれい》初心者であるユウにそれほど専門《せんもん》的な話題が答えられるハズもなく、数分後にはもうなんか、いつの間にやら女の子三人の世間話状態《じょうたい》と化していた。……女性って逞《たくま》しいよなぁ……なんて僕はちょっとだけ大人になった気分で達観してしまった。

というわけで、しばし四人でガヤガヤと嚙《か》み合ってるんだか嚙み合ってないんだか分からない雑談《ざつだん》を交《か》わしながら街を歩く。周囲から見たら、ある種、僕が二人（ユウは見えない）の女子高生（悔《くや》しいが容姿《ようし》は認《みと》めざるを得ない）を引き連れてるように見えるのか、どうにも攻撃的《こうげき》な視線《しせん》を特に男性陣《だんせいじん》から向けられている気がして少し居心地《いごこち》悪かったが、まあ、たまにはこういう帰宅《きたく》も悪くない。彼女居《い》ない歴=年齢《ねんれい》である僕にとっては中々に良い状況《じょうきょう》と言える。……まあ連れてるのが一様に「普通《ふつう》じゃない」ことを除《のぞ》けばだが……。

いや、そこが重要という意見もありそうだけど。

駅前までトボトボと移動《いどう》すると、脇《わき》にある大きなスーパーに入ることにする。野菜などの生鮮《せいせん》食品を買うならば自分の家近くの駅まで電車を乗ってから近所で買い込《こ》んだ方が良かったのだが、今回は「日持ちのする食料を大量に」という、ある種生きるために必要な買い込み方をする目的だったので、学校近くの方の大手スーパーに行くことにした。

先輩は「帰宅部部活動」と称《しょう》して完全に帰宅するまで僕にいつもついてくるので論外《ろんがい》として、鈴音やユウに関しては特に自分の買い物に付き合わせる道義《どうぎ》もなかったので、先に帰宅してくれて構《かま》わないと一応言ったのだが、ユウは「一人で帰ってもなにもできないよ～」という理由で。鈴音は「……私も付き合う」となぜか僕の脇にならぶ先輩とユウを見て不機嫌《ふきげん》そうな顔をしながら告げてきたので、結果、なんだかそのままわけの分からない「非日常集団《ひにちじょうしゅうだん》」が思いっきり日常的な買い物をするという、なんともアンバランスでミスマッチな状況を堪能《たんのう》することとなった。……正直、この中では一番まともだと自負している僕としては、中々に周囲の視線がきつかったり……。

とはいえ、実際《じっさい》の買い物作業をしてたのは僕《ぼく》だけであり、他《ほか》の女性陣はやはり終始お喋《しゃべ》りをしていた。……まあ、どんなに変わった人間達といえど、「女の子」というヤツは数集まれば絶対に「無言」なんて状況にはなり得ないらしい。僕が男友達と居《い》る場合は結構《けっこう》お互《たが》いに無言で歩いたりする状況もあるのだけど……。ここら辺、ホント、性別による違《ちが》いって顕著《けんちょ》だなって思う。別に世の女の子全員がそうだとまで定義するつもりはないけど、統計《とうけい》として見られる性格《せいかく》としては、やはり「男と女の違い」っていうのがあるのだとも思う。僕なんかは結構口下手《くちべた》な部類の人間だから、こうやってガヤガヤと終始喋り続けてる女子集団の中に居るのは、ちょっとなんか……居心地悪いとまではいかないけど、ちょっと場違い的な気持ちになってしまう。なので、結果僕は一人黙々《もくもく》と「ＳＡＬＥ」と書かれた値札《ねふだ》をしらみつぶしに漁《あさ》り、賞味期限《しょうみきげん》の一日でも長いものを棚《たな》の後ろの方から引っ張《ぱ》り出し、「二つまとめて買えば……」的なものの複数《ふくすう》買う是非《ぜひ》を考え込んだりして時を過《す》ごした。

「よう、後輩」

先輩がそういつもの声をかけてきたのは、僕がインスタント食品のパック売りを物色している最中であった。どうやら三人での会話が一段落《いちだんらく》したのか、今は鈴音とユウがなにやら喋っている。元々先輩を絡《から》めた場合「翻訳《ほんやく》ありき」な会話になってしまうので、普通のお喋りよりは三人だとちょっと余計《よけい》な体力を使ってしまうのかもしれない。別に誰《だれ》かが誰かを邪魔《じゃま》に思うなんてことはこの人達の場合ないだろうけど、先輩としては、大方目の前に一人からかいやすそうな後輩が居たのに気付いたので会話を抜けてきたのだろう。

「なんですか、先輩。僕は《とある理由》により食糧買い込みに忙《いそが》しいんですけどっ」

「……お前、仮《かり》にも《先輩》である私に対して、そのトゲトゲしさは通常ありえないぞ」

「後輩の生活を脅《おびや》かす先輩もどうかと思いますけどね。イジメと定義し、受け取ってよろしいですか？　場合によってはマトモな自殺の理由に充分《じゅうぶん》なり得ますよ、コレ」

「…………」

「…………」

ジリジリと視線《しせん》で少しだけ火花を散らす。しかし、今回は先輩の方からすぐに「やれやれ」と目を瞑《つぶ》って肩《かた》を竦《すく》めてしまった。……勝利。僕の視線が相手の瞳《ひとみ》をつらぬくイメージ。

「そうそう、後輩、面白《おもしろ》い世間話をしようではないか」

「……世間話をわざわざ《世間話をしよう》って宣言《せんげん》して始める人を僕は初めて見ましたよ。面白いって前置きで自らハードル上げるあたりはサスガですが」

僕は先輩から目を逸らし、再《ふたた》びインスタント食品物色作業を再開《さいかい》しながらそう呟《つぶや》く。

……ふむ。SALEとこそ書いていないが、今日はこの「ラーメンの星《ほし》・塩味」が十円ほど安いな……。あ、月間特選か。ふむ。

「後輩《こうはい》。お前、都市伝説の《中に居る》っていう話、知ってるか？」

「知りませんね。興味《きょうみ》もないですけど」

塩味……う～ん……嫌《きら》いじゃないけど、別に好きでもないんだよなぁ……。いや、そもそもインスタントラーメンというものがあんまり好きな方じゃないんだが。なんか《インスタントラーメン》と《ラーメン》の間には結構大きな隔《へだ》たりがあるように感じるのは僕だけだろうか？　最早《もはや》一種の違《ちが》う料理じゃん。ちなみに、三百円以上するカップ麵《めん》とか平気で買うようなヤツは「裏切《うらぎ》り者」と見なして、だ。

「まあ、そう言うな後輩。後輩が興味あろうがなかろうが、話し手たる私には特に関係ないから、このまま話すぞ」

「……どうぞ」

しかしそう選《え》り好みできる状態《じょうたい》でもあるまい。よし。ここは「ラーメンの星」でいこう。なんてたって「ラーメンの星」だ。そんな惑星《わくせい》を想像《そうぞう》してみただけでも少しだけ空腹感《くうふくかん》が満たされる。吐《は》き気さえしてくる。

「《中に居る》っていうのは……まあ、電話で段々近付いてくる状況《じょうきょう》が実況されるあの怪《かい》談《だん》の、エンディングが《精神《せいしん》のっとられて本人自覚ないうちに殺されてしまう》ってバージョンの話だ」

「……いきなり最後までぶっちゃけて終わりましたね。話」

僕はインスタントラーメンを買い物籠《かご》にきちんと整理しながらきっちりと入れる。放《ほう》り込まないのは、なんていうか……A型の性格的なものかもしれない。どうもまだ料金を払《はら》ってないものを乱暴《らんぼう》に扱《あつか》うのには抵抗《ていこう》があり、更にはなんかゴチャゴチャという入れ方は妙《みょう》に気持ちが悪いのだ。え〜と……例としてはペットボトルが斜《なな》めに入ってるのとか？

いや、別にいいんだけどさ……「なんか気持ち悪い」っていうのが僕にはあり……。

「いやいや、ただの普通《ふつう》の怪談だったら、この《歩く不思議現象《げんしょう》》真儀瑠紗鳥《さとり》がわざわざ後輩との話題に出すわけがあるまい？　この話の面白いところはだな、妙な信憑性《しんぴょうせい》を伴って最近語られてるところなんだ」

「……噂話《うわさばなし》に信憑性もなにも……」

僕はひととおりインスタントラーメンを物色しおえると、次はスープチャーハンの素《もと》でも見てみようかなと考えトテトテと移動《いどう》を開始する。先輩は当然のように僕の隣《となり》へ、鈴音とユウはその後ろに……終始喋っていてこちらへ全く視線《しせん》を向けてないようなのに、なぜか普通《ふつう》にちゃんと二人そろって後ろについてきていた。……女の子って、やっぱりしっかりしてるなぁ……。

「まあ、聴《き》け後輩。最近な、その怪談と状況が酷《こく》似《じ》した飛び込み自殺が多発しているようなんだ」

「……そうっすか。……《岩の表面が人の顔っぽい心霊《しんれい》写真》」

「……まあ、お前の回りくどい表現がなんとなく分からんわけでもない。つまりは信用性がない……というか、どんなことでも後付で関連付けようとすればいくらでもできるということだろう？」

「…………」

僕はチャーハンの素コーナーと、隣接《りんせつ》していたレトルトカレーコーナーを品定めする。

……ふむ。どうもこう見るとカレーのレトルトは未《いま》だに高い印象を受けてしまうな……。一食でこの値段《ねだん》はちょっと……。三食分ぐらい入って結構《けっこう》安いチャーハンの素と比較《ひかく》すると、同じ「ご飯調理系《けい》」食品でもチャーハンの方を手に取ってしまう。スープチャーハン、手軽なクセに美味《うま》いし。節約生活の救世主だね。これで今後僕が世界を救うようなことがあったら、ここで僕を餓死《がし》させなかった食品として、もういっそ世界の救世主だね。ブラボー、スープチャーハン。スープチャーハン党《とう》と羽《う》毛布《もうぶ》団《とん》党の二大政党《せいとう》で世界政治の覇権《はけん》を争う事態も、そう遠い未来の話ではないだろう。……うん、まあ、軽くその事態こそが

世界の危機《きき》のような気もしてきたが。

「まあ、私もそうは思うのだがな」

「え、先輩はどっちの政党に入れるんです？　スープチャーハン党ですか、やっぱ。うん、先輩は食い意地が張《は》ってるからそうでしょうね。じゃあ、僕は羽毛布団党にします」

「は？　後輩、お前は何の話をしている？」

キョトンとする先輩。僕は大真面目《おおまじめ》に答えた。

「未来の世界政治についてです」

「あー……。うん、まあ、なんか壮大《そうだい》な未来を描《えが》いているところ悪いのだが、今の話題は、都市伝説の方だ。いいか？　そっちに戻《もど》すぞ？」

「どうぞ」

先輩の目がどうも可哀想《かわいそう》なものを見る目になっていたことは、この際《さい》気にしないでおこう。

「こほん。ええと、この話の面白《おもしろ》いところはだな。……あのな、後輩。この話に私が注目するのは、その怪談の話題で一番最近に起きたとされる《実例》がな……。なんと、お前のいつも利用している駅の事故《じこ》のことなんだよ」

「……………」

ピタリと……手を止めた。

「お、興味《きょうみ》ありか？　後輩《こうはい》」

「……事故……とは？」

きちんと先輩の顔を見据《みす》える。先輩は僕の急な態度《たいど》の変化にいつものクールな目を少し見開いてキョトンとしていたが、ただ単に身近な事故に興味ありなのだと判断《はんだん》したのか、そのまますぐに話を再開《さいかい》した。

「ああ、まあ、お前も事故の話自体はよく知ってるだろうが……。あんまり大きな話題でもない。いくら近所の事故とはいえ、《飛び込み》というのは事故や自殺の中でも最もうつろうのが早い話題だしな……。死体の処理《しょり》……事故後の処理もその場所の性質上《せいしつじょう》、性急に行われ痕跡はすぐになくなるし、更には《飛び込み》なんてありふれてる嫌《いや》な世の中だからな……。まあそんな前置きはいいのだが、とにかく後輩の近所の駅――お前が通学に使ってるあの駅でこの話の《実例》とされる最新の事件《じけん》が起こったわけだ」

「それは……」

少しだけ、聞いた覚えがある。いくらその場での目撃《もくげき》とかではなかったといえ、そしてありふれた話題だったところで、やはり身近な「事件」はある程度《ていど》耳には入る。……でもまあ、それも「なんかサラリーマンが急に飛び降《お》りたらしい」程度の話題で、こんな都市伝説との結びつきなんてものは初耳だったわけだが……。でももし……それが……僕の考えてる通りの《事実》だとしたら……。

「その飛び込《こ》んだサラリーマンってのはな、全く周囲から見ても悩《なや》んでるようなフシもなく……いや、まあ本当の深い悩みってのは中々表面化させないものだとは思うんだが……。遺書《いしょ》らしきものさえ全くない状況《じょうきょう》らしくてな。……そして、この噂《うわさ》を一番不気味にしてるのが、そのサラリーマンが、投身する本当に直前、ホームの売店でスポーツ新聞を買ってたっていうんだよ」

「新聞？」

「ああ。新聞だ。今から死ぬって人間が、直前に新聞買うってのはおかしな話だ。……まあ、ありえないわけでもないんだけどな。でも、この場合は更にその状況が奇妙《きみょう》で……なんと、その《直前》っていうのは本当に《直前》だったたっていう話があってな。サラリーマンはそれこそ店員から受け取ったおつりを財布《さいふ》にしまうかしまわないかぐらいの《直後》に電車へと飛び込んだって話なんだ。……な？　都市伝説と結びつけられるのが分かるだろ？」

「……………ええ」

…………。……これは……この話は……もしかしたら……。

僕は先輩からの噂話を聞き終えた後、そこでの買い物を無言《むごん》で素早《すばや》く終わらせた。先輩は都市伝説の話題の後もなにかと僕に喋《しゃべ》りかけていた気がするけど、僕は完全に上の空で聞き流していた。……その時、僕の中には人生を左右する重要な思考が渦巻《うずま》いていたから……外界のことなんて、気にしてる余裕《よゆう》は皆無《かいむ》だったのだ。

店を出て夕陽《ゆうひ》が赤く染《そ》める街《まち》を歩き、駅のホームについて一息ついたところで僕は唐突《とうとつ》に口を開く。

「ユウ、鈴音。ちょっと僕は寄《よ》ってくところあるから、先に帰っててくれないか？　鈴音、悪いけど、食料品を僕の家に運んでもらっていいか？　乾物系《かんぶつけい》が多いから、それほど重くはないから……。ユウは僕なしじゃ荷物運びの役に立たないし」

「へ？」「え？」

僕の唐突な提案《ていあん》に、ユウと鈴音は今までの世間話を中断して不思議そうな顔を返した。

そして……

「いや、まあ私は別にいいけど……」と鈴音。しかし……

「え～！　ケイが居《い》ないとなんにもできないじゃない！　アニメは七時から始まっちゃうんだよ！」

ユウは明らかに不満そうに頰《ほお》を膨《ふく》らませた。まったく……感情表現《かんじょうひょうげん》がいちいち分かりやすいヤツだ。

「テレビは鈴音につけっぱなしにしていってもらえよ」

「……う～ん……。いいけど……でも、やっぱり蛍が居た方が便利だもん……」

「七時までには戻《もど》るよう努力するよ」

嘘《うそ》をついた。……僕は嘘が嫌《きら》いだ。だからせめて「七時までには絶対《ぜったい》戻るよ」とは言わないようにしたのだが、でも、僕は多分努力もしない。言ってから気付いた。……だからそれは……やっぱり完全な嘘だった。……世界が淀《よど》んでいた。しかし今回のその淀みは、僕自身から発生しているのだろう。

「……うん。わかったよ」

ユウのそう言って微笑《ほほえ》む姿《すがた》を見ると、余計《よけい》に胸《むね》が悪くなった。嘘をついた罪悪感《ざいあく》……いや、罪悪感なんて高尚《こうしょう》なものじゃなくて……なんか、自分が低俗《ていぞく》なことをしてしまったことに対するモヤモヤというか……淀み。とにかく自分本位の思考の果てに感じる《良心の呵責《かしゃく》》ってやつを感じた。自分がこれからしようとしていることを考えると尚更《なおさら》だったが、それに関してはでもさすがに譲《ゆず》ることのできない部分だったし、良心の呵責とかそういうレベルの話でもなかった。

「鈴音、鍵《かぎ》、渡《わた》しとく」

嫌《いや》な気分を振《ふ》り払《はら》うように、僕はカバンのチャックを開いて鍵を取り出し鈴音に差し出す。鈴音は少し戸惑《とまど》ったようにしたが、まあ、鈴音が僕の部屋に来るのは特別初めてってわけでもなかったので、すぐに彼女は鍵を受け取った。彼女が鍵をポケットにしまったのを確認《かくにん》してから、ちょっと女の子に荷物を渡す居心地《いごこち》悪さを感じつつも、続いて先程買い込んだ食糧《しょくりょう》を渡す。

「……蛍、それはいいけど……。でも、どうしたの？　ここまで来て急に……」

もっともな質問《しつもん》だったが、同時に僕にとっては嫌な質問だった。

「ちょっとね……。野暮用《やぼよう》ができた」

「ふうん。……ま、いいわ。あんまり遅《おそ》くならないうちに帰りなさいよ」

鈴音がちょっと怪訝《けげん》な顔をしながらも、結局は承諾《しょうだく》する。そうこうしていると、僕の家方面へ向かう電車が……先程の都市伝説の話題に上った駅へと向かう電車がホームに入ってきた。電車のドアが開いて中から一通り人間が降《お》りたのを見計らって、鈴音とユウが車内へと乗り込む。——と、

「あれ、真儀瑠先輩《せんぱい》、乗らないんですか？」

鈴音がホームに残った先輩を見て首を傾《かし》げる。僕は先輩に代わって彼女に声をかけた。

「ああ、ちょっと先輩に付き合ってもらう用事でさ」

そう言って先輩の方に視線《しせん》をやる。先輩は僕《ぼく》の視線を受け鈴音に目をやった。

「そういうことだ。私もちょっと後輩に付き合うから、電車には乗らない」

「……ふぅん」

鈴音がなぜかヒジョーに訝《いぶか》しげな表情になる。僕と先輩二人が並《なら》ぶ姿を確認後、更にムスッとする。……だから、なんでそこで不機嫌《ふきげん》になるんだよ……。まあ、どうやら世界は鈴音を中心に回っているわけではないらしく、彼女の心情とは無関係に電車のドアはプシュッと何の感慨《かんがい》もなく閉《し》まった。窓越《まどご》しにまだ鈴音がこちらを怪訝そうに見守っていたが、僕はその背後《はいご》でブンブンと手を振るユウに対して少しだけ苦笑《くしょう》しつつ小さく手を振った。

徐々《じょじょ》にスピードをあげ視界から遠ざかっていく電車を見送ると、案の定「さて……」と隣《となり》の先輩が声をかけてくる。

「後輩。ちょっと付き合って欲《ほ》しいとは、一体なんの用だ？　お前が私を誘《さそ》うなんて珍《めずら》しいにも程《ほど》があるぞ」

まあ、確《たし》かに。普段《ふだん》なら絶対《ぜったい》に先輩を誘うなんて《自滅《じめつ》》行為《こうい》はしない。

「いえ、ちょっと案内して欲しいトコがありまして」

「ほお。何処《どこ》のことを言ってるんだ？」

「さっきの話題に上ってた《事故《じこ》》のあった正確な場所ですよ。花とか活けられてたら分かるんですけど、生憎《あいにく》、僕は駅のホームでそんなもの見たことないんで……」

「……なるほど。確《たし》かに現在花《げんざいか》は活けられてないが……。しかし……」

と、そこで先輩はやはり怪訝そうな顔になる。……今日はよく他人を怪訝な顔にする日だ。

「お前、ああいう話題に反応《はんのう》するヤツだったか？　結局は同じ駅のホームに行くのに、わざわざ神無を先に帰して一本電車をずらすあたりにも、どうにも一抹《いちまつ》の気持ち悪さを感じるのだが……」

「正直ですね、先輩。……でもまあ、確かにそうでしょうね……」

僕は元々なにかをうまくごまかしたり、立ち回ったりできる人間じゃない。不器用……といえばなんか少しカッコ良くさえ思える言葉だけど、僕の場合そんなカッコイイものじゃない、ホントの意味での《不器用》なのだ。いつもクールを装《よそお》うのは、そうでもしなければ自分の不快感《ふかいかん》、苛立《いらだ》ち、そういうものがすぐに露見《ろけん》してしまうから。……だから、先輩や鈴音、更には他人を殆《ほとん》ど疑《うたが》うような性格《せいかく》じゃないユウにまで訝しく思われて当然といえば当然だった。

「でも……ちょっと、色々ありまして」

当然のごとく、先輩の質問《しつもん》に対する応対《おうたい》も、全然うまいと言えるものじゃなかった。が、先輩はそれでも一つだけ溜め息を吐くと、その後は何も訊《き》かずに僕に付き合ってくれた。

……ホント、だから僕はこの先輩が好きだ。いつも傍若無人《ぼうじゃくぶじん》なこととして周囲に迷惑《めいわく》をかけるけど、でも肝心《かんじん》なところではいつもきちんと周囲のことを……他人のことを考えている。

その時その人がそうしてほしいことを、大事なところで理解《りかい》してくれている。……まあ、そう思うからこそ、僕も先輩の無茶《むちゃ》なフレンチの約束だとかも結局受けてしまっているのだけど……。

——そうして、その後僕は先輩の言う現場を知り……そして……そこで自分の考えが正しかったことを知ることになった。

【interlude ―神無鈴音《かんなりんね》（一）―】

ユウさんと蛍《けい》のアパートへ行って食料品を整理し、帰宅《きたく》して私服に着替《きが》え落ち着いた頃《ころ》にはもう六時前になっていた。一応《いちおう》蛍のアパートは私の家へ向かう途中《とちゅう》の駅での降車《こうしゃ》とはいえ、やはり一旦他《いったんほか》の駅で降《お》りて用事を済《す》ますとそれなりに時間は経過《けいか》してしまう。

自分の部屋に戻《もど》りベッドにごろんと寝転《ねころ》び、夕飯ができるまでしばし休憩《きゅうけい》することにする。スラックスに少し大きめのサイズのオレンジ色のTシャツというラフな格好《かっこう》に着替えたこともあって、少し横になっただけで随分《ずいぶん》と体力が回復《かいふく》した。勿論《もちろん》、巫女服《みこふく》なんて着やしない。どうも真儀瑠《まぎる》先輩《せんぱい》と蛍は私に変なイメージを抱《いだ》いているみたいだけど、本家に居《い》るわけでもない現在、意味もなく巫女服なんて着るわけないじゃない。フツーにコスプレだよ、もう、それ。ちなみに私にその趣味《しゅみ》はない。なので、着る意味が分からない。まあいいや。今日はなんか疲《つか》れた。

……別にそれほど体力消費するような行為《こうい》はしてないのだけど、なんか今日は少し精神《せいしん》的に疲れてしまった……。多分、ユウさんのことがあったからだろう……。彼女は本当にいい子だ。全然邪気《じゃき》がないし、基本的《きほん》に優《やさ》しい子だとも思う。でも……それでも……私の心の中には常《つね》にある「しこり」が残っていて、それのせいで私は今日随分と疲れてしまっていた。

……まあ、他《ほか》にも真儀瑠先輩と蛍が「二人きり」でどっか行ってしまったことに対するアレもあるんだけど……。コホン。

そんなことを考えつつ私はベッドの弾力《だんりょく》へと身を任《まか》せて、いつの間にやらその意識《いしき》を曖昧《あいまい》に変化させていっていた。

「鈴音さん！　鈴音さん！」

……ユウさんのそんな声が聴《き》こえてきたのは、いつの間にか周囲が少し暗くなっていたころだった。

「ユウ……さん？」

ベッドからゆっくりと体を起こし、シパシパとする目をこする。視界《しかい》がクリアになってくると、目の前には少し前に別れたはずの幽霊《ゆうれい》少女が存在《そんざい》していた。……しかし、いつも笑顔《えがお》の印象しかなかったその可愛《かわい》らしい顔は、今はどこか余裕《よゆう》が消えてしまっていた。

「どうしたの？」

すぐに眠気《ねむけ》を意識の隅《すみ》にやり、部屋の蛍光灯《けいこうとう》をつけながら尋《たず》ねる。壁掛《かべか》け時計を確認《かくにん》すると、もう七時半を少し回っていた。どうやら、自分で考えていたより随分と疲れていたらしい。眠り込《こ》んでしまったようだ。

「あの……鈴音さん。ケイからなんか連絡《れんらく》ない？」

ユウさんが心配そうな顔でそんなことを訊く。私は少し首を傾《かし》げながらも「いえ……」とだけ返し、一応机《つくえ》の上に置いてあった携帯《けいたい》電話の着信履歴《りれき》を確認《かくにん》した。

「うん。特に彼から私に連絡は入ってないみたいだけど？」

「そうですか……」

ユウさんは私の答えを聞いてしょんぼりとする。……ようやく少しだけ状況《じょうきょう》が理解《りかい》できてきた。つまりは、この時間になってもまだ蛍が帰って来ていないのだろう。……確《たし》かにまだまだ「遅《おそ》いなぁ」程度《ていど》で済《す》む時間帯だが、「七時までに帰るよう努力する」とまで言ってた彼がまだ帰ってこないのは、いささか心配の対象にはなる。こと、蛍はああ見えて約束に関しては破《やぶ》ることをあんまり良しとする性格《せいかく》ではないし、意外と真面目《まじめ》に「五分前行動」とかするヤツだから、確かに現状《げんじょう》何の連絡もないのは、少しおかしいといえばおかしい。

「ユウさん。蛍がまだ帰ってきてないのね？」

一応確認をとってみる。ユウさんは少し不安そうな顔でコクンと頷《うなず》いた。

「うん。……ケイ、いつも《何時にどうする》っていうことに関しては結構《けっこう》きちんとしてる人だったのに……」

「……まあ、そうね」

私はそれだけ返すと、改めて自分の携帯電話を手にとってメモリーを呼《よ》び出した。

「じゃあ、ちょっと電話してみるね」

「お願いします」

ユウさんの見守る中、私は蛍のケータイに電話をかける。しかし——

《おかけになった番号は……》

帰ってきたのはコール音ではなくて、ある意味ではそれ以上に無機質《むきしつ》な音声の返答だった。一旦《いったん》通話を切り、念のためリダイヤルしてみるが、それでもやはり反応《はんのう》は変わらない。目の前に居《い》るユウさんに向かって軽く首を横に振《ふ》る。途端《とたん》、彼女はまた少し落胆《らくたん》してしまった。

「ケイ……どうしたんだろう……」

なんだか凄《すご》く心配そうな声を出すユウさん。そこまで心配するほどの状況じゃないと私自身は思っていたけど、なんだか目の前でそんな反応されると妙《みょう》に私も気になり始めてしまった。私は握《にぎ》った携帯電話にもう一度目を向けると、今度は真儀瑠先輩《せんぱい》の電話番号を呼び出す。

「じゃあ、ちょっと先輩の方のケータイにかけてみるね」

ユウさんに努めて明るくそう告げる。彼女は「はい……」と元気なく返した。

発信ボタンを押下《おうか》し、ケータイを耳に当てる。一、二秒の間ののち、今度はきちんとコール音が鳴り始めたことに少し安堵《あんど》する。一回……二回……三回……。四回目のコール音が鳴る直前で、「呼び出し」が「通話」に切り替《か》わった。

『巫女娘《みこむすめ》？　どうした？』

いつもの先輩の声。が、ちょっと聞き捨《ず》てならない言葉でもあった。

「……先輩、私の名前、ちゃんと言えます？」

『巫女娘だろ？』

ピッ。

「り、鈴音さん？」

私が額《ひたい》に怒《いか》りマークを浮《う》かべて通話を切ってしまったので、ユウさんは額に汗《あせ》をかきながら首を傾《かし》げてきた。私は「あっ」と呟《つぶや》いたあと、溜《た》め息を吐《つ》いて、再度《さいど》先輩にかけ直す。

『お、巫女鈴音。さっきはどうし——』

ピッ。

再度切る。なんか、私の名字がとても不本意なものになっていた。……ユウさんの視線《しせん》にハッと気付き、再度電話。

『……か……むぅ……かん……か、かんなりんね？　そう、神無鈴音だ！』

「そこまで難産《なんざん》ですかねぇ、私の名前は！」

私は溜め息を吐いたが、さすがにこれ以上無駄《むだ》なやりとりしている場合でもなかったので、溜め息を一つ吐いただけに留《とど》めた。

『で、どうした、巫女娘』

「…………」

通話を切ろうとする自分の指をぐっと押し留めた。……ふぅ。落ち着け、私。先輩を全力で殴《なぐ》って私の名前を印象付けるのは、この件《けん》が終わってからにしよう。

私は、ユウさんに目だけで繋《つな》がったことを伝えた。彼女の表情《ひょうじょう》に少しだけ安堵が宿る。

いや、もう数回繋がってはいたのだけどね。

「真儀瑠先輩？　あの、今、蛍と一緒《いっしょ》に居るんですか？」

『後輩？　ああ、私の隣《となり》で現在《げんざい》、タバコをふかしながら裸《はだか》でベッドに横たわっているぞ。さっきまで耳元で愛を囁《ささや》いてもいたな』

「…………」

――――。

『……み、巫女娘？　い、いや、軽い冗談《じょうだん》のつもりだったんだが……。おおい。帰って来い、巫女娘』

電話口からの先輩の冗談というワードと、ユウさんが「鈴音さぁん」と声をかけてくれたおかげで、私はようやく人間界に帰ってくることができた。……ふぅ。た、確《たし》かにそうだ。よく考えれば、蛍には全然似合《にあ》わない状況《じょうきょう》だよ、それ。先輩も先輩で、ああ見えて恋《れん》愛《あい》関係全然疎《うと》い人だから、そっちはそっちでまたありえないし。……ふぅ。なのに、こんなに目の前が真っ白になるほどショックを受けてしまう私は一体なんなんだろう。

「ええと……それで、蛍は今ホントに一緒に？」

『ん、いや、随分《ずいぶん》前に別れたぞ？　それこそお前達と別れてからそれほど経《た》ってない頃《ころ》にな』

「え？」

……どういうこと？　もう随分前に別れた？　じゃあ、蛍は今……

『もしもし？　神無？』

急に黙《だま》り込んでしまった私に、電話口から怪訝《けげん》そうな声が聴《き》こえてきた。巫女娘と言わないあたり、彼女が真剣《しんけん》になった証《あかし》なのだろう。……いや、そんなバロメータはイヤだ。

『どうした？　後輩、まだ帰ってきてないのか？』

「ええ。ユウさんによると、どうやらそのようで……」

チラリとユウさんの方を見やる。彼女は私の会話から察《さっ》したのか、再《ふたた》び表情を曇《くも》らせていた。

「あの、先輩。失礼ですけど、先輩と蛍はあれからどうしたんですか？」

『ん？　ああ、いや、なに。大したことじゃないよ。二人で愛を確かめ――』

「そのネタはもういいですから」

『……お前、ツッコミの冷たさが後輩に似《に》てきたな……。いや、まあ、実際《じっさい》はただ私の話した都市伝説の《実例》たる現場を少し案内してやっただけでな。ホントそれだけのことだったから、別段《べつだん》時間使うようなことではなかったのだが……』

「都市伝説の実例？　あの……それって……」

なんだか分からないけど、胸《むね》の中に黒いモヤモヤが広まった。

『ああ、神無なら知っているだろうが、例のあの駅での事故《じこ》のことだ。……そういえば……言われてみれば確かに、現場を案内した時、アイツ妙《みょう》な反応《はんのう》してたな……。《やっぱり……》だとか呟《つぶや》いてたし……。それに……あれは……』

先輩の口調が、にわかに奇妙《きみょう》な真剣味を帯び始めた。そうして……

『なあ、巫女娘。お前、なにかあの駅に関することで私に言ってない話とかあるんじゃないか？』

急に、先輩が逆《ぎゃく》に質問《しつもん》してきた。私は意表をつかれて「真儀瑠先輩《せんぱい》に言ってない話と言っても……」と首を傾げる。

『たとえばだ。後輩だけが知っていて、私が知らないような、あの駅にまつわるエピソードなんか……』

「はぁ……」

そう言われても、やはり私にはピンとこない。なにか胸の中にモヤモヤはあるものの、その正体が依然《いぜん》として摑《つか》めない。仕方ないので一応《いちおう》真儀瑠先輩の言うことをユウさんにも伝えてみると……

「あ、そういえば朝の……」

と、意外にも反応を見せた。

「ユウさん、なにか知ってるの？」

「あ、うん。鈴音さんもケイから聞いたろうけど……黒い禍々《まがまが》しいモノを見たって」

「あ……」

そうだった。そういえば、朝そんな「悪霊《あくりょう》」の話を聞かされたっけ。色々あってすっか

り失念していたけど……。私はそのことをそのまま電話口に伝える。——と、

『莫迦者《ばかもの》！　なんでそんな重要な情報《じょうほう》を私に伝えなかった！』

「っ！」

唐突《とうとつ》に電話口でも伝わってくる鬼気迫《ききせま》る大声で怒鳴《どな》られた。ユウさんにもその声が聴《き》こえたのか、彼女もビクッと体を震《ふる》わせる。

「せ、先輩？」

『ああ！　もう！　なんで私は……昔からアイツのアレにはよく関《かか》わってきたってのに……くそっ。タイミング悪いとしか言いようがない……』

真儀瑠先輩は電話の向こう側でなにかガタガタとやっている。私は全然状況が飲み込めず、もう一度質問をなげかけた。

「あの……一体……」

『……ああ、すまんな。これは私のミスでもある。……くそっ』

ガサゴソと、電話口にも分かる先輩の動く音。今やこちらよりも、あっちに緊迫《きんぱく》感が漂《ただよ》っていた。

「あの？」

『いいか、神無。私が今日後輩に話したのは《中に居る》という都市伝説だ。お前も知っ

てるな？』

「ええ。一応は知ってますけど……」

——と、そこまで言ったところで私の中の「モヤモヤ」が徐々《じょじょ》に形を取り始めた。ユウさんは相変わらずの心配げな表情をこちらに向けていたが、多分、いまや私の顔もそんな風になっているだろう……。

『それの《実例》があの駅であったという話を、私は今日後輩にしたんだ』

「…………」

『で、後輩はなぜかその話題に異常《いじょう》な興味《きょうみ》を示《しめ》した。……くそっ、あの時点で気付くべきだったんだ……』

「…………」

心臓《しんぞう》がドクンドクンと脈打つ。詳《くわ》しいことはまだ理解《りかい》できていないが、とにかく黒い予感が心を満たす。

『いいか。それが事実にしろなんにしろ、後輩はその《実例》たる場所で《元凶《げんきょう》》らしきものを見つけたんだ。……そう、お前の言う《悪霊》というのか。私には生憎《あいにく》見えなかったが……。とにかく、アイツは噂《うわさ》の証拠《しょうこ》たる存在《そんざい》を発見した』

「えっと、その、つまり……。蛍はそれをなんとかしようとしていると？」

除霊能力《じょれいのうりょく》なんて皆無《かいむ》な蛍にとっては、確《たし》かにそれはこの上なく危険《きけん》なことだけど……。

『違《ちが》う。そんなことじゃない。アイツはそんな正義感《せいぎ》に溢《あふ》れた馬鹿《ばか》じゃない。……いいか、《中に居る》の終わり方を思い出せ神無。あれはつまるところどういう話だ？』

「え？……まあ、私から言わせれば《霊のような存在の憑依《ひょうい》にあって、なにも分からないまま殺されてしまう》っていう感じの……」

『そうだ。重要なのはその点だ。《何も分からないうちに死ぬ》という点だ。そこでもう一点。後輩の昔から探《さが》し求めているものは、何だ』

「…………」

絶句《ぜっく》する。先輩の言わんとしてることが、おぼろげながら理解でき始めたから……。

『神無。《何も分からないうちに死ぬ》。つまりこれは、究極的な《楽な死に方》ではないのか？』

「……まさか……」

『そうだ、神無』

先輩がそう言って……そして落ち着くように一拍《いっぱく》おいてから……その、決定的な一言を放った。

『後輩は……自殺志願《しがん》の式見《しきみ》蛍は、《中に居る》を使って死ぬつもりだ』

第六章　VS都市伝説

電車マニアというのが世には数多くいるらしいが、僕《ぼく》にはその魅力《みりょく》がイマイチ理解できない。いや、理解はできるけど、想像《そうぞう》ができないとでもいうのか……。とにもかくにも、世間はどうあれ僕自身は全くもって電車に興味《きょうみ》はもたない性質《たち》な人間なワケで。さてさて人間というのは、興味のない話題、対象に関する情報を延々《えんえん》と受動するとあまりの退屈《たいくつ》さに脳《のう》が麻痺《まひ》するのか、眠気《ねむけ》というやつが意識《いしき》を蝕《むしば》み始める。苦手な授業《じゅぎょう》を真面目《まじめ》で面白《おもしろ》みのない講義《こうぎ》で説明されているような状況《じょうきょう》を想像すると分かりやすいかもしれない。つまりは今、僕、式見蛍《しきみけい》が陥《おちい》っているのがそういう状況。今回はその対象が「授業」ではなく「電車」と「ホームの景観」であったというだけの話で。そしてこれは僕の人生にも置き換《か》えることができるかもしれないのだが……まあ、それはいいや。今更《いまさら》だし。

先輩《せんぱい》に案内された都市伝説の実例たる場所で、朝目撃《もくげき》した悪霊《あくりょう》を確認《かくにん》してから、もう結《けっ》構《こう》な時間が経過《けいか》していた。本当ならさっさと目的を達成……つまりは悪霊との「自殺交《こう》渉《しょう》」を始めたかったのだが、やはり駅のホームなんていう人口密度《みつど》の高い場所では、何もない空間に向かってごちゃごちゃと喋《しゃべ》ることもできず……。いや、これから死ぬんだから周囲の視線《しせん》なんて関係ないと言えば関係ないのだが、しかしあまりに奇怪《きかい》な行動をとって駅員にしょっぴかれでもしたら、それこそ面倒《めんどう》なことになってしまうので、僕は仕方なく七時半近くまで人口密度の下がるのを、ホームの景観と定期的に訪《おとず》れる電車だけをボーッと眺《なが》めて待っているハメとなった。

眠い……眠すぎる。このままホームに飛び降《お》りたらそれこそ「眠《ねむ》るように死ねる」のじゃないかと思えるほど眠い。先程《さきほど》からあまりに周囲からの刺激情報《しげきじょうほう》が少ないため、余計《よけい》に眠…………。ん？

「お……」

こりゃ眠いわけだ。気付くと、五時～六時台には学生服で溢《あふ》れかえっていたホームが、今は殆《ほとん》ど《無人》と称《しょう》せるぐらいにまで閑散《かんさん》としていた。七時半というと一般《いっぱん》的にはまだまだ電車利用者がホームを賑《にぎ》わすだろうが、ことこのホームにおいてはここら辺の時間帯は丁度《ちょうど》人が少なくなる。というのも、この地域《ちいき》一体は学生寮《がくせいりょう》が多く、人口密度的には学生の率《りつ》がかなり高い。だから五時～六時の「下校ラッシュ」たる時間帯にはかなり混雑《こんざつ》するものの、その時間が過《す》ぎ去ったあと、こと電車の到着《とうちゃく》の合間に関しては、ホームから殆ど人が消える。それはまるで異界《いかい》に迷《まよ》い込んだように不思議な、この駅特有の長いエアポケットだ。つまりは、好機。

「よし……そろそろ行くか」

僕は柱にもたれていた体を気《け》だるく起こすと、ずっと視界《しかい》の端《はし》には捉《とら》えていた《黒い人影《ひとかげ》》に向かって歩き出した。……やはり気持ちが悪い。正面から見ると、その禍々《まがまが》しさをヒシヒシと感じてしまう。正直、普通《ふつう》ならば全く近付きたくない印象である。淀《よど》みのカタマリ。僕の最も嫌悪《けんお》する存在《そんざい》とも言える。

……そういえば、数時間この辺りを観察していて発見したことだが、霊能力がなくあの《黒いモノ》が見えないはずの人々も、アレの周囲はそれとなく避《さ》けて歩いているようだった。人間の本能って、凄《すご》いんだなとちょっと改めて思う。……同時に、自分がこれから生物にとって一番重要な《生存本能》を蹂躙《じゅうりん》する行為《こうい》をしようとしていることに、些《いさ》か皮肉も感じた。

ある種、人類ってヤツはもう「生物」じゃあないのかもしれない。それこそ肉体のある幽霊《ゆうれい》なのではなかろうか？　自殺なんて選択《せんたく》をできるようになった時点で……いや、自殺なんて言葉ができた時点で、人間はもう「一線」を超《こ》えてしまっている。生存本能を理性《りせい》が凌駕《りょうが》するなんて、他《ほか》の動物ではあり得ないことだ。生きることを目的としない生物……その存在の、どこが「生きる物」なのか。……いや、人間云々《うんぬん》なんて大きな話じゃなくても……少なくともこの僕、生きる意志《いし》を愚《おろ》かにも喪失《そうしつ》してしまった式見蛍は……。

——と、

〈ブブブブ……〉

ポケットに入れていたケータイのバイブレーションが鳴った。取り出して画面表示《ひょうじ》を見てみると、さっきまで待機していた場所では圏外《けんがい》だったのが、今は通信可能《かのう》になっている。

ふむ。柱の陰《かげ》から出たからかな？　掛《か》けてきたのはどうやら鈴音《りんね》のようだ。

「もしも〜し？」

至《いた》っていつも通りに電話に出る。——が、

『「もしも〜し？」じゃないっ！』

「のわっ」

いきなり大声で怒鳴《どな》られた。……耳が痛《いた》いんですけど……。

『ちょっと、蛍！　馬鹿《ばか》なこと考えてるんじゃないでしょうね！』

「はあ？　馬鹿なこと？　そんなこと考えちゃいないよ。僕はただ楽に死のうと……」

『そ・れ・よ！　それが馬鹿なことでしょうが！』

……人の思想を思いっきり否定《ひてい》しやがって……。

「なんだよ。楽に死にたいって想《おも》いの、どこが不健全《ふけんぜん》なんだよ」

『不健全すぎるでしょうが！　楽に死ぬのはいいけど、今じゃなくてもいいでしょ！』

「今でもいいだろうが」

『ダメよ！』

「なんでだよ？」

『若《わか》いじゃない！　あんまりに……若すぎるじゃない！』

「…………」

同い年にそんなことを涙声《なみだごえ》で言われてもな……。僕はケータイを持つ手に少しだけ……ホンノ少しだけ力を込《こ》めた。

「若いとか若くないとか……長く生きたから幸せだとか……他人が勝手に定義《ていぎ》するなよ」

『定義するわよ！　アンタ私をなんだと思ってるの！　生まれた頃《ころ》から私はずっと《霊》に接《せっ》してきた……。無念を残して死んだ人間とずっと接してきたのよ！　いい？　この世の中には死にたくないのに死ぬ人がゴマンといるの！　貴方《あなた》そんな人達の無念を感じたことある？　蛍は……』

「うるさい」

『っ！』

僕は今まで鈴音には聴《き》かせたことのない口調で告げた。……クールを装《よそお》わない、ありのままの感情《かんじょう》を表に出した声。

「他人の無念なんて知ったことじゃない。僕が生きたからってその《無念》がどうなるわけでもない」

『……そりゃ、そうだけど……』

「鈴音、僕は」一拍《いっぱく》置いて心を落ち着ける。「僕は、本当に生きているんだろうか？」

『な？』

「鈴音……僕は昔から生きてる実感が絶望《ぜつぼう》的に欠如《けつじょ》している。それは鈴音も知ってると思うけど……。でも、最近……それの理由が少しだけ分かった気がする……。鈴音、僕はね、多分生きている幽霊なんだ」

『なにを馬鹿な……。そりゃ人間っていうものをそうたとえることだってできるけど……』

「違《ちが》う。そんな哲学《てつがく》的な意味だけじゃなくて。僕の言ってるのは……《僕に適応《てきおう》するのは》、そのまんまの意味でのことだ。……鈴音、僕は……僕は、《自分の物質《ぶっしつ》化能力で物質化してる幽霊》なんじゃないか？」

『な……』

電話の向こう側で鈴音が絶句《ぜっく》するのが分かった。……当然か。

『それこそ馬鹿じゃないの！　そんなことあるはずないでしょうが！』

「そうかな？……僕はもう実は死んでて……そうだな……あの事故《じこ》で死んだのかもしれないし……もっと前に死んでいたのかもしれない……。そうして……だからこそ《生きてる実感》が欠如しているんじゃないか？」

『馬鹿言わないで。《自分の能力で自分を物質化》ですって？　馬鹿馬鹿しい理論《りろん》もいいところよ。そもそも貴方《あなた》の能力で物質化した霊《れい》は一般人《いっぱんじん》には見えない。貴方はクラスメイトの皆《みな》にも真儀瑠《まぎる》先輩《せんぱい》にもハッキリ認知《にんち》されてるじゃない』

「それだってどうだか。なんせ僕は《物質化能力》の《発生源《はっせいげん》》なんだ。周囲の霊に与《あた》える物質化能力より、自身に与える能力の方が強いだけなのかもしれない。つまりは、僕の場合は周囲に認知されるレベルまで《物質化》してるってだけの話かもしれないじゃないか。……いや、そもそも、周囲の霊を物質化させる能力の方が、《僕自身を物質化させる能力》の副産物かも……」

『いい加減《かげん》にしなさいよ！』

唐突《とうとつ》な鈴音の怒鳴《どな》り声で言葉を遮《さえぎ》られた。

『そんな理論なんてどうでもいい！　貴方はそこに今存在《そんざい》していて、それを周囲から確認《かくにん》できるんなら、それは《生きている》ってことじゃない！　それにそんな馬鹿げた理論はそもそも絶対《ぜったい》に成り立たない！　貴方は生きている！』

「…………」

分かってる……。僕だって、本気で自身が物質化した幽霊だなんて思ってるわけじゃない……。思ってるわけじゃないけど……。

『いい？　今そこの駅に私もユウさんも向かってるから！　絶対に馬鹿《ばか》な真似《まね》するんじゃ……』

〈ピッ〉

鈴音の声の途中《とちゅう》で、僕はケータイを切った。そのままボタンを押《お》し込んで電源自体も切ってしまう。

ホームから覗《のぞ》く空を見上げる。星は見えない。月の痕跡《こんせき》さえも窺《うかが》えない。……その事実からしか確認できないけど、多分曇《くも》っているのだろう。自殺するにはうってつけの陰鬱《いんうつ》な暗闇《くらやみ》。……結局のところ変わらないんだと思った。どんな理論をこねても、どんな説得を受けても……僕の中にある「もういいや」「死にたい」っていう気持ちは、絶対的に普遍《ふへん》なもので、それだけは僕にとって真実なのだから……。つまるところ、僕は今「死にたい」と思っていて、そして目の前にはその最良たる「手段《しゅだん》」が居《い》る。ただそれだけのことなのだから。間違っているのは百も承知《しょうち》だけど、それでも悲願《ひがん》を達成できる可能性《かのうせい》が目の前にあって何もしないほど、僕は人間的に欠損《けっそん》はしていない。

鈴音やユウや先輩を悲しませることが気にならないわけじゃない。……でも、結局のところ僕は最終的な部分で「自分本位」な人間だ。自分の生死にまで、他人を絡《から》めた思考はできない。後に残る者の悲しみなんて、死ぬ本人にとっては瑣末《さまつ》な事象でしかない。だって、死んでしまえば……なくなってしまえば、そういう思いも記憶《きおく》も、全《すべ》てがなくなるのだから。今はやっぱりそれは悲しいと思ってしまうけど、一線を超《こ》えてしまえばそれもなくなる。つまりはそういうことだ。

僕は一つ深呼吸《しんこきゅう》すると、悪霊《あくりょう》に向かって一歩を踏《ふ》み出した。心には意識《いしき》的に虚無《きょむ》だけを満たして……。

〈貴様《きさま》……見えているな〉

初めて聴《き》く悪霊の《声》は、外見に見合う禍々《まがまが》しいしわがれた声だった。目の前の空間には黒い人間形の存在《そんざい》。影《かげ》をCG化したらこういう映像《えいぞう》ができるかもしれないと思うような形であり、そしてそれはどこか流動的だった。決して何が動いているわけでもないが、しかしそれは流動的な存在であった。

「ああ、見えてるよ」

僕はその存在感に圧倒《あっとう》されながらも、外見はあくまで冷静に応対《おうたい》する。影は少しこちらに近付くように、歩行とは違《ちが》う移動形態《いどうけいたい》でヌッとこちらに移動してきた。

「おっと。殺すのは勝手だけど、先にちょっと話は聞いてもらうぞ」

わざと強気の姿勢《しせい》で臨《のぞ》む。こういうヤツ相手には引いたら負けだ。

〈……なんだと？〉

僕の「殺すのは勝手」という言葉に意表をつかれたのか、悪霊はピタリと移動を止《や》める。……二メートル範囲《はんい》にはまだ入っていないようで、特に実体化した形跡はない。距離《きょり》が離《はな》れていても意思《いし》が疎通《そつう》するあたりは、やはり超常的《ちょうじょうてき》存在感を感じる。

「実は僕、死にたくてここに来たんだ。アンタ、何人か人間を憑《つ》き殺してるんだろ？　それも意識をのっとる形で」

〈…………〉

影はユラユラとしたまま何も答えない。しかしそれは明らかに肯定《こうてい》の意であった。

「僕の要求は他《ほか》でもない。僕も《同じように》殺して欲《ほ》しい。つまり、意識をのっとってから殺して欲しい。……ただし、ここからが重要なんだが、できれば飛び込み自殺以外の形式でだ。特に強要まではしないけど、これはなにかと残された家族や他人に迷惑《めいわく》かけるからな……あんまりスマートじゃない」

〈……貴様……自殺志願者《しがんしゃ》か……〉

霊《れい》は確認《かくにん》するように問いかけてきた。……今まではハッキリとした意思を感じるまでには至《いた》らなかったが、ここにきてどうやらこの悪霊にはある程度《ていど》の《意識》があるということをハッキリと認識する。それは、僕《ぼく》にとって《交渉《こうしょう》》するにはとっても良い状況《じょうきょう》といえた。

「そうだよ。だから、他人を呪《のろ》い殺してストレス発散するアンタとは利害が一致《いっち》している。どうだ？　悪い話じゃないだろう？」

〈……ふん。ガキ風情《ふぜい》が生意気なことを……。我《われ》にはそんな貴様の条件《じょうけん》など全く聞《き》く必要《ひつよう》性《せい》がない。利害の一致だと？　死にたがりを殺すことのどこがストレス発散になる？　ということは、その提案《ていあん》、つまり私に《利》はない。……まあ、だからといってこのまま貴様を逃《に》がす気も毛頭ないがな〉

「おや、ベラベラと喋《しゃべ》り始めたじゃないか《中に居《い》る》さんよ。なんだ？　喋れる相手を久《ひさ》しぶりに発見して気分が高揚《こうよう》したかい？……まあ、いいよ。あんたは自分に利がないと言ったが、この提案、あんたにだって一応《いちおう》利はあるぜ？」

〈なんだと？〉

「……確《たし》か、悪霊は他の霊を取り込むことができるんだろう？　だったら……だったら、僕が死んだ時、僕は喜んでお前に取り込まれてやるよ。その意識までもな」

この提案は、実は悪霊側の利益《りえき》だけを考えての発言じゃなかった。……究極的なところでの僕の望みは、「死ぬこと」というより「消えること」である。もしうまく死ねても、幽霊《ゆうれい》になって《個《こ》として存在》してしまったのではなんの意味もない。たとえ成仏《じょうぶつ》して死後の世界とやらに逝《い》ったとしても、そこで《存続》するのならば死にどれ程の意味があるというのか。だったら、僕は悪霊に意識までも完全に取り込まれて《完全消滅《しょうめつ》》することを望む。

〈……なるほど。……いいだろう。その条件、呑《ふく》んでやろうではないか〉

黒い影は顔などはないながら、どこか嘲《あざけ》りを含んだような様相を呈《てい》した。正直僕とてそういうのには些《いささ》かムカッとくるにはくるが、しかし、この状況で文句《もんく》を言って話をこじらせても、それこそ誰《だれ》にも利益がない。僕は使い慣《な》れたポーカーフェイスを保《たも》った。

〈……私の手法は……知っているな?〉

影がぐっと再《ふたた》び移動を再開《さいかい》しながら訊《き》いてくる。

「ああ、知っているよ。あんな都市伝説の原型になるぐらいだから、憑依《ひょうい》してそのまま本人の無意識中に自殺を誘発《ゆうはつ》するんだろ?」

〈その通りだ。……くくっ、アレはいいぞ。気分が高揚する。……我《われ》ら霊体は基本《きほん》的に人間に直接的《ちょくせつ》な干渉《かんしょう》はできない。できることといえば幻覚《げんかく》を見せたり精神《せいしん》を狂《くる》わせたり……おおよそのような精神操作《そうさ》でしかない。だからこそ……だからこそ憑依による自殺は最高の干渉でありフラストレーションの発散と成り得《う》るのだよ。まあ、とはいえフクザツな行動強制《きょうせい》は我も相応に疲弊《ひへい》するからな。とり憑いた人間で他人を傷《きず》つけるのは難《むずか》しい。これもまた、妥協《だきょう》しての自殺誘発なのだよ〉

影《かげ》はベラベラと、それこそこちらの予想を超《こ》えて喋《しゃべ》り出した。ある程度力の強い霊が確《かっ》固《こ》たる意思《いし》を持つという事実はそれなりに知識《ちしき》としてあったが、しかしそれでもここまで人間味……というか、低俗《ていぞく》っぽい存在《そんざい》だとは思わなかった。いや、低俗というのは少し語弊があるか。霊として見た場合、今目の前に居る存在は、僕の今まで見たものと比較《ひかく》して明らかに突出《とっしゅつ》した存在だ。これが霊力……というのだろうか？　その存在感、威圧《いあつ》感、不《ふ》快《かい》感……どれをとっても明らかに常軌《じょうき》を逸《いっ》している。こりゃある種の《天災《てんさい》》だとさえ表《ひょう》現《げん》できるかもしれない。もう、なんていうか、《触《さわ》らぬ神にも祟《たた》りあり》《最悪の災厄《さいやく》》って感じだ。それ程にこの存在は破格《はかく》であった。しかし、だからこそ、その思想、行動理念、根底意識《いしき》はもっと純粋《じゅんすい》な悪意であるか、それか破格に「高尚《こうしょう》な悪意」であるように想像《そうぞう》していたのだが……。まあ、他人を傷《きず》つけることにしか意義《いぎ》を見出《みいだ》せないある種の通り魔《ま》である悪霊《あくりょう》に、気高《けだか》い精神を求めることが自体が間違《まちが》っていたのかもしれない。

〈では、いくぞ……〉

悪霊はヌーッとこちらへ近付いてくる。そうして、遂《つい》に僕の物質化範囲《ぶっしつかはんい》に……。

……。……って、あれ？　ちょっと待てよ。

「ストップ！」

〈？〉

僕は一つの嫌《いや》な予感にぶちあたり、思わず大声を出した。悪霊はまたも意表をつかれたのか、ピタリと停止する。

「あ、あのさ。憑依って、具体的にどうやろうとしてる？」

〈なにを今更《いまさら》……。基本的に相手の体内……つまりは《魂《たましい》の在《あ》る場所》に侵入、占拠《せんきょ》する行為《こうい》だから、相手の体に重なるように入っていくだけだ。背中《せなか》から行くのが普通《ふつう》だが、どこからでも無理ではない〉

「え、えっと……。あの……それってやっぱり……貴方《あなた》自身が僕の体に近付いてきて、そして入ろうとするということですよね？」

あまりの嫌な予感に、汗《あせ》をダラダラと流しながら訊《たず》ねる。

〈……当然だ。……貴様《きさま》……まさか今更怖《こわ》くなったとか言うわけではあるまいな……〉

「いや、その、え〜と……」

返答に困《こま》り、思わず視線《しせん》を逸《そ》らす。しかし——

〈くっ。しかし、今更貴様の心構《こころがま》えなど知ったことか！〉

瞬間《しゅんかん》、唐突《とうとつ》に《黒い人形》が僕に向かって突進——等《など》という現実的な表現では表せないような《突》を仕掛《しか》けてきた。それは形状《けいじょう》変化まで伴《ともな》ったような明らかな憑依せんとする動き。普段《ふだん》の《浮遊《ふゆう》》が野球で言うところの《フライ》だとしたら、今のその影の動きはさしずめ《ライナー》。直線的な空中移動《いどう》。その動きは常軌を逸しており、一瞬にして僕の懐《ふところ》へ迫《せま》り来る——のだが、近付いてきたところで少しだけ減速《げんそく》した。……しかしその僕に向かってきているというエネルギーのベクトル自体は相も変わらず——そして——

《ズガッ》

見事に僕の体へと…………ぶち当たった。

「ぐあっ」

そのあまりの衝撃《しょうげき》に、僕はよろよろと後ろへ倒《たお》れ込む。体格《たいかく》のいい方ではなく筋肉《きんにく》もついているとは言いがたいこの体では、あの勢《いきお》い、質量の物体が直撃《ちょくげき》して平然と居《い》られるわけがなかった。

〈……な……〉

そうして、僕が背後《はいご》に倒れ込んだあと、目の前には呆然《ぼうぜん》とした声を出す黒い影が立ちすくんでいた。

〈ぶつかった……だと？〉

「あ、いや、はは……」

ホームのじゃりじゃりとした感触《かんしょく》のコンクリートに手をついたまま、僕は乾《かわ》いた笑《え》みを浮《う》かべる。……そもそも、よく考えてみれば、物質化能力《のうりょく》を持った僕に《憑依《ひょうい》》は無理なのだ。憑依とはつまり霊体《れいたい》が体内に入ること。しかし僕の能力は近付いてきた霊体をことごとく物質化し、触《さわ》れてしまう。……つまり、体内への侵入《しんにゅう》は物理的に無理。ある種《憑依への絶対防御《ぜったいぼうぎょ》》がこの能力なのである。先程悪霊が体に向かってきた時に減速したのは、僕の二メートル範囲内では《浮遊》という能力を制限《せいげん》されてしまったためなのだろう。……完全にそこら辺のこと考慮《こうりょ》に入れないで行動していた……。最初からこの自殺方法は《僕に限《かぎ》っては無理》だったのである。はぁ……死にてぇ。

〈霊体の……物質化……〉

現在は僕の物質化の影響下《えいきょうか》のせいか、先程までのユラユラとした印象がない《影》が、しわがれた声で呟《つぶや》く。

「いや、あ、その……。え〜と……じゃあ、この話はなかったということで……」

僕は恐《おそ》る恐るそちらを見守りながら、ゆっくーりと、刺激《しげき》しないように後退《こうたい》を……

〈ふははははは！　そうか！《貴様がそうだった》のか！〉

「っ！」

悪霊《あくりょう》は唐突《とうとつ》に大きく笑い声をあげ始めた。見ると、どうやら影《かげ》だとばかり思っていたものにも《口》があったらしい。人間でいうと丁度そのあたりの部分に、今は大きな暗闇《くらやみ》の穴《あな》が……周囲の《影》よりも暗い暗闇の穴が広がっていた。……あまりのその禍々《まがまが》しさに吐《は》き気さえ覚える。

〈そうか。これはなんたる幸運！　まさか目的のものがそちら側からノコノコと近付いてきてくれるとはな！〉

「な……に？」

目的？……僕が……目的？

〈霊体の物質化能力！　それを持つ者が現《あらわ》れたとは聞いていたが……そうか。貴様がそうだったか！〉

悪霊はなおも禍々しい笑いを続ける。

〈前言を撤回《てっかい》してやろう少年！　《利》は我《われ》にこそ有りだ！　物質化能力者……ストレス発散対象として、これほど上等なものは他《ほか》にあるまい！〉

「な……」

なんだって？　物質化能力者が上等なストレス発散対象？……おいおい、まさか……。

〈触《さわ》れる！　この手で殺せるのだ！　傷つけられるのだ！　幾夜《いくよ》この日を夢《ゆめ》見たことか……。自身の手で……相手を傷つけ葬《ほうむ》り去る！　今、それができる対象が目の前に存在《そんざい》する！〉

「冗談《じょうだん》……」

んな馬鹿《ばか》な話があってたまるか。なんだ？　ということはつまりあれか？　僕という存在は現在《げんざい》、《触れないためにストレスを発散しきれない悪霊達の究極のエモノ》ということになっているっていうのか？　そして、コイツはつまりそれを知っていて……だから……だから僕の使うこの駅にやってきて……留《とど》まって……。そこに僕がそれこそノコノコやってきたと？

……ホントに冗談じゃない。なんだそれ。物理的に殺すだって？　それじゃあ、何の意味もないじゃないか。というか最悪じゃないか。殺されるなんて、苦しい、痛《いた》いの代表格《だいひょうかく》みたいなモノだろうが。しかもこんな淀《よど》みのカタマリ野郎《やろう》に。

「ふざけんなっ……」

僕はそう叫《さけ》ぶと同時に、悪霊から距離《きょり》を取ろうと背後《はいご》に……

〈おっと、何処《どこ》に行く気だ少年〉

「──っ！」

振《ふ》り向いた瞬間《しゅんかん》、恐《おそ》るべき力で肩《かた》を摑《つか》まれた。あまりのその握力《あくりょく》に……痛みに、一瞬息がつまる。

〈お楽しみは……これからだろ？　望み通り、殺害してやろうではないか〉

「冗──談。んな手法を頼《たの》んだ覚えは──ない」

肩にメリメリと食い込《こ》む黒い指に意識《いしき》を奪《うば》われながらも、どうにか顔だけ振り向かせる。

影に広がる口は、今や下卑《げび》た笑《え》みを浮《う》かべていた。……自分の馬鹿さ加減《かげん》に今更《いまさら》ながらに気付く。鈴音の言う通り、僕は馬鹿だ。自殺するにしても、こんなモノを利用しようとするべきじゃなかった。肩の痛みを知覚しつつも、ざっと周囲を見渡《みわた》す。相変わらずホームは閑散《かんさん》としていたが、それでも無人じゃあない。助けを求めればどうにか──

「…………」

──と、そこまで考えて愕然《がくぜん》とする。「助けを求める」だって？　一体誰に？　どうやって？　そしてその行為《こうい》になんの意味がある？　たとえここで叫んだところで、周囲からは僕が一人で苦悶《くもん》の表情《ひょうじょう》をしているようにしか見えない。いや、たとえ助けてくれようとしたところで、霊能力のない人間になにができるというのか。そして更《さら》には、この悪霊に関して「周囲の視線《しせん》」なんてものは関係ない。人に見られてようがどうしようがコイツは確実《かくじつ》に僕を殺そうとしてくる。だから、下手《へた》にここに人を呼《よ》べば、その人まで巻《ま》き添《ぞ》えにする可能性《かのうせい》の方が大きい。普通《ふつう》の人間を相手にしているわけじゃない——その事実を、今更ながらに実感する。

〈いいね、その顔。そしてこの感触《かんしょく》。懐《なつ》かしい、肉に自分の指が食い込むこの感触——〉

影はそう呟《つぶや》きながら、僕の肩をぐっと引き寄《よ》せて完全に相対させると、今度は今まで肩を握《にぎ》っていた手を放してその指を……

「がっ」

そのままの無遠慮《ぶえんりょ》な力をもって、今度は首にかけてきた。首を絞《し》めて血流を止めるそのあまりの力に、一瞬にして意識が朦朧《もうろう》とする。

「は——うっ——」

まともな発声はもちろん、息もできない。苦しい、痛い、その両方が一遍に感じられる状態《じょうたい》——つまり最悪。

〈ハハハハハハハハハハハ！〉

目の前で狂《くる》ったように笑う禍々しい影。……恐怖《きょうふ》。そうか、死ぬことに対する恐怖以外に……こんな《恐怖》が存在するんだな……。そんなことを朦朧とする中で——しかし尋《じん》常《じょう》じゃない苦しみは感じる中で思う。最悪だ……本当に、こんなの最悪でしかない。苦しみ、痛み、そういうものがイヤだったからこその自殺志願《しがん》。死亡志願《しぼう》ではなくて自殺志願。そうだったはずなのに……。馬鹿だなって心から思う。悪霊《あくりょう》っていうのは……いや、幽霊《ゆうれい》っていうのは、多かれ少なかれ「苦しい」とかの「痛い」とかの想《おも》いの中で死んでいったモノだ。そんな存在を「楽な死」に使おうとするというその思想自体が軽薄《けいはく》。たとえ僕《ぼく》の理想通りに憑依《ひょうい》で死ねたとして、本当にそれが楽だったかどうか……。こんな《淀《よど》み》が体の中に侵入《しんにゅう》してくるなんて、やっぱり最悪だったかもしれない。

更にあり得ないほど絞まってくる指にどんどん意識を奪《うば》われる。人間の首ってこんなに柔《やわ》らかいものだったのかと、どこか客観的な視点《してん》で……一種の現実逃避《げんじつとうひ》的視点で考える。くそ……首を絞められるのがこれほどキツイなんて……首吊《くびつ》り自殺が楽だという説が、本当に疑《うたが》わしくなってくる。

〈ハハハハハハハハハハハハハ!〉

未《いま》だに頭の中に残響《ざんきょう》するような笑い声をあげる影《かげ》。……他人が苦しむところの、どこがそんなに面白《おもしろ》いんだか……。ホント、趣味《しゅみ》が悪いとしか言いようが……な……。

…………………意識が薄《うす》れる。……ああ、結局死ぬのなら……まあ……いい……か……。

…………………………。

──と、

《バリッ》

唐突《とうとつ》にそんな乾《かわ》いた音がしたかと思うと、首元を絞める圧力《あつりょく》から急に解放《かいほう》された。

〈な……！〉

しわがれた声の驚愕《きょうがく》する音声が聴《き》こえる……。僕自身はとりあえず驚愕なんかより、首が解放された安堵《あんど》とゴホゴホという咳《せ》き込みでそれどころじゃなかった。ガックリと膝《ひざ》と掌《てのひら》を地面に着けて、口から唾《つば》さえ飛ばしながら涙目《なみだめ》で咳き込む。情《なさ》けないことこの上ない光景だった。

「蛍！」「ケイっ！」

意識どころか視界も朦朧としていたため、全然周りが見えなかったが、それでも「ああ、おせっかいな奴《やつ》らが来てくれたんだな……」とだけ意識の片隅《かたすみ》で思う。同時に、体全体から力が抜《ぬ》け、ドサリとその場に倒《たお》れ込んだ。

〈貴様《きさま》……神職《しんしょく》か！〉

なにが起こったのか分からないが、悪霊が怒《いか》りを含《ふく》ませた声をあげる。大方、鈴音がなにか除霊《じょれい》的な行為《こうい》をしてくれたのだろう。

「――っ！　ユウさん！　ごめん！　コレ、全く私の手に負えそうにない！」

「ええっ？」

「一旦《いったん》逃げるわよ！　ユウさんは蛍を運んで！」

……彼女らの声だけが……失われていく意識《いしき》の中で聴こえる。ああ、なんで僕はこんなに安心しているのだろう……。死に損《そこ》なったっていうのに……な……。

「え、で、でも、私幽霊だし……」

「《蛍なら》幽霊でも運べるでしょうが！」

「あ……」

その声と共に、なにかが……いや、いつも僕の体に抱《だ》きついてきていた温かい感触《かんしょく》が、僕を持ち上げるのを感じた。……安心する。不思議と淀《よど》みが消えていくような感触さえ覚えた。

〈逃がすか……！〉

「――っ！　逃げさせてもらうわよっ！」

瞬間《しゅんかん》――なにか先程と同じ《バリッ》という音が聴こえた……が、同時に、僕の意識は深い闇《やみ》の中へと落ちていった……。

（……いつか言おうと…………）

（……そんな……じゃあ、私のせい……）

（……そう。……から……私は……対だった……）

（……そ……んな……。……っ）

（ちょっ……）

……朦朧《もうろう》とする意識の中で、誰《だれ》かの声が……女の子の声が……。……って、普通《ふつう》こういう時の声って、もっとこう神秘《しんぴ》的なものっぽいイメージがあったのだが、なんか今回の場合ちょっと言い争うような……つまるところあんまりいいイメージの声じゃなかったどころか、なんか最悪にこじれた感じの展開《てんかい》になったあたりで目が覚めた。

ゆっくりと目を開いて聴覚《ちょうかく》以外を起動させる。……視覚《しかく》より先に「肩《かた》と喉《のど》が異常《いじょう》に痛《いた》い」という感覚から再起動《さいきどう》し始めたのにはかなりまいったが、それでもどうにかこうにか意識を稼動《かどう》させる。

「うっ……」

「蛍？」

目を開けながら、どうやら地面に寝《ね》かされていたらしい体を起き上がらせ、脇《わき》にあった柱に背中《せなか》をもたれさせる。——と、最初に見たのは見慣《みな》れたクラスメイトの顔だった。

「鈴音……」

なんだか凄《すご》く情けない顔をした鈴音が、僕を心配そうに覗《のぞ》き込んでいる。……ヒジョーに残念なことに、悪霊《あくりよう》と相対する時にも関わらず服装は私服のままだった。……まあ、この状況《じようきよう》で巫女服《みこふく》もないだろうけどさ……。なんて、意識的に日常《にちじよう》を取り戻《もど》してみる。

「大丈夫《だいじようぶ》？　喉の痣《あざ》とか、なんか凄いことになってるから、心配だったんだけど……」

「ん……ああ、見ると怖《こわ》いから見ないけど、多分大丈夫……かな？　いや、大丈夫じゃないんだけど、一応大丈夫《いちおう》というか……」

「……はぁ。ま、大丈夫そうね」

鈴音は勝手に僕の状況を判断《はんだん》して呆《あき》れるような、それでいて安堵したような溜め息を吐いた。……なんか不快《ふかい》ながらも、自分から危機《きき》に飛び込んでかなり情けなく助け出された身としては、反論《はんろん》などできるはずもなく。……所在《しよざい》なく周囲を見渡《みわた》してみると、どうやらまだここは駅の構内《こうない》のようだった。どういうわけか、ホール的な場所であるにも関わらず異常に閑散《かんさん》としている。もしや深夜まで意識を失っていたのかと時計を見てみるも、時間は七時四十八分……つまりはあの出来事から数分しか経過《けいか》していない。いくらなんでも、この時間帯でここまで閑散とする程このホームは田舎《いなか》じゃないと思うのだが……。

「なあ、鈴音。なんか異常に人が少なくないか？」

鈴音は何か他《ほか》に気になることでもあるのか一瞬《いっしゅん》ボーッとしていたが、すぐに慌《あわ》てたように僕の質問《しつもん》に返してきた。

「へ？　あ、ああ、それはね。私がそうしてるのよ」

「鈴音がやってる？　どういう意味だ？」

「どういう意味も何も、そのまんまの意味よ。この状況は私が意図的に作り出してるってこと。あの悪霊は蛍という存在に接《せっ》して、今、ちょっと見境《みさかい》なくなっていて危険《きけん》だからね……。一種の《結界》よ。あー……結界自体の説明は省くわよ。大体知ってるでしょ、ゲームとか漫画《まんが》とかで割《わり》とよく出るワードだし。で、今回は《人をそれとなく寄《よ》せ付けない》って類《たぐい》の操作《そうさ》」

「な、なんか凄いな……」

すっごく大規模《だいきぼ》で大それた事象を起こしている気がするのだが……。

「凄くなんかないわよ。あくまで《それとなく寄せ付けない》程度《ていど》の効力《こうりょく》だから、絶対《ぜったい》に誰も入ってこないなんて強制《きょうせい》的なものじゃない。……なんていうんだろう……。私達の使う霊力《れいりょく》とか、幽霊《ゆうれい》の使う力ってのは、あくまで精神干渉《せいしんかんしょう》にすぎないわけ。蛍の反則《はんそく》的能《のう》力《りょく》は別として、霊力、霊体に物理干渉はできない。だから、この結界というのは別に《バリア》みたいなイメージじゃなくて……。なんだろうなぁ……《あれ？　何かこの辺に駅あった気がするけど……ま、いいか》とか《なんかあの辺近付きたくないなぁ……》とか《ここで降《お》りるんだっけ？……次でいいっか》とか……。そういう《雰囲気《ふんいき》》をこの駅周辺に発生させているだけの話。だから完全にこの駅に来ることを目標としてる人とか、そういうきちんとした意志《いし》にはなんにも影響《えいきょう》しないの……ほら、現《げん》に、駅員室には駅員が常駐《じょうちゅう》してるでしょ？……まあ、あの人達に関しては、《この状況を不思議に思わない》っていう感じの別の干渉をしてるんだけど……」

鈴音は一息にそこまで説明すると、一旦《いったん》それを切った。そうしてなぜか一息落ち着くように「ふぅ」と息を吐《は》く。

「どうした？」

「……今、言ったでしょ？　私、結界張《は》ってるわけよ、今。……私の能力は蛍も知っての通り《それなり》でしかないから、生憎《あいにく》これやるだけで精一杯《せいいっぱい》な状況なわけ。あの悪霊をどうにかできる力なんて私にはないし……。さっき連絡《れんらく》入れた《本家》から応援《おうえん》が来るまで、被害《ひがい》を最小限《さいしょうげん》に留《とど》めないと……。話に気を取られて精神集中切るとまずいのよ」

そう言って彼女は目を瞑《つぶ》るようにしたと思うと何事かブツブツと唱え始めた。……僕は再《ふたた》び所在《しょざい》なくなり、体力回復《かいふく》もかねて周囲の状況認識《にんしき》につとめる。と、またあることに気付いてしまった。

「鈴音、そういやユウも一緒《いっしょ》に来てくれたんじゃなかったのか？」

「――っ！」

僕が何気なくそう言った瞬間《しゅんかん》、鈴音の表情《ひょうじょう》が明らかに強張《こわば》った。下手《へた》したら結界崩《くず》れるんじゃないかってぐらいに動揺《どうよう》してる感じがする。

「……なんかあったのか？」

「…………」

鈴音はなぜか言いづらそうに俯《うつむ》いた。握《にぎ》り込む手に力が入っているのが僕の目にも明らかだ。

「鈴音？」

「……ごめん。……ユウさんとちょっと喧嘩《けんか》――なんて言えないわね……。私がちょっとキツイこと言っちゃって……どっかに……行っちゃった……」

「なに？」

この状況で喧嘩？　なんだってこんな時に……。

「なんだってまた……」

僕が訊き返すと、鈴音は再び言いづらそうに俯く。が、今度は決意したように顔をあげると、ようやく口を開いた。

「私がね……ユウさんのせいだって………ここに悪霊《あくりょう》が来たのは、ユウさんのせいだって……言ったの」

「な――」

絶句《ぜっく》する。

「お前、何を馬鹿《ばか》な……」

「馬鹿なことなんかじゃないっ。蛍、この際《さい》ハッキリ言っておくけど、ユウさんのせいだっていうのは事実だからね！　あの悪霊、物質化《ぶっしつか》能力者である貴方《あなた》を目的にここに来たんでしょ？　私も霊視《れいし》で一部始終窺《うかが》ってたから……。ねえ、どうしてあの悪霊が貴方の物質化能力を知ってたと思う？　貴方は霊に近付かない分には、普通《ふつう》の一般人《いっぱんじん》でしかない。よくてただの霊が見える人間ぐらいにしか霊側からは認識《にんしき》されない。蛍も割と気をつけていたしね。……でもね、蛍。貴方に対して、最近ずっとユウさんはベタベタしていた……。それこそどこであろうと所構《ところかま》わずね。それがどういうことか……分かる？」

「…………」

……鈴音の言わんとしてることが……僕にも理解《りかい》でき始めていた。

「つまりは……僕らがベタベタしていたのは、ある種《触《さわ》れますよ》って宣伝《せんでん》してるようなものだったと？」

「そうよ。もちろんユウさんにそのつもりはなかっただろうけど……。蛍の認識と違《ちが》って、私とか他《ほか》の霊《れい》には、霊であるか人間であるかなんて一目で分かるの。……分かる？　いくらユウさんが普通っぽくても、貴方に抱《だ》きついている映像《えいぞう》は、他から見れば幽霊《ゆうれい》と人間がありえないほどベタベタくっついているようにしか見えないわけよ。そして、結果多くの霊に貴方の物質化能力《のうりょく》を知られることとなった。

ねえ、蛍知ってる？　幽霊間のネットワーク……情報伝達《じょうほう》は、人間のそれよりもある種優秀《ゆうしゅう》でさえあるのよ？　そして、そんな異色《いしょく》な情報、あんな肥大化《ひだいか》した悪霊——まさに都市伝説となるぐらいにまで神格化《しんかくか》した悪霊に伝わらないはずがない」

「…………」

思わず押《お》し黙《だま》る。鈴音もそれを喋《しゃべ》り終えたのち、気まずさを紛《まぎ》らわすように結界作りに集中し始めた。しかし……

「鈴音……」

僕は背《せ》を柱から離《はな》し、体を立ち上がらせる。ガランとした構内《こうない》にヨロめく僕の靴《くつ》の音だけがカツンと鳴り響《ひび》いた。

「お前それを……ユウに言ったわけか」

「……うん」

鈴音が気まずそうに僕から顔を逸《そ》らして告げる。その表情は反省のものだったが……しかし、それでも……僕は自分の中に湧《わ》き上がった激情《げきじょう》を抑《おさ》えることができなかった。

「……ざけんな……」

「蛍？」

鈴音が僕の呟《つぶや》きに不思議そうにこちらを振《ふ》り向く。僕はそんな鈴音に対し、彼女が悪いわけじゃないと頭の中では分かっていながら、しかし怒《いか》りという感情はどうしても抑えきれなかった。どうしてだろう。ユウのことになった途端《とたん》……何故《なぜ》か、自分のことにもまして、直情的に怒りが湧いてきてしまったのだ。

「お前、ユウの気持ち考えたことあるか！　あいつが本気で……本気で僕に好意があるってだけで無意味にベタベタしてたと思ってるのかよ！」

「……蛍？」

鈴音は唐突《とうとつ》な僕の激昂《げっこう》に戸惑《とまど》ったように呟く。自分でも戸惑っているのだから、彼女が動揺《どうよう》するのもまた当然だった。駅のホーム内には僕の声が響《ひび》き渡《わた》ったが、駅員室の職員《しょくいん》はそれに特に反応《はんのう》を返してはいない。僕は続けた。

「今なら分かるんだ……自分がもう死んでるんじゃないかって少しでも疑《うたが》う気持ちを知った今なら……。アイツはさ、《気付いたら死んでた》っていう状況《じょうきょう》だったんだぜ。僕みたいな自殺志願《しがん》でもあるまいに……アイツは、ある日気付いたらもう《死んでた》なんだぜ？……そんなの、普通認《ふつうみと》められるか？　いきなり体が幽霊状態《じょうたい》になって、不安を感じずに居《い》られるか？」

「………」

「不安だろうさ。キツイだろうさ。認められないだろうさ。あまりの理不尽《りふじん》にハラワタ煮《に》えくり返るだろうさ。……そして、途方《とほう》に暮《く》れるだろうさ……。なんせ、アイツには自分を自分たらしめる《記憶《きおく》》さえないんだ……。そんな状態で……更には誰にも見えない状態で……なにを頼《たよ》りに《存在《そんざい》》できるっていうんだよ……。そんな中でさ、アイツにとって僕《ぼく》は……自分を認識《にんしき》し、更には《触《ふ》れ合える》ことのできる僕は……唯一《ゆいいつ》の《生きてる実感》《存在している実感》だったんじゃないのか？」

「！」

鈴音の表情が先程《さきほど》よりも更《さら》に強張《こわば》る。……こんな風に恩人《おんじん》の鈴音を追い詰《つ》めるようなマネをして……自分はなにをやっているんだろうと思う意識も片隅《かたすみ》にあるものの、なんでか、自分の中に湧き上がる感情を抑えることができなかった。

「それを……お前……ユウのせいでこうなったなんて……。僕が死にかけたのは明らかに自業自得《じごうじとく》ってやつだ。確《たし》かに遅《おそ》かれ早かれ僕はアイツと対峙《たいじ》するハメになっていたかもしれない。だけど……それにしたって……」

なにを言いたいのか自分でも分からない。ホント、なんでユウのことなんかで自分がこれほど怒《おこ》っているのか——自分に迷惑《めいわく》をかけていた存在のことで自分がこれ程怒っているのか分から……いや、本当は分かっているのかもしれない……。アイツは……たとえそれが副次的なものであったとしても、僕に素直《すなお》な好意を示《しめ》してくれたアイツは……もう僕にとって《他人》なんて割《わ》り切れる存在《そんざい》じゃない。友情だとか恋《こい》だとかハッキリした感情じゃないけど、それでも一つ明らかなのは、自分にとって間違《まちが》いなくアイツが《大事な存在》であるという事実だ。

「……ゴメン……」

鈴音が、僕に言っているのか、それともこの場にはいないユウに言っているのか分からないような微妙《びみょう》な位置を見つめながら呟く。

「いや……僕の方こそ、ちょっと……いや、かなり言い過《す》ぎてた。っていうかお門違《かどちが》いもいいとこだ。ごめん」

鈴音の謝罪《しゃざい》する言葉でようやく落ち着き、素直《すなお》にこちらも謝罪する。いくらなんでも、自分を助けてくれた恩人に説教かますなど、いき過ぎもいいところだ。……まったく……僕はいつからこんな熱いキャラになった？　意外と単純《たんじゅん》だった自分を再発見《さいはっけん》して僕は小さな溜め息を吐《つ》くと、背中を柱から離して一歩踏《ふ》み出した。

「じゃ、ちょっと行ってくるわ」

脇《わき》に置いてあったカバンを少し漁《あさ》ったあと、そのままホームの方に向かって歩き出し、後ろ手に手をブラブラ振《ふ》って鈴音にそう告げる。途端《とたん》、後ろから鈴音の素《す》っ頓狂《とんきょう》な声が聴《き》こえてきた。

「ちょ、ちょっと待ってよ！　どこに行くっていうのよ！」

「ん？……鈴音、会話の流れ把握《はあく》してないの？　当然、ユウを助けに行くに決まってるだろう？」

「な……。助けに行くって……」

なにを今更《いまさら》……。

「ユウ、今頃《いまごろ》多分《中に居《い》る》のところに行ってるだろうから……。早く行かないとマズイ」

「な、なに言ってるの？　そもそもなんでユウさんが《中に居る》のところに居るなんて――」

「鈴音。ゴメン、ちょっと急ぐからさ、また後で話すよ。んじゃあな。……あ、鈴音は来なくていいよ。っていうか、むしろ来るな。ちゃんとここで気張って結界張《は》っとけ」

僕はそれだけ鈴音に告げると、多分僕が意識を失っていた間に運ばれたのであろう道を引き返し始めた。背後《はいご》では鈴音が未《いま》だに「ちょっとー！」と納得《なっとく》いかない感情を如実《にょじつ》に含《ふく》んだ声を発していたが……まあ、大丈夫《だいじょうぶ》だろ。なんだかんだ言って、アイツはやるべきことをきっかりとやるヤツだ。僕が言うまでもなく「結界を張って人を寄《よ》せ付けない」という今やるべきことをしっかりと遂行《すいこう》するだろう。むしろ現在《げんざい》問題なのは——

「……あの馬鹿幽霊《ばかゆうれい》……」

僕は頭の中に最近四六時中見ていた顔を思い出しながら、走る速度を速めて一気に構内《こうない》を駆《か》け抜《ぬ》けた。

【interlude ―神無鈴音《かんなりんね》（二）―】

蛍がわけの分からないことを言って去っていってしまった……。全然意味が分からない。「会話の流れ把握《はあく》してないの？」なんて言ってたけど、明らかに蛍の行動の方が脈絡《みゃくらく》ないじゃない。まったく……ホント自分本位というか……。私は溜め息を吐きながらも、その片隅《かたすみ》では常《つね》に結界への集中を途絶《とだ》えさせないように気を張った。……蛍の言うとおり、今ここには一般人《いっぱんじん》を近づけさせるわけにはいかない。それこそ今の私の能力限界《のうりょくげんかい》であり最優先事項《さいゆうせんじこう》。そんなことは、蛍よりもずっと私自身がよく分かっていた。だけど、それでも……蛍とユウさんがどうやらあの悪霊《あくりょう》と対峙《たいじ》しているらしいとされてる時分に、こうやって一人構内でポツンと結界だけを張っているというその事実に、些《いささ》かのもどかしさも感じて仕方ない。もし自分が結界を解除《かいじょ》して戦いに行ったところでどうなるものでもないけど

――どうにかなるような相手じゃないけど、しかし……。

……ああ、なんで私はあんなことをユウさんにこの状況《じょうきょう》で言ってしまったのだろうか……。どうやら蛍はユウさんが《中に居る》の噂《うわさ》の原型たるあの悪霊のところに居ると考

えてるらしいけど……だとしたら、私は最悪にユウさんを追い込んでしまったことになる。確《たし》かに、ユウさんの現在《げんざい》の立場を自分に置き換《か》えて考えてみた時——自分のせいで蛍が危《き》機《き》に陥《おちい》るという状況を考えてみた時——それは本当に耐《た》え難《がた》い気持ちになる。自分が好意を寄せてる人間が、まさかその自分の好意のせいで命の危機に晒《さら》されるなんて……酷《ひど》い皮肉な話だ。……はぁ……私、どうかしてる。普《ふ》通《つう》ならユウさんの気持ち、私が一番理《り》解《かい》してあげられるハズだったのに……それを、なんにも考えないであんな無《む》神《しん》経《けい》な言葉……。

……し、嫉《しっ》妬《と》なんかじゃないわよっ、と、誰《だれ》にともなく自分の心の中で慌《あわ》てて否《ひ》定《てい》してみる。

「巫《み》女《こ》娘《むすめ》。なんでこんな閑散《かんさん》としてるんだ、この駅」

「ひゃっ」

唐突《とうとつ》に、背後《はいご》から声をかけられた。そのあまりに予想外の音声に、思わず情《なさ》けない悲鳴をあげる。

「おいおい……。後輩《こうはい》に声かけてその反応《はんのう》返されるのは軽ぅ〜くショックだぞ、巫女娘」

「ま、真儀瑠先輩《せんぱい》？」

振り返ってみると、そこには相も変わらずなぜか自信満々な雰囲気《ふんいき》をまとった先輩が居た。数時間前別れた時と変わらない制服姿《せいふくすがた》に、長く《可《か》憐《れん》》とさえ称《しょう》することができる黒髪《くろかみ》がサラリと流れている。……蛍もよく言っているけど、ホント、性格《せいかく》と外見が伴《ともな》っていないというか……。

「どうしてここに……」

まさか霊能力のない先輩までこの場に来るとは思ってなかった。先輩は当然とばかりの表情《ひょうじょう》でニヤリと口元を緩《ゆる》める。

「言ったろ？　私は《帰宅部部長《きたくぶ》》だって。部員を正しく、安全に《帰宅》させる義務《ぎむ》がある」

「…………」

……なんか、少しだけ《あの蛍》がこの人を慕《した》っている理由が分かった気がした。なんせ、中学からここまで追いかけてきたぐらいだから……（本人は否定するだろうけど）。なんうっ、なんか分からないけどテンションが下がってきたよ……。

「でも先輩、よくここに来られましたね」

私は話を慌てて切り替《か》える。

「ん？　何の話だ？」

先輩がキョトンと首を傾《かし》げる。

「いや、私今ちょっと《結界》――人を寄せ付けない空気を作り出していまして……」

「そうなのか？　いや、私は何も感じなかったぞ。家からすぐタクシーに乗って来たからな。……ああ、言われてみれば、運転手が駅周辺でなんだかウロウロ挙動不審《ふしん》な運転をしていたっけか……距離稼《きょりかせ》ぎかと思って駅近くで降《お》りてしまったんだがな」

「そうですか」

なるほど。自分の張《は》った結界はなんとかきちんと機能《きのう》はしているようだ。真儀瑠先輩のように確固《かっこ》たる意志《いし》を持ってこの駅を目指している人には全く作用しないみたいだが、「駅に行こう」程度《ていど》の……つまりそれこそタクシー運転手ぐらいの意志なら、どうやら阻《そ》害《がい》できるらしい。自分としては上出来なところだ。私がそんなことを考え込んでいると、先輩は周囲を一瞥《いちべつ》して口を開いた。

「で、肝心《かんじん》の後輩は何処《どこ》に居《い》る？」

「あ、一応《いちおう》助かったには助かったんですけど……」

私はそのあとの一部始終を、かいつまんで説明する。先輩は最初こそホッとしたような表情をしていたものの、最後まで話を聞き終わった頃《ころ》には再《ふたた》び険《けわ》しい顔つきになってしまっていた。

「そうか……。後輩はユウを《助けに》行ったか……」

先輩がポツリと、「助けに」を強調し独《ひと》り言を呟《つぶや》くように言う。

「ええ。……あの、先輩？　どうしたんです、そんな険しい顔して……。確かにあの悪霊《あくりょう》と対峙《たいじ》するのは、この上なく危険《きけん》なことですけど……」

あんなある種の《神》《災厄《さいやく》》クラスまで肥大化《ひだいか》した悪霊に接《せっ》するのは、確かに危険どころの騒《さわ》ぎじゃない。いくら蛍が憑依《ひょうい》に対する絶対防御《ぜったいぼうぎょ》的能力《のうりょく》を所持しているとはいえ、先程のように、圧倒《あっとう》的な《力》でかかってこられてはひとたまりもない。しかし、先輩がそこまであの悪霊の力を認識《にんしき》しているとは思わなかったのだが……。

「神無。後輩は確かに《助ける》と言ったのだな？」

先輩が再度《さいど》なぜかその言葉に関する確認《かくにん》を問いかける。

「ええ。言いましたけど……？」

「そうか。それは危険だな……」

「危険？」

なんで《助ける》と言ったという事実が危険なのだろう？　悪霊と対峙するという事実が危険だというのなら充分《じゅうぶん》分かるけど……。

「どういうことです？」

いくら考えても意味が分からなかったので、先輩にそのまま尋《たず》ねてみることにする。先輩は「……はぁ」とどこか嘆息《たんそく》めいた溜め息を漏《も》らすと、「いいか？」とこちらに顔を向けた。

「あの後輩が《助ける》なんて言うのは……本当に珍《めずら》しいことだって、お前なら分かるだろ？　つまりは、アイツがそういうことを言う時ってのは、十中八九《本気》なんだよ。そんじょそこらの本気じゃない、マジな覚悟《かくご》の《本気》だ」

「はぁ」

話が未《いま》だに全く見えない。

「さて。ここで重要なのは、アイツが重度の《自殺志願《しがん》》だってことだ。つまるところ、式見蛍は《自分》という存在《そんざい》に塵《ちり》ほどの価値《かち》も見出《みいだ》しちゃいない。自分の命なんて……自分なんてどうでもいいと思ってるわけだな。そのくせ、アイツはこと自分の友人、家族……そういう者に対する思い入れは強い。そうして、それはそのまま、彼の辞書において《大切なモノ》という言葉の前には常《つね》に《自分より》という一文が付記されていることを表す」

「……そうか……」

そういうことか……と、私はそこで先輩の言おうとしていることを察《さっ》する。先輩もそれには気付いていたようだが、それでもそのまま説明を続けた。

「後輩が《ユウを助ける》と言ったのなら、アイツはそれこそ十中八九ユウを助けるだろうよ。それこそ命を懸《か》けてでもな……。幽霊《ゆうれい》のために命を張るなんて、私としては本末転《てん》倒《とう》もいいところだと思うが、後輩《こうはい》にそういう見境《みさかい》はないからな……。ただただ大切なモノを守るという意志の下《もと》に行動するだろうよ」

「………」

私はどう返答していいのか分からず、思わず黙《だま》り込んでしまった。……確《たし》かに蛍にはそういうところがある。自分の命を軽く見てるし、普段《ふだん》は自分本位なんてクールを装《よそお》うけど、そのくせ根源《こんげん》的な部分では常に他人を思いやっているというか……。

「……まあ、しかし、霊の見えない私が応援《おうえん》に駆《か》けつけたところで……それは足手まといにしかならないのだろうな。ホント、何もできない自分がもどかしい」

先輩は珍しく自信満々の雰囲気《ふんいき》を崩《くず》した。そうして、疲《つか》れたように先程まで蛍がもたれていた柱に背中《せなか》をあずけ、「そうそう……」と呟《つぶや》く。

「後輩が車に轢《ひ》かれた例の事故《じこ》……。あれ、どうして轢かれたか知ってるか、巫女娘《みこむすめ》」

先輩の急な問いに、私はフルフルと首を横に振《ふ》る。どうして？　ただの前方不注意とか……そういうことだと思ってたけど……。先輩はフッと苦笑《くしよう》するように笑うと、どこか優《やさ》しげな顔で……小さく呟いた。

「嘘《うそ》みたいな話なんだがな……。子犬を助けようとしたんだとよ。本人絶対言わないがな。

通報《つうほう》した目撃者《もくげきしゃ》の話だとそうらしい。……まったく、どこの熱血主人公だ。似合《にあ》わないったらありゃしない。……もう、馬鹿《ばか》みたいだろ？　実にアイツらしくなくて……そして、実にアイツらしい行為《こうい》だ。……優しいんだか……それとも、自分の命を子犬よりも下に見ているというだけの話なのか……。ま、でも、命の価値に上位下位を見出《みいだ》さないあいつの価値観は、もしかしたら私達よりずっと正常《せいじょう》なのかもな。妙《みょう》な話だが」

「…………」

私と先輩はそのまま、どこか虚《むな》しくニコリと表情《ひょうじょう》だけで笑いあった後……ただただ無言で過《す》ごした。……多分、お互《たが》い心の中では、同じことを祈《いの》っていたのだろうけど……。

【interlude　―ユウ―】

なにも分からない。なにも分からない。もう、なにを拠《よ》り所にしていいのか――分からない。……鈴音さんの言うことはもっともだった。もっとも過ぎて……だからこそ……それが分かるからこそ、私はもう拠り所を求めることができなくなった。いや、始めからケイに迷惑《めいわく》をかけてることなんて、百も承知《しょうち》していたのだ。四六時中自分みたいな幽霊《ゆうれい》が抱《だ》きついたり喋《しゃべ》り通したり……それがケイに迷惑をかける行為《こうい》だっていうことぐらい、最初からずっと分かっていた。ただ……ただ私が、それを心の隅《すみ》っこに追いやって無視《むし》していただけで……。ケイの体が温かかったから……抱きついた時のケイの鼓動《こどう》が、まるで自分の鼓動のように感じられたから……。それだけが、私の生きてる実感だったから……だから私は、迷惑をかけてるという事実をずっと無視《むし》したまま好きなように行動して、そして……。そして、ケイを危険《きけん》に晒《さら》してしまった。

後悔《こうかい》――なんて言葉じゃ表現《ひょうげん》しきれないくらいの後悔。もう、それこそ消え去ってしまいたくなるほどの後悔。……いたたまれなくなって、思わず鈴音さんの前から去ってしまった。……ケイ、大丈夫《だいじょうぶ》だったかな？　大丈夫だよね……。それだけが気がかり。鈴音さんなら、多分うまくやってくれるだろう。ケイだって、この状況《じょうきょう》ではもう死のうなんて考えないだろうし。あとは……あとは、私の問題。

私は現在《げんざい》、鈴音さんが《呪符《じゅふ》》とやらを使って悪霊《あくりょう》を一時抑《おさ》え込んだ場所まで引き返している。生ぬるい暑さの満たす夜だったはずだけど、当然のごとく幽霊状態《じょうたい》の今はそれさえ実感できない。フワフワと漂《ただよ》う安定しない不安感。体が軽薄《けいはく》で、《触覚《しょっかく》》という感覚を失った気持ち悪さ……。殆《ほとん》どいつもケイの物質化《ぶっしつか》範囲《はんい》に居《い》たからか、幽霊だというのに幽霊状態には未《いま》だ違和《いわ》感だらけだった。

こんな体の状態では、それこそ鈴音さんの言う「物理的干渉《かんしょう》は基本《きほん》的にできない」という概念《がいねん》をヒシヒシと実感してしまう。私なんかは、唯一《ゆいいつ》幽霊の能力《のうりょく》とされる「精神《せいしん》干渉」さえできそうになかった。……つまりは、本当に軽薄で《無》に近い存在《そんざい》。漂《ただよ》う意識体《いしきたい》。なんの存在理念も存在理由もない概念《がいねん》存在。……そんな私が、今を生きている存在たるケイを危険にさらすなど……あっていいことじゃない。それならばいっそのこと……消え去ってしまった方がいいというもの。ただ、責任《せきにん》はとらなければ……あの悪霊だけは……私という存在のせいで呼び寄《よ》せてしまったあの悪霊だけは、なんとかしたい。私なんかになにができるとも思わない。それこそ多分取り込《こ》まれるだけだろう。……でも……それでも、けじめはつけなきゃいけない。それが今の私にできる最大限《さいだいげん》の責任の取り方なのだから。

それに……と私は考える。鈴音さんから《中に居る》という怪談《かいだん》の説明を受けた時から思っていたこと……。

（もしかしたら、私は《中に居る》に殺されたのではないだろうか？）

そんな、ある種荒唐無稽《こうとうむけい》とも思える考え。でも、どこかゾッとする思考。……私が《死んだ理由》を思い出せなくて、更《さら》には《気付いたら死んでいた》っていう状況って……《中に居る》に殺される状況に酷似《こくじ》しているのではないだろうか？　それに私が覚醒《かくせい》したのも《中に居る》の話題の全盛期《ぜんせいき》……。記憶《きおく》を失ってしまったのは、憑《つ》かれたまま死んだことによる副作用かもしれない。……確率《かくりつ》が低い考えであることは分かる。だけど……。

私はフクザツな想《おも》いを抱《かか》えつつも、悪霊の居る場所へと着々と近付いていく。……遠くからでもハッキリと認識《にんしき》できる《それ》は、禍々《まがまが》しいという以外どんな表現も思いつかない、醜悪《しゅうあく》な闇《やみ》であった。自分が霊になってからそれほど経《た》っていないが、それでも結構な数の霊を見てきた。首のない霊、血まみれの霊、鎧甲冑《よろいかっちゅう》に身を包んだ霊……数々のゾッとするような姿《すがた》を見てきたけど、それでもあそこまでの《悪意》や《威圧感《いあつかん》》をヒシヒシと感じさせるものを見たことはなかった。鈴音さんは《神格《しんかく》》という表現を使っていたけど、確《たし》かに、あれはもう霊というくくりに収まるような存在じゃないと思う。人間の生死に直接《ちょくせつ》干渉する霊なんて、普通《ふつう》の人にしてみれば自然災害《さいがい》となんら変わらない。それは一種の《神》と称《しょう》することさえできるのかも。……この場合は間違《まちが》いなく邪神《じゃしん》だけど……。

〈……物質化能力者……神職《しんしょく》……その次は浮遊霊《ふゆうれい》か。今日は一体何の日なのだろうな？〉

ある程度《ていど》近付いた瞬間《しゅんかん》、唐突《とうとつ》に頭の中に響《ひび》き渡《わた》るようなしわがれた声が聴《き》こえた。……いや、この場合は《聴こえた》という表現は適切《てきせつ》ではないかも。空気を震《ふる》わせ鼓膜《こまく》を伝わってきた類《たぐい》の音声ではなく、意思《いし》をダイレクトに電気信号として脳内《のうない》に流されたような《聴こえる》。……幽霊とはいえ、基本《きほん》的に視覚《しかく》、聴覚《ちょうかく》に関しては普通の人間となんら変わらない。通常《つうじょう》ならこれらの機能《きのう》も眼球《がんきゅう》や鼓膜が物質化しなければ得られるものではないと思われるけど、鈴音さん曰《いわ》く「霊視《れいし》能力と同じことね。つまりは霊体を構成する要素《ようそ》自身が、鼓膜、眼球の代替《だいたい》たる機能を果たせるものであるということ」……らしい（難《むずか》しくて、他《ほか》の詳《くわ》しい説明は右の耳から左の耳に抜けていった）。

だから、空気を振動《しんどう》させ伝わってくる音声と、今の悪霊の《声》の伝わり方が根本的に違う種類の伝達形式だということも、なんとなく認識できる。つまりは、これが《精神操《そう》作系《さけい》》の第一歩たるものなのだろう。私の声も基本的にケイ達にはそういう伝わり方をしているはずだけど、それでもここまで内側から呼《よ》びかけられるような印象のものじゃないと思う。《中に居る》という話が出来上がったのには、もしかしたらこの自身の中から聴こえてくるような霊《れい》の声も関係しているのかもしれない。あの話はつまり、なんらかの理由でこの悪霊の声を聞きつつも災厄《さいやく》からは逃《のが》れられた人物の経験談《けいけんだん》等が、脚色《きゃくしょく》され変形されていく過程《かてい》で、最近頻発《ひんぱつ》していた《中に居る》による自殺誘発《ゆうはつ》の話と合わさったものなのだろう。結果として、かなり事実に近い都市伝説ができあがったのかもしれない。……こんなことを考えるのは、明らかに現実逃避《げんじつとうひ》だった。

私は目の前の超常存在《ちょうじょうそんざい》を見据《みす》える。

「……まだ、ケイを狙《ねら》うつもりなの？」

霊である私は、その禍々しい闇に近付くと、まるでブラックホールにでも近付いているような恐怖《きょうふ》を感じる。が、それでも一歩一歩……という表現《ひょうげん》は適切《てきせつ》じゃないけど、少しずつ悪霊へと近付いていった。

〈当然だ。あれは全《すべ》ての霊の悲願《ひがん》だ。お前だって、形式は違えど、あの能力に救いを求めているではないか〉

「……っ！」

どうして自分のことを……と驚愕《きょうがく》するとともに、「ああ、心が読まれてるんだ」と本能的に悟《さと》る。霊とはつまり意思の塊《かたまり》。同族の意思を読み取ることなど、この肥大化《ひだいか》した霊からしたら造作《ぞうさ》もないことなのだろう。

「……させない」

どうしようもない恐怖を感じつつも、それでも体を前へ進めて声を絞《しぼ》り出す。喉《のど》などないのに、カラカラと声がかすれてしまった。

〈ほう。お前に一体なにができると？……霊と霊という対立式において、その優劣《ゆうれつ》を決めるのは純粋《じゅんすい》に《霊力》のみ。いかに頭が良かろうと、生前体力をつけていようと、そんなものは霊という存在《そんざい》において関係はない。究極的なところでそれは《霊力》と《霊力》の対比《たいひ》。より大きな霊力が小さき霊力を吸収《きゅうしゅう》するだけの話。大が小を吸収するのは、世の真理だろう〉

「…………」

そんなことは百も承知《しょうち》だった。霊力云々《うんぬん》の詳《くわ》しいことはよく分からないけど、それでも自分が決してこの存在を「どうにかできる」なんてことは微塵《みじん》も思ってはいなかった。つまりはただの《無駄死《むだじ》に》。……そうなることは分かりきっていた。でも、しかしそれでも私にはこうするしかない。これ以上ケイの傍《そば》に居《い》ることはできない……でも、だからといってこの自分が招《まね》いた災《わざわ》いまで放《ほう》って行ってしまうなんてこともできるはずがない。何もできないとしても……それでも……。

「……それでもっ」

私は意を決すると、目の前の黒き禍々《まがまが》しいヒトガタに……人の形を模《も》した悪魔《あくま》に飛び込んでいく。それはブラックホールに自分から突《つ》っ込んでいく行為《こうい》となんら変わらない——しかし、決してそれはケイのような《自殺志願》的思考からの行為ではない。《自殺行為》ではあるけど、《自殺》じゃない……そういう意志。

〈……今日は自殺志願者の多い日だな……〉

対して相手方の悪霊《あくりょう》はなにもそこに気負いなどなく……ただただ自分の口の中に魚が飛び込んでくるのを待つ巨大魚《きょだいぎょ》のような態度《たいど》で……私を《受け入れた》。

「——っ」

瞬間、視界《しかい》が、意識《いしき》が、聴覚《ちょうかく》までもが《暗闇《くらやみ》》に侵食《しんしょく》される。中に入ったのは私であるはずなのに、私の中に入られたような感触《かんしょく》。霊体同士が重なり合う。触覚《しょっかく》、温感などないはずなのに、絶望《ぜつぼう》的な《寒さ》を感じる。

闇、闇、闇——。

それはどこまでも続く闇——。宇宙《うちゅう》空間なんて比喩《ひゆ》表現じゃ間に合わない、星の光さえない闇——。意識が虚《うつ》ろになる。ただでさえ虚ろな存在たる自分が、更に虚ろになっていく。自分が闇に溶《と》け込む感触。その感触さえも溶《と》けていく感触。存在を薄《うす》めていく無限《むげん》の連鎖《れんさ》。少量のカルピスの原液《げんえき》にプールの水を全《すべ》て注ぎ込むような感覚。薄まるものの完全

消滅《しょうめつ》じゃない。しかしその存在はどこまでも《薄まっていく》。しかし決して《無》ではなく……それは最悪の苦痛《くつう》。薄まり、薄まり、薄まり――しかし消えない。それでも更《さら》に際限《さいげん》なく薄まる……。

――無くなる――失《な》くなる――亡《な》くなる――。だめ……中からでもなんとかケイへの意思を逸《そ》らさないと……でも……もう……《私》が……《ユウたる意識》が消え……。

…………………………。

…………………………。

《バリバリッ！》

〈ぐあっ？〉

――瞬間《しゅんかん》、ハッキリとした感覚。自分の存在が確固《かっこ》たるモノに変わる感覚。意識が引き戻《もど》され、溶《と》け合っていた闇と《私》が分離《ぶんり》する。

〈なっ……〉

今まで《同一》であった悪霊の戸惑《とまど》う声。視界が、聴覚が元に戻《もど》る。目の前には先刻《せんこく》まで溶け合っていたはずの黒い存在。……乖離《かいり》してる？　その事実に今更《いまさら》ながらに気付く。

そして、倒《たお》れ込んだ自分が……地面に倒れ込んだ自分の手が、床《ゆか》のアスファルトに《着いている》という感触。――感触？

「あ……」

それはつまり《物質化《ぶっしつか》》……。悪霊と引き剝《は》がされたのは……お互《たが》いが物質化して反発したから……。つまりそれは……

「よ、帰宅《きたく》時間が遅《おそ》いんで、帰宅部副部長・式見蛍が迎《むか》えに来てやったぞ、ユウ」

私と《中に居《い》る》の間には、そんなことを平然と言う少年が……自殺志願《しがん》の少年が私に手を差し伸《の》べて立っていた。

第七章　死ねない理由

ユウと悪霊《あくりょう》が重なりあい、融和《ゆうわ》している光景を見た時は正直内心焦《あせ》った。んな「ぐにょぐにょ」したような最悪状態《じょうたい》の幽霊《ゆうれい》を、一体霊能力《れいのうりょく》も知識《ちしき》も持たない僕《ぼく》がどうしたもんかと思ったが……。なに、僕の場合近付けばいいだけの話なんじゃないかとすぐに思い至《いた》り、すぐに実行したんだけど……。

「おーい。ユウ？　なんだよ、ボーッとしちゃって……」

ぺたりと実に女の子らしく地面にへたり込《こ》み、呆然《ぼうぜん》と僕を見つめるユウがあまりにいつもと印象が違《ちが》ったので、思わず心配になる。……むむ。やっぱり強制的《きょうせい》な引き剥がしはなんか無理があったのか？

「……け、ケイ？」

ワンテンポ置いて、ようやくユウがキョトンとしたまま声をあげた。

「おう、とりあえずそういう名前の人物ではあるな」

背後《はいご》で悪霊も未《いま》だ剥がされた衝撃《しょうげき》と驚愕《きょうがく》のせいか静止しているのを確認《かくにん》しつつ、努めていつも通りの対応《たいおう》をする。……あんまりシリアスにやり過ぎると、どうにも深刻《しんこく》になってしまいそうで……。というか、ユウに対して真面目《まじめ》に切り返すのは、こんな時だというのになぜか気恥《きは》ずかしいものもあった。

「な……なんでここにいるの？　ま、まさかまた……」

ユウはまた僕が死のうと考えていると思ったのか、顔を真っ青にしてそんなことを呟《つぶや》く。

「だから、迎えに来たって言ってるだろうが」

ポカッと呆然としたままのユウの頭を小突《こづ》く。

「あぅ……。って、いや、それもおかしいよ！　なんでケイが私なんかを……。それに、今はそもそも私がケイを助けようと……」

……ごちゃごちゃとうるさいヤツだ。毎度のことだけど。

「迎えに来たって言ってるんだから、素直《すなお》についてくりゃいいんだよっ、たく……」

ここで押《お》し問答してる場合じゃないのは後ろから発せられる悪意からして明白なので、僕は強引《ごういん》にユウの腕《うで》を引っ張《ぱ》り上げて起こす。……と、いつかのようにユウが僕の体に飛び込んでくる形となった。ガッシリとは逆立《さかだ》ちしても表現《ひょうげん》し難い僕の体格《たいかく》だが、それでも一応は「男の子」なので、しっかりとユウの体を抱《だ》き止める。

「あ……」

途端《とたん》、なぜかユウが照れたように頰《ほお》を赤くした。……なんかなぁ。

「……あのな、お前今まで散々抱きついといて……しかもこの状況《じようきよう》で照れるなよ……」

そんな反応《はんのう》されると、どうにも調子が狂《くる》うじゃないか……。っていうか、この状況で

「調子が狂う」なんてのは結構《けつこう》シャレにならないわけで……。ユウは焦ったように僕の体

から離《はな》れると、「て、照れてなんかいないよ！」と、それこそ明らかに照れていたことを

示《しめ》すような反応を返した。――と

〈くっ。まさか貴様《きさま》から出向くとはな……〉

一瞬《いつしゆん》のラブコメみたいなノリは、そんな「ホラーです」と言わんばかりのしわがれた声

によって遮《さえぎ》られた。これならラブコメの方が遥《はる》かにマシだったな……。額《ひたい》に汗《あせ》をかきつつ、

振《ふ》り向きユウを背《せ》にして悪霊と対峙《たいじ》する。

「いやいや、今回はアンタに用ないんだ。ただ迷子《まいご》のツレを保護《ほご》しに来ただけなんでな」

「ま、迷子って……」

後ろでユウが拗《す》ねるように小さく返した。……だから、この状況でその「友達以上恋人《こいびと》

未満」みたいなノリはやめろよ……。

〈そうか。しかし、私の方にはキミに用事があるのだよ〉

悪霊はそう言いながら、ジリジリと僕らへ向かって近付いてくる。……コイツの力が尋《じん》

常《じょう》じゃないのは、さっきの一件《いっけん》でイヤってほど思い知っている。なんせ今でも僕の肩《かた》は、骨《ほね》が砕《くだ》けているのか、ズキズキと痛《いた》んで仕方ないのだ。……捕《つか》まったら終わりと考えていい。……だから今回は……。

「逃《に》げるが勝ち！」

とんでもないエセヒーローだった。大きく叫《さけ》んで相手を牽制《けんせい》すると同時に、ユウの手を握《にぎ》って背後に駆《か》け出す！　目指すは鈴音《りんね》の居《い》るあの場所！　彼女ならコイツを倒《たお》せないまでも、逃げる算段《さんだん》ぐらいは整えてくれるはず。他力本願の何が悪いっ！

「ユウ、僕の物質化《ぶっしつか》範囲《はんい》でついてこい！　お前は浮遊《ふゆう》するより走った方が速い！」

「え、え？」

ユウは相変わらず戸惑《とまど》いの反応を返していたが、それでもきちんと僕の速度にはついて走って来ていた。

〈逃げられると思っているのか？〉

悪霊は余裕《よゆう》の声で頭の中に呼《よ》びかけてくるが、しかし、速度的には追いつかれるものと思えない。むしろ自分達の方の速度が勝《まさ》っていて、距離《きょり》が徐々《じょじょ》に開いている気もする。僕らはそのまま全力で構内《こうない》に戻《もど》る昇《のぼ》り階段を目指した。しかし——

「な……」

「どうして……」

僕もユウも、階段を視界《しかい》に入れた途端《とたん》絶句《ぜっく》する。……さっき降《お》りてきたはずの階段に
……今はシャッターが閉《し》まっている。隙間《すきま》から覗《のぞ》く遥《はる》か上段側には、何かボタンを操作《そうさ》し
ているような駅員の姿《すがた》が確認《かくにん》できた。

「おい！　アンタ一体何をッ――」

思わず大きく叫《さけ》びかける。――が、駅員は虚《うつ》ろな目をしたまま、全く反応を返さない。

「一体どうして……」

ユウがとりあえず全力疾走《しっそう》を続けながらも、呆然《ぼうぜん》とした声で呟《つぶや》く。――と、

〈だから言ってるだろ？　私は《精神《せいしん》操作しかできないのだ》――と〉

「っ！」

〈霊能力《れいのうりょく》を持たない一般人《いっぱんじん》の簡単《かんたん》操作など、遠隔《えんかく》からでも造作ない〉

「――っ」

しまった。さっき僕とユウがやりとりしてる間ボーッとしてたのは、これのための時間
稼《かせ》ぎか。大したスピードを出さず追ってくるのも、その余裕の表れってところか……。

「ねえ、どうするの？」

ユウが僕の手をギュッと握り返しながら言ってくる。……実際《じっさい》、僕から離れれば幽体化《ゆうたいか》

して全《すべ》てをすり抜《ぬ》けてユウは逃げられる。悪霊《あくりょう》だってユウより僕が目的なのだ。だから、ユウだけならば全然逃げられるが——。しかし……と僕は考える。コイツは……このおせっかい馬鹿《ばか》は、絶対《ぜったい》に僕を置いて逃げることを良しとしないだろう。……まったく……ホント馬鹿じゃないかと思うよ。……お互《たが》いに。でも、そんな甘《あま》っちょろい考え方ってやつが、僕は嫌《きら》いじゃない。だから——

「ユウ、これは協力して逃げるしかないな……」

「え？」

「あのメイン階段の脇《わき》に、非常《ひじょう》階段が見えるだろう？　あれを使うぞ」

僕は階段脇の緑の光と、その下の小さなドアを指し示《しめ》しながら言う。しかし……

「無理だよ！　あそこは明らかに鍵《かぎ》がかかって……」

ユウが反論《はんろん》してくる。が、僕はそれも見越《みこ》していたので、そのままスピードを緩《ゆる》めず非常階段の方へと向かう。

「だからユウの出番だろ？」

「え？」

「先に行ってドアをすり抜けて、あっち側から鍵を開けてくれ」

「……あ。……ううん！　やっぱり無理だよ！　私はすり抜けられるけど、鍵に触《さわ》……」

「お前がドアをすり抜けたら、僕がすぐにドアに近付く」

「それがなに——って……そうか！　二メートル範囲！」

ようやくユウが僕の意図してることを汲《く》み取る。非常口近くまで来ると早速《さっそく》彼女は僕より前方に行き、物質化効力範囲外《ぶっしつかこうりょく》からフワフワと浮遊《ふゆう》してドアをすり抜けた。それを確認《かくにん》直後、僕は一気にドアまで駆《か》け寄《よ》る。

《ガチャ》

瞬間《しゅんかん》、鍵の開く音とともに、内開きのドアが招《まね》き入れるように開かれた。

「早く！」

僕の後方に黒い悪霊の影《かげ》でも確認したのか、ユウが焦《あせ》った表情《ひょうじょう》で叫《さけ》ぶ。

〈ほう、なかなか小賢《こざか》しいじゃないか〉

頭の中の禍々《まがまが》しい声を無視《むし》して、僕はすぐにドアの内側に入る。瞬間、ユウは勢《いきお》いよく階段を駆け上り始めたが、僕は一旦《いったん》ドアを閉めると、《ガチャリ》と再《ふたた》び鍵を閉めなおす。

——と、

「なにやってるの！　相手は幽霊なんだよ！　ドアなんか閉めたって意味が——」

「まあ、見てろって」

僕はそう言ってニヤリと微笑《ほほえ》み、ドアにピタリと自身の背中《せなか》をくっつける。しかし、ユウは未《いま》だにオロオロと一人（？）慌《あわ》てていた。……なんかあんまり信頼《しんらい》されてなかったりする？　僕……。そうこうしている間に、霊が近付いてくる感覚……とりわけあの霊特有の悪寒《おかん》がゾクゾクと背筋《せすじ》を駆け巡《めぐ》り始める。ユウの表情も蒼白《そうはく》になる。そして——

《ガンッ！》

〈ぐっ？〉

激《はげ》しい音とともに、ドアが《ぐぅわぁん》という震動《しんどう》を僕の体に伝えた。同時に、悪霊の驚愕《きょうがく》する声が頭の中に響《ひび》き渡《わた》る。まあ、驚愕というより、思わず出してしまった声とでもいうのか……。そりゃ《全速力でドアにぶつかったら》、そんな声も出る。

——と、階段上《かいだんじょう》に居《い》るユウが「……あ」と気付いたように呟《つぶや》いた。

「二メートル範囲……」

「その通り」

僕はニヤリとそう返すと、ユウの方に向かって駆け出す。

「……なんか……ケイって地味に性格《せいかく》悪いよね……」

脇を抜ける瞬間、実に心外なことを言われたが、僕はしっかりと無視して階段を駆け上った。……あぁ、楽に死にてぇ。

数分ぶりに戻《もど》った構内《こうない》は、なぜか先程《さきほど》よりも閑散《かんさん》としていた。利用客が全く見当たらないどころか、先程は駅員室に居たはずの駅員も……更《さら》には肝心《かんじん》の鈴音さえ居ない。つまりは完全な無人だった。

「……？」

僕もユウも、どうにも状況《じょうきょう》が認識《にんしき》できない。確《たし》かに鈴音は結界を張《は》っていたけど、だけどしかし駅員まで追い払《はら》うような効果《こうか》のあるものじゃないって説明だったような……。それに、そもそも鈴音が居ないというのはどういうことか。アイツが僕やユウになんの連絡《れんらく》もなく勝手な行動をするなんて……。この状況でのすれ違《ちが》いがどれ程危険《きけん》なことなのか、アイツが一番認識してるハズなんだけど……。

《ブルル……》

——と、唐突《とうとつ》にポケットのケータイが振動《しんどう》する。鈴音からの連絡かと思いすぐに取り出し手に取るが、瞬間、自分が先程電源《でんげん》自体を切っていたという事実を思い出した。……携《けい》帯《たい》ディスプレイを確認する。——と、

〈edisnimorF〉

「…………」

……ヤロウ……明らかにわざとやってやがる。絶対《ぜったい》に《後付け》での演出《えんしゅつ》だ。自分が原型の噂《うわさ》を更に自分で再現《さいげん》する……趣味《しゅみ》が悪いにも程がある。先輩《せんぱい》から詳《くわ》しく聞いた話じゃ、たしか意味は「こっちにおいで」だったか……。なるほど、確かにこの状況じゃ言い得て妙《みょう》だが……。

「もしもし」

ケータイの通話ボタンを押《お》し、あえて通話に出てやる。

〈……今、階段を上昇《じょうしょう》してるところだ……〉

「あっそ。実況は勝手だが、僕の中に入るエンディングは変更《へんこう》することになるぞ？　なんせ僕に憑依《ひょうい》は無理だからな」

ケロッと完全に相手にしない態度《たいど》で接《せっ》する。この状況で怖《こわ》がりなどしても、なんの意味もない。僕の言葉に対する反応《はんのう》はなく、通話はいつの間にか切れてしまっていた。……なんだかなぁ。今更こんなものに意味があるとでも思っているのだろうか？　恐怖《きょうふ》なら、アイツが直接《ちょくせつ》目の前に居た方がずっと強く感じるのだが……。

切れてしまったケータイを眺《なが》めながら、ふと、今のは物理干渉《かんしょう》の類《たぐい》なのではと考える。電話をするなんて行為《こうい》は、明らかに物理な感じがするのだが……。いや、もしかしたら精《せい》神干渉《しんかんしょう》の類とも考えられないことはない。《電話が鳴ったという幻覚《げんかく》》を見せられているという可能性《かのうせい》もなきにしもあらずだし、他《ほか》の可能性としては、電気や電波という、霊《れい》と同じく見えない力というのか……ある種のエネルギー体に関しては、霊でもある程度《ていど》操作《そうさ》できるという可能性もある。ポルターガイスト現象なんてものもあるらしいし（あれは霊能《れいのう》力《りょく》というより《サイキック》がどうとか鈴音が言っていた気もするが……）。……まあ、あんまりそんな原理を考えたって仕方ないっちゃ仕方ないんだけど。

「ねえ、どうしたの？」

様子を見守っていたユウが、不安気な顔をしてそんなことを聞いてくる。ここで別にユウまで怖がらせる意味もないので、僕《ぼく》は極《きわ》めて淡々《たんたん》と応対《おうたい》した。

「ああ、意味のない現状報告《げんじょうほうこく》だよ。階段から悪霊《あくりょう》が上がって来てるっていう現状が知れただけ。……結構《けっこう》ダメージ受けたはずなのに、よくもまあくだらないことを……」

僕はそこまで言って、肩《かた》をすくめ溜め息を吐く。が、しかしユウの不安そうな顔は、それでも一向に晴れなかった。

「ねえ、気付いてる？　ケイ……。駅の出口、全部閉《し》まっちゃってるよ……」

「…………」

言われて、初めてじっくりと周囲を見渡《みわた》してみる。……確かに、見える範囲《はんい》の空間は、全《すべ》て密閉《みっぺい》するように閉め切られていた。……閉鎖《へいさ》された空間で、更には完全な無人……。

「くそ……まさかハメられたか？」

現状を認識して、思わずそう呟《つぶや》く。駅員を遠隔《えんかく》操作できるあいつのことだ……鈴音や他の人間を駅員使って外に追いやり、更には駅全体を閉鎖「させる」ことぐらい、造作《ぞうさ》もないことなのかもしれない……。つまりは、僕を逃《に》がさないための《檻《おり》》作り……。

「ったく……まいるよなぁ」

ハッキリ言って効果《こうか》てき面だ。無人だったり閉め切られたことより、鈴音と再会できないことがなにより痛《いた》い。なにを指針《ししん》として行動していいのか全く分からなくなってしまった。さて、どうやって現状を打開するか……。思わず考え込《こ》む。自分達が上がってきた方の階段《かいだん》を見るも、未《いま》だ悪霊は現《あらわ》れない。……？　ちょっと遅《おそ》すぎやしないか？

「ケイ……なんか……イヤな雰囲気《ふんいき》だよ」

ユウが少し離《はな》れた位置で周囲を警戒《けいかい》しながら呟く。……確かに、なにがどうとハッキリ言えないが……なんか、どうも圧迫《あっぱく》感を感じる。階段には霊の面影《おもかげ》も見えない。なのに、なぜか悪霊が近付いてきているような——そんな……

「ケイ！」

唐突に、ユウが焦《あせ》ったように叫《さけ》ぶ。僕は何がなんだか意味も分からず、ただただその様子に戸惑《とまど》い……。

「ケイッ、上!」

「──っ!」

ユウが叫んだ瞬間《しゅんかん》、すぐさま天井《てんじょう》を見上げる。が、時既《すで》に遅《おそ》く──瞬間、目の前には暗《くら》闇《やみ》が広がった。

「ぐあっ!」

上空から落下してきた《暗闇》に、地面へと強制的《きょうせいてき》に押し付けられる。何が起こったのか認識《にんしき》する以前に──ただただ体中に激《はげ》しい痛みが走る。

〈ハハハハハハハハッ!〉

続いて頭の中にはガンガンするようなボリュームと不快《ふかい》感を伴《ともな》って声といえぬ《声》が響《ひび》き渡る。仰向《あおむ》けに叩《たた》きつけられる形になった体勢《たいせい》の上に、何かがのしかかり、更にはギリギリと首を押さえつけられる。

「……う……あ……」

気道が閉《し》まり、呼吸《こきゅう》さえできない。目前には、人形の闇が、馬乗りになって僕の首を押さえつける光景が広がっていた。──邪悪《じゃあく》。間近で視認《しにん》し、そして感じるその存在《そんざい》を一言で表すなら、まさにその二文字の漢字に集約された。喉《のど》を押さえつけるその手からも、その外見からも、迸《ほとばし》る程の悪意だけが意識に流れ込んでくる。……やられた……と思った。コイツ、階段を上がってるなんて実況《じっきょう》しておいて……そのくせ上から回り込んできやがった……。ただのホラー再現《さいげん》だと思った自分の不覚さに、無性《むしょう》に腹《はら》が立つ。

「……ケイ！」

呆然《ぼうぜん》としていたユウがハッと気付いたように影を引き剝《は》がそうと駆《か》け寄《よ》ってくる。しかし……

〈邪魔《じゃま》だ〉

その一声と共に影がなぎ払《はら》った片腕《かたうで》で、ユウは通常《つうじょう》じゃありえないほどの勢《いきお》いを伴って吹《ふ》っ飛んだ。

「きゃぁ！」

物質化範囲《ぶっしつかはんい》から一気に離れ、構内《こうない》の柱へと向かっていく。唯一《ゆいいつ》幸いだったのは、その時点で既に幽体化《ゆうたいか》していたため、背中《せなか》から壁《かべ》にぶつかりこむことなくすり抜《ぬ》けたことか……。しかし、そのダメージが計り知れないのは、見ているだけで充分《じゆうぶん》認識できた。なぜか頭がカッとなる。

「…………ぅ」

ユウ！　と叫ぼうとするも、喉が押さえつけられていて何の発声もできない。

〈ヒャハハハハハハ！〉

　またも気色《きしょく》の悪い声が脳内《のうない》に響き渡《わた》る。どうやら本当に僕を《自分の手で苦しめる》というその事実がこの上なく快感らしい。そのあまりにおぞましい感情《かんじょう》が伝わってきて、全身が総毛立《そうけだ》つ。

（……ざけんなっ……）

　心の中で叫び、どうにか自我《じが》を存続させる。今にも意識を失ってしまいそうだったが、どうにか力を振《ふ》り絞《しぼ》り、制服《せいふく》のポケットへと右手を滑《すべ》り込ませる。……そして、そこに「目的の物」の感触《かんしょく》を確《たし》かめると、それをキチチチとポケット内でいじり、そして――

〈ザッ！〉

　僕の首を絞《し》め付ける《腕》に向かって、全力で《切りつけた》。

〈ぐっ？　ぎぃぁぁあああああああああ！〉

　瞬間、《音声》だったのならば鼓膜《こまく》を破《やぶ》りそうな――脳内のどこかの回路を焼き切りそうな絶叫《ぜっきょう》が響き渡る。僕は相手の力から解放《かいほう》された隙《すき》に、一気に馬乗りになっていた《人型》を振り払い、すぐさま距離《きょり》を取る。僕が払いのけた影は、切りつけられた腕からドクドクと黒い血液《けつえき》のようなものを垂《た》らし、膝立《ひざだ》ちになって苦しみ続けていた。

〈き、きききき、貴様《きさま》ぁぁ！〉

「触《さわ》れるってことを、お前のアドバンテージだけだと思うな！　そっちの物理攻撃《こうげき》が有効《ゆうこう》ってことは、つまりはこっちの物理攻撃も有効なんだからな！」

右手に持ったカッターナイフを構《かま》えて叫《さけ》ぶ。もちろん、僕はいつもポケットに忍《しの》ばせてるようなヤバめの人間じゃないが、ユウを助けに来る際《さい》に、筆箱の中から引っ張《ぱ》り出しておいたのだ。

「ケイ……！」

背後《はいご》から、ヨロヨロとユウが近付いてくる。……ダメージは思ったより深刻《しんこく》らしい。傷《きず》とか身体的ダメージというのは、物質化が解《と》けた瞬間リセットされるが、しかしその分、霊《れい》の活動力の根源《こんげん》たる《霊力》を消費してしまったのだろう。鈴音の説明だと、その者にとって致命傷《ちめいしょう》なら致命傷なほど復元時《ふくげんじ》に霊力は減少《げんしょう》し、もし《死亡《しぼう》》するぐらいの怪我《けが》ならば、それは物質化が切れた瞬間完全消滅《しょうめつ》してしまうという。つまり物質化中の《死》はイコールで霊の《死》なのである。成仏《じょうぶつ》ではなくて《死》。完全消滅。それはある種生物の「死」よりも上位な《死》である。

物質化中の怪我、体力の消費はつまるところ、そのまま霊の力を削《けず》ることになる——そのことを意識し、僕はあえて悪霊《あくりょう》とは物質化範囲内に入る距離で構《かま》えを保《たも》った。アイツが腕からダラダラと流してる血のようなもの……多分アレが流れれば流れる程、ヤツの力は

――存在感《そんざい》はリセット時に減少する。心臓《しんぞう》部分などの「致命的な怪我」を与《あた》えられなかったのは残念だが、それでも上出来ではある。

〈ぐぁぁぁぁ……〉

《中に居《い》る》自身はしかし、離《はな》れれば怪我が修復《しゅうふく》するという事実を認識《にんしき》していないのか、未《いま》だ床《ゆか》に這《は》い蹲《つくば》り苦悶《くもん》の声を上げ続ける。……この際《さい》一気に畳《たた》み込んでしまおうかという考えも湧き上がってきたが、それでもあの圧倒《あっとう》的な力のイメージがあるため、どうにも飛びかかる決心がつかない。襲《おそ》う――という行為《こうい》に、些《いささ》か躊躇《ためら》いを感じている自分も心の中に存在した。苦しむ者に刃《やいば》を向けるのは、たとえそれが悪霊だろうと、それこそ「甘《あま》っちょろい」自分にはできそうもない芸当だった。

〈貴様っ！　貴様！　貴様ぁぁぁあ！〉

今までの禍々《まがまが》しい声とは異質《いしつ》の……今度は《憤怒《ふんぬ》》を大量に含《ふく》んだ声を上げる。幽体《ゆうたい》になってから《痛《いた》み》なんて感覚をすっかり忘《わす》れていたのだろう。腕《うで》を斬《き》りつけられたという事実だけで、ソレは異常《いじょう》なほど過剰《かじょう》な反応《はんのう》を返した。

〈殺す！　殺す！　殺す！　最高の苦痛《くつう》、絶望《ぜつぼう》、後悔《こうかい》、それらの全《すべ》てを貴様にぃ！〉

「っ！」

あまりの激《はげ》しいマイナスの感情の渦《うず》を直接《ちょくせつ》脳内にたたきつけられ、激しい頭痛と不快《ふかい》感

が体を満たす。視界《しかい》が淀《よど》みで漆黒《しっこく》に包まれる。幽体のユウも霊力《れいりょく》が減《へ》って抵抗力《ていこうりょく》も減って
しまったのか、苦悶の表情に顔を歪《ゆが》めていた。僕自身、思わず片方《かたほう》の手で頭を押《お》さえつけ
る。――と、その瞬間《しゅんかん》――
〈がぁぁぁあ！〉
まるでその隙を狙《ねら》ったように、黒い影《かげ》がケモノじみた動きを伴《ともな》って常軌《じょうき》を逸《いっ》したスピー
ドで飛び掛ってくる！
「がっ……」
「ケイ！」
ガムシャラな体当たりに、再《ふたた》び体が張り倒《たお》される。が、今回は僕とてされるがままには
ならない！　カッターナイフを右手にしっかりと握《にぎ》りこみ、今度はその胴体《どうたい》に向かって斬
りつける！　が……
〈ぎぃっ！〉
確《たし》かに傷《きず》は負わせたものの……しかし完全に逆上《ぎゃくじょう》した影は、そんなものお構《かま》いなしとい
った風に猛襲《もうしゅう》を続けてきた。やはりカッターナイフで致命傷《ちめいしょう》は期待できないようだ。
「くっ……」
〈がぁぁぁぁぁ！〉

僕の体を両の腕で押さえつけ、ケモノのごとく咆哮《ほうこう》する。そのあまりの威圧《いあつ》感に、脳がジンジンと麻痺《まひ》する。そして次の瞬間……

〈ぐがぁぁ！〉

ソレは……顔の部分に禍々しい闇《やみ》の口を開き……僕の左肩《ひだりかた》へと《噛《か》みついて》きた。

「ぐっ——？」

途端《とたん》、激しい痛みが全身を駆《か》け巡《めぐ》る。

「うあぁぁぁぁぁ！」

痛み、痛み、痛み——！　肩になにか鋭《するど》く禍々しいモノが食い込む感触《かんしょく》。更にはそこから《悪意の奔流《ほんりゅう》》が体中を駆け巡り、猛烈《もうれつ》な吐《は》き気に襲われる。《淀み》が血流に乗る。

体中の血管をミミズが這い回るような感触——。黒い人形はその顎《あご》をガチガチと鳴らし、そしてまるで食いちぎろうとするかのように肉を、骨《ほね》を噛み砕《くだ》いた。

「う、ぎぃぃぃぃい！」

絶叫《ぜっきょう》する。もう、痛み以外の何も感じられない。喰《く》われる——その動物的恐怖《きょうふ》——根源《こんげん》的恐怖が意識を蝕《むしば》む。死にたい——こんな痛み、恐怖、苦しみを感じるなら、いっそのこと一思いに心臓《しんぞう》を貫《つらぬ》いて欲《ほ》しい、脳をぶち壊《こわ》して欲しい。苦痛をこれ以上受動することを、僕の精神《せいしん》が激しく拒《こば》む。ココロガコワレル——。

「……ケイを放《はな》せ！」

ユウの声が響《ひび》き渡《わた》る。彼女はフラフラとした足取りながらも、あまりの苦痛に僕の手からこぼれたカッターナイフを拾い上げ、肩に喰《く》らいつくことに全意識を傾《かたむ》けている悪霊《あくりょう》へと斬りつけた。

〈――――！〉

首筋《くびすじ》部分を斬りつけられ、今度はさすがに危機《きき》感を覚えたのか、黒い影《かげ》はバッと尋常《じんじょう》じゃない跳躍力《ちょうやくりょく》をもって僕の体から飛びのく。

「ケイっ！　大丈夫《だいじょうぶ》？」

右手で血がダクダクと流れる左肩を押さえ、苦悶に満たされ床《ゆか》をのたうち回る僕に、ユウが覗《のぞ》き込《こ》むように声をかけてくる。……彼女の顔を見た瞬間、僕の心はなぜか少し平静を取り戻《もど》した。肩の痛みぐらいで行動不能《ふのう》になっている場合じゃないと……そう、すぐに意識を切り替《か》える。すぐさま立ち上がり、悪霊の方を確認《かくにん》する――と、

〈傷《きず》が……癒《い》えただと？〉

黒い影は自分の腕、首元を確認しながら、そんなことを呟《つぶや》いた。……しまった……能力範囲《はんい》外《がい》に離《はな》れてしまったか……。

〈そうか……そういうことか……。くくっ、霊力が比例《ひれい》して消費してるようだから……全《ぜん》

快《かい》とは言えんが……そうか、怪我《けが》は回復《かいふく》するか……〉

「くっ……」

相手にこの事実を知られたのは、大いなる痛手《いたで》だ。更に怪我を回復しない状態《じょうたい》であの動きだった悪霊が、霊力は減《へ》ったとはいえ損傷《そんしょう》が回復してしまったのだ……。カッターナイフという攻撃手段《こうげきしゅだん》が知られている今、もはやこちらの攻撃を当てるのは至難《しなん》の業《わざ》といっていい——。僕《ぼく》はユウの手からカッターナイフを受け取り構えながらも、正直どうしていいのか分からず、ただただ相手に対して構えることだけを続けた。

〈しかし……《ソレ》はやはり邪魔《じゃま》だな……〉

悪霊は僕のカッターナイフを見つめながらそんなことを呟く。来る……と感じた瞬間には、もう既《すで》にその異常存在《いじょうそんざい》は僕の懐《ふところ》へと潜《もぐ》り込んでいた。

「————」

刹那《せつな》、すぐさま右足を一歩引き、斬りつけるための最低限《さいていげん》の距離《きょり》をとろうとするが、影はその行動を微塵《みじん》も許容《きょよう》してはくれなかった。腕《うで》を引く寸前《すんぜん》に、凄《すさ》まじい勢《いきお》いを伴った手刀を腕に叩《たた》きつけられる。

「っ！」

手が痺《しび》れ、意思《いし》とは関係なく無常にもカッターナイフがこぼれ落ちる。床に落ちたカッターはすぐさま影の手におさまり、そして彼によって遥《はる》か遠く投げ飛ばされてしまった。〈カラン〉と、構内《こうない》に無機質《むきしつ》な音が響き渡る。……あの距離でカッターナイフを取りに行くことはできない。そんな余裕《よゆう》があるはずがない。……いや、そもそも取れたところで、今の二の舞《まい》になるだけだろう。すぐに弾《はじ》かれ、奪《うば》われる。

〈くくく……くくくくくっ！〉

悪霊は耐《た》え切れないように笑い声を漏《も》らした。それは余裕の笑い。歓喜《かんき》の笑い。狂気《きょうき》の笑い。快楽《かいらく》の笑い。嗜虐《しぎゃく》の笑い……。

万事《ばんじ》休す――という言葉は、こういう状況《じょうきょう》で使うものなのだろう。これまでの人生で僕は初めてその言葉を使用した。万策《ばんさく》尽きた……というのも使えるかもしれない。とにもかくにも、もう自分達ができる事はないってことだ。

〈さあ、自殺志願の少年よ。お前の願いをゆっくりと叶《かな》えてやろうではないか……〉

「……余計なお世話だ」

悪霊は完全に余裕の態度で僕らと対峙《たいじ》する。僕らの戦力は……霊力《れいりょく》の減少《げんしょう》した女の子浮《ふ》遊霊《ゆうれい》と、肩に大怪我を負った貧弱《ひんじゃく》少年……。片や敵《てき》は少々傷ついたとはいえ、都市伝説化するような《神》クラスの超常《ちょうじょう》存在。……結果は火を見るより明らかだった。鈴音が居《い》ればまた少しは違《ちが》ったのだろうが、居ない人間に希望を見出《みいだ》しても仕方がない。そんなこと言い出したらキリがない。

「ケイ……諦《あきら》めちゃダメだよ……」

背後《はいご》でユウがそんなことを呟く。

「そうは言っても、お前……。……ユウ、お前だけでも逃《に》げろ。別に正義《せいぎ》のヒーローぶる気はないけど、お前までこの場でやられる義理《ぎり》は全くない」

「なに言ってるの！　逃げるわけないでしょ！……ケイが死んだら……私だってどうしていいか……わからないじゃないっ」

「…………」

悲痛《ひつう》な声。見ると、幽霊《ゆうれい》のくせに目元に涙《なみだ》が溢《あふ》れていた。……ある種、悪霊の禍々《まがまが》しい声よりも、その声の方が僕には精神《せいしん》的にキツかった。彼女が悲しんだり傷ついたりするのは、いつの間にか僕にとってとんでもなく不快《ふかい》なことになっていた。ユウは僕に迷惑《めいわく》かけても……それでも、やっぱり笑っていて欲《ほ》しいと、なぜだかそんな風に思っている自分が居る。……まったく。僕もどうかしてる。

〈さて……では始めようか〉

悪霊が最終宣告《せんこく》を告げる。瞬間《しゅんかん》、その腕は刃物《はもの》のように鋭《するど》く形状変化していった。

「な……」

〈どうだ？　中々いい演出《えんしゅつ》だろう？　私もキミの《物質化能力《ぶっしつかのうりょく》》の使い方が、大分わかってきたよ〉

最悪だった。なにからなにまで、状況は最悪だった。刃物形に変化した幽体……それは物質化すればすなわち凶刃《きょうじん》となりうる。ここに来て、相手の攻撃力が更《さら》に上がったということだった。

……理由もなく体が震《ふる》える。いや、理由が多すぎて認識《にんしき》できないだけか。死ぬことに関しては確《たし》かに願ったりかなったりだ。だがしかし、首を絞《し》められ、肩《かた》に噛《か》みつかれ、刃物で傷《きず》つけられるなんて……そんなの、イヤに決まっている。恐怖《きょうふ》を感じるに決まってる。

……だからせめて……せめて、最後の時は楽に……一瞬で死ねることを……。

〈では……死ね〉

淡々《たんたん》とした宣言。しかしその声からは今までのものよりも濃密《のうみつ》な歓喜が伝わってきた。

――殺《や》られる――。怪我を回復し万全たる状態で迫《せま》り来る影《かげ》。その圧倒《あっとう》的スピードをどこか客観的に眺《なが》めながら――ああ、死ぬんだなと感じる。

目の前に黒き刃《やいば》が迫り来る。死ぬ。ここで死ぬ。……仕方ない。それが僕の運命だったのだろう。こんな僕に、まともな死に方なんて神様が与《あた》えてくれるハズがなかったのだ。

僕は身を動かすこともできず、ただただその刃を体に受け入れる瞬間を待った。

――しかし――

《ガッ》

「っ？」

刃が刺《さ》さる直前、他《ほか》のベクトルからの力に体が押される。瞬間、黒い刃は僕の体を逸《そ》れ……否《いな》。僕の体は刃を逸らし、そして――

「うっ……」

そして――僕の体を突《つ》き飛ばした存在《そんざい》の……彼女の……「ユウ」の腹部《ふくぶ》へと刺さりこんだ――

「――――」

その光景に……頭の中が一気に混乱《こんらん》に満たされる。なんで、なんで、なんで――

〈……これはいい。自殺志願《しがん》が庇《かば》われるとは……〉

悪霊《あくりよう》の不快な声を聞いても、なにも感じない。全《すべ》てがスローモーションに見える。突《つ》きとばされた衝撃《しょうげき》で床《ゆか》にへたりこみながらも……その視界《しかい》は目の前の信じられない映像《えいぞう》を捉《とら》え続ける。ユウの腹部に刺さった凶刃《きょうじん》。更には蹴《け》り飛ばされる彼女。黒い刃はユウの腹部から引き抜《ぬ》かれ、物質化《ぶっしっか》したままのユウはそこから赤い……生きてる人間となんら変わらない、赤い血をドクドクと流す。

「う……くっ……」

彼女の表情《ひょうじょう》が苦悶《くもん》に歪《ゆが》み、床にバタリと倒《たお》れこむ。《中に居《い》る》は仕切りなおすように一旦《いったん》その場から離《はな》れた。

〈くく……思わぬ余興《よきょう》になったな。自分をかばい消滅《しょうめつ》する女——実にいい《絶望《ぜつぼう》》ではないか〉

頭の中の声を完全に意識《いしき》の隅《すみ》に追いやる。そうして——

「ユウッ！」

ようやく口から発声する。同時に、すぐさま這《は》うように彼女の傍《そば》に寄《よ》る。もう、悪霊なんて視界に入っていなかった。

「ユウ、ユウッ」

彼女の頭を膝《ひざ》の上に乗せ、必死に彼女の名前を呼《よ》ぶ。離れたら回復《かいふく》するかも……という想《おも》いもあるものの、そうしたら彼女はその瞬間に存在が消えてしまいそうで……僕にはそれが怖《こわ》くて、ただただ彼女を抱《だ》きかかえるしかできなかった。

「……ケイ……」

ユウが口から「こふっ」と吐血《とけつ》しながら僕の名前を呟《つぶや》く。……その光景は、肩《かた》の傷《きず》なんかよりもずっと痛《いた》かった。

「ケイ……ダメだよ……死んじゃ……ダメだよ。……生きてるって……凄《すご》いことなんだよ？　幸福なことなんだよ？」

「……ユウ」

彼女が、どこか虚《うつ》ろな目をしながら喋《しゃべ》る。……その目は、もう既《すで》にハッキリと僕を捉えていなかった。……なんだよ……これ……。

「だから……生きてよ……ケイ……。やだよ……ケイが私のせいで死ぬの……ヤだよ」

ユウの目から涙《なみだ》が流れる。……こんな時だっていうのに……なんでコイツは僕のことで泣くんだよ……。

「約束だよ……ケイ……生きて……絶対に……生き…………」

途端《とたん》、ユウが目を閉《と》じる。

「ユウ？」

彼女の頭をゆする。……反応《はんのう》は返ってこない。うっとうしいぐらいにいつも喋っていた声が……返ってこない。返ってこない……。返ってこない？

「おい……なにやってるんだよ……。冗談《じょうだん》だろ？　アニメの見すぎだぞ、ユウ……。こんなの……あるはずが……」

認《みと》められない。目の前の光景が嘘《うそ》っぱちに思える。フィクションだ。こんなのフィクシ

ョンだ……。認められない……認められない………認めたくない。なんで……死にたい僕が生きていて……死にたい僕をかばって……コイツが居なくなる？　コイツが苦しむ？　なんで――。

〈くっ。自殺志願をかばって死ぬとは……なんて皮肉。なんて……無駄死《むだじ》に〉

「………」

その通りだと思った。馬鹿《ばか》だ……コイツは馬鹿だ……。ユウ、お前は僕なんかより生きるべき人間だった……。絶対に、《生きるべき人間》だった。

〈さて……そろそろ感動の場面は見飽《みあ》きたよ。少年……お前も死ね〉

黒い影《かげ》がギラリと刃《やいば》を掲《かか》げる……。もう、どうでもいい……。今更《いまさらに》逃げる気力もなかった。こんな……こんなくだらない……他人に害悪しかもたらさない自殺志願者……さっさとこの世から居なくなるべきなんだ。ユウが死んで僕が生きるなんて……そんな理不尽《りふじん》で淀《よど》んだ世界、未練なんてあるもんか。だからキライなんだ……だからイヤなんだよ……この世界。理不尽がまかり通る世界。どうしていつまでもこんなトコロに居なければいけない？　どうしてこんなトコロに生まれてきた？

悪霊が刃を構《かま》え、こちらを向くのがスローモーションのように見える。早く殺してくれればいいのに……そう、思った。が……瞬間、ユウの声が頭の中にリフレインする。こいつは……こいつは最後に何て言ってた？　なんで僕をかばった？　無駄死にするため？

…………。

……違《ちが》う。違うだろうが。コイツは僕を……僕を生かすためにかばったんじゃないか。

「……ぬわけ……ない」ぽつりと呟《つぶや》く。

〈なに？〉

悪霊《あくりよう》を無視《むし》し……俯《うつむ》いたまま、更に呟く。

「ここで死ぬわけには……いかない」

〈クク。おいおい、お前は死にたいんじゃなかったのか？　ここにきて怖《こわ》くなったか？〉

――そう、僕は自殺志願者だ。それは今だって変わらない……いや、以前よりもっとずっと……死にたいと思ってる。だけど……だけど……《今》《ここで》《この悪霊に》殺されるわけにはいかない。……それは、ユウのしたことを無意味にすることだから……。本当に無駄死にになってしまうことだから。彼女の遺志《いし》を、踏《ふ》みにじることだから。……たとえ後で自殺を選択《せんたく》することになるとしても……今、ここで、この悪霊にだけは……殺されちゃいけない。

「……死ない……。僕は……死なない……」

それは、僕の人生で初めての、《生きたい》という意志だった。

〈いいねえ……。やはり死を望む者より、望まぬ者を葬《ほうむ》る方がよい〉

悪霊はそう言うと、黒い刃を再度《さいど》構えなおす。そうして……

〈では……その意志だけを抱《いだ》いたまま……死ね！〉

悪霊がこちらに向かって飛び掛《か》かってくる。僕の左手はユウを抱きしめたまま……右手だけを空中に掲げた。ユウ……僕は……死ない。アイツだけは……お前を刺《さ》したアイツだけは……この手で……。

「……うぉぉぉおおおおおおおお！」

唐突《とうとつ》に大きく叫《さけ》び声をあげる。静寂《せいじゃく》とは逆《ぎゃく》の精神《せいしん》集中。それは僕だけの本能《ほんのう》的に感じる手法。鈴音の説明を脳内《のうない》に明確《めいかく》に思い浮《う》かべる。体の中の《霊力《れいりょく》》を感じとり、自身の《魂《たましい》》をも感じとる。そして、それが……魂の全《すべ》てが右腕《みぎうで》に集約し、そして《形》を成すイメージ。体の中の全ての感覚がその一点に集約し、《それ》を成すためだけに全てが注ぎ込《こ》まれる。全て——自身の全てを、右手の中のイメージに集約し……圧迫《あっぱく》し……整形する。イメージする。明確に、ハッキリと、《それ》をイメージする。右腕の内で、それを形作る——それらの行程《こうてい》を、悪霊がこちらに迫《せま》り来る数瞬《すうしゅん》のうちにガムシャラに完了《かんりょう》させる。周囲がゆっくり動くというより、僕の中の意識《いしき》が過剰暴走《かじょうぼうそう》し、加速する感覚。

〈死ねえエエ！〉

僕《ぼく》の目前に来た霊体が、その黒い刃を振《ふ》り上げる。——瞬間、僕は相手の体を狙《ねら》い……

「——《在《あ》れ》」

掲げた右手を黒い影に向け、そして右手の《中》でイメージした《カタチ》を掌《てのひら》から《排出《はいしゅつ》》する。電流のようなエネルギー流が腕、掌、をバチバチと通過《つうか》するような感覚。

——刹那——

〈ガハアッ！〉

脳内に悪霊の苦悶《くもん》の声が響《ひび》き渡《わた》る。……それも当然。彼の胸部《きょうぶ》には……僕の右手に握《にぎ》られた《ナイフ》が深く突《つ》き刺《さ》さっているのだから。……悪霊の心臓《じんぞう》部分。そのダイレクトな、致命傷《ちめいしょう》の位置に《ナイフ》を突き刺し、そして更には、その右手を横に薙《な》ぎ払《はら》い、影を一気に《引き裂《さ》く》。通常《つうじょう》では在りえない程簡単《ほどかんたん》に物質《ぶっしつ》を切り裂く感触《かんしょく》。

〈ギイアアアアアア！〉

悲鳴。影は……悪霊は嘘《うそ》みたいに簡単に真横に二つに切り裂かれ、吹《ふ》き飛ぶ。切断《せつだん》、斬《ざん》断《だん》、拡散《かくさん》、殺害。それは他の言葉を挟《はさ》む余地《よち》のない、無情《むじょう》なまでの《死》《滅《ほろ》び》《崩壊《ほうかい》》の風景。

言えば当然だが。

〈な……なぜ……なにが……〉

上半身と下半身に分離《ぶんり》し、僕の物質化範囲《はんい》からはずれた黒い影《かげ》は、徐々《じょじょ》にその姿《すがた》を薄《うす》くしながら呟《つぶや》く。修復《しゅうふく》は……しないようだった。もう、あの怪我《けが》は修復なんて間に合うものじゃないのだろう。致命傷も致命傷。即死《そくし》させようと意図しての攻撃《こうげき》だったので、当然と言えば当然だが。

〈あ……アァ……消える……キエル……〉

黒い影はピクピクと動きながら徐々に薄くなる。先程まで醜悪《しゅうあく》かつ濃密《のうみつ》だった空気感も薄まっていく。薄くなる、薄くなる、薄くなる……。でも、それはただ薄くなるだけではない。それは、消滅《しょうめつ》への軌跡《きせき》。そして……。

〈…………〉

最後の言葉にならない思念とともに、《中に居る》は完全に消滅した。……その光景を、ボーっと何の感慨《かんがい》もなく見守る。神クラスの存在《そんざい》を手にかけたという達成感もなにもなかった。虚《むな》しさだけが……虚無《きょむ》だけが胸《むね》の中の全てを占《し》める。どうしようもない、明らかに僕の中の悲しみが要因《よういん》であろう《淀《よど》み》が世界を満たし始める。……そうして、僕自身ももう、《今の行動》と肩《かた》の怪我によって、意識を失いそうだった。

「ユウ……」

未《いま》だ膝元《ひざもと》で目を閉《と》じるユウを見つめる。……彼女の口、腹部《ふくぶ》の血を見る。……このまま

じゃ、可哀想《かわいそう》かなと……そんなことを薄れいく意識の中で思った。だから。だから……。

「……さようなら……ユウ……」

僕は彼女の頭をゆっくりと床《ゆか》へ置くと……その場を立って、彼女から離《はな》れた。……物質

化範囲から……彼女をはずした。

霊力を消費し……ユウの姿が……薄れていく……。

「……っ」

視界《しかい》なんて、淀《よど》みでとうの昔に満杯《まんぱい》のハズなのに。

僕の視界は、なにか他の要因によって滲《にじ》んでいた。……なんだ、これ。

頭が、何かの感情で、クラクラする。走馬灯《そうまとう》のように現《あらわ》れたのは、自分の過去《かこ》なんかじ

ゃなくて、なぜか、アイツの笑顔《えがお》ばっかりだった。

そうして——

眼球《がんきゅう》に何かが溢《あふ》れたのと同時に、僕の意識もまた、消えていく。

…………………………………………。

……その日……僕は大切なモノを失った。

エピローグ　死にたがりの少年

暗闇《くらやみ》だった。最初に感知したのは周囲に存在する圧倒《あっとう》的暗闇。でも、それは自分が存在していることの証《あかし》。暗闇を暗闇と認識《にんしき》し、その中に身を置いていることを確認《かくにん》できるということは、たとえどんなにその意思《いし》が軽薄《けいはく》であれ、それはつまり存在の証明《しょうめい》。在るということ。……それは同時に《存続》の証明。幽体《ゆうたい》という意識体の存在を知る以上それは《生存》の証明ではないけれど、しかしそれは確固《かっこ》たる存続の証明。……在る。僕はまだ――ここに在る。ここに居《い》る。……僕、《式見蛍《しきみけい》》というモノは確《たし》かに今、存在する――

「――ぅ」

そう、思った瞬間《しゅんかん》、意識が覚醒《かくせい》した。最初に機能《きのう》したのは喉《のど》を通り口から吐《は》き出された「声」というモノ。そして――次に機能したのは聴覚《ちょうかく》。

「式見さん？　式見さん、分かりますか？」

「……っぅ」

いつか聴《き》いた声に……徐々に意識が現実《げんじつ》世界へと引きずり出される。肩《かた》の痛《いた》み――喉の痛み——そしてなにか柔《やわ》らかく温かいものに包まれてる……否《いな》、寝《ね》そべっている感覚。それらが順番に、パズルのピースをはめるがごとく知覚される。そうして、次に瞼《まぶた》を開き……無意識と意識の狭間《はざま》で視覚を起動させる。

「式見さん。分かりますか？　式見さん」

「……あ」

最初に見たのは、白色。……それはしばしば天使と称《しよう》される……が、現実的な人間。白衣の天使。つまりはナースの姿《すがた》だった。それも完全に見知った人間。幻想性《げんそうせい》のカケラもない人間。

「春《はる》……沢《さわ》さん？」

そこで僕を覗《のぞ》き込んでいたのは、つい先日までの二ヶ月間、朝昼晩《あさひるばん》と拝《おが》み続けた三十代の……本人はまだまだ二十代で通ると豪語《ごうご》する顔だった。彼女は僕の意識が覚醒したのを見てとると、ニコリと表情《ひようじよう》を崩《くず》す。

「おはようございます。お目覚めの気分はいかがですか？」

……まるでホテルの従業員《じゆうぎようい ん》のような挨拶《あいさつ》をされる。

「最悪」

なので、素直《すなお》に簡潔《かんけつ》にそう答えてやった。

「……覚醒してすぐにそういう可愛気《かわいげ》のない答えを返すあたり、どうやら脳内《のうない》は正常《せいじょう》らしいわね。──あ、いえ、むしろ先天的に異常《いじょう》なのかしら」

「覚醒したての患者《かんじゃ》に皮肉を言うあたり、ナースとしてどころか人間としてどうかしてますね」

……覚醒したてなのに、いきなり目の前の人間とバチバチと視線《しせん》で火花を散らす。……しばしそうした後、春沢さんは溜め息を吐き、先に視線をはずした。……いきなり勝利。

「はぁ……。なんか、今まで心配してたのが馬鹿《ばか》らしくなるどころか、人生の無駄《むだ》に思えてくるわね。というか無駄ね」

幸先《さいさき》いい目覚め？

ナースにあるまじき発言をされる。患者の回復《かいふく》を喜ばない看護師《かんごし》がこの世に居るとは、軽いカルチャーショックだ。

「大丈夫《だいじょうぶ》ですよ。春沢さんの人生、もっと無駄なことに溢《あふ》れてるはずです。それから見れば、僕を心配して過《す》ごした時間は非常《ひじょう》に有意義《ゆういぎ》と言える」

「……前言撤回《てっかい》。人生の無駄どころか、《人類の無駄》だったわね」

酷《ひど》い言われようだった。まあ、確かに自殺志願者《しがんしゃ》の心配なんてしんどいだろうけど。

僕は徐々《じょじょ》に意識を明確にさせつつ、室内をぐるりと見渡《みわた》した。……あ、見慣《みな》れたお爺《じい》さんが居る……。というわけで、どうやらここは、まんま数日前まで居た病室のようだ。

「お帰りなさいませ〜。二度目のご利用、ありがとうございま〜す」

春沢さんが僕の点滴《てんてき》をやる気なさげにチェックしながらそんなことを言う。

「……僕、もしや常連？」

「今回からね。この部屋なんて新しい患者さんの入るヒマさえなかったから」

「キープですね」

「別途《べっと》料金を頂《いただ》きたいところよね。あ、あと迷惑料《めいわくりょう》も」

「ベッド料金？　ベッドの料金って……なにそのピンクっぽい発言。それに迷惑料って……僕がもらえるんじゃなくて？」

「耳の検査《けんさ》した後は、そろそろ退院《たいいん》の時期かしら」

「…………」

そりゃ、人類史上最大のスピード退院だな。意識不明から覚醒した途端《とたん》追い出しかよ。肩《かた》の傷《きず》なんて明らかにまだまだ治療《ちりよう》途中だろ……。僕がそんなことを考えていると、春沢さんは人生に疲《つか》れたのか、実に三十代っぽい溜め息を吐いた。……うん。オバサン臭《くさ》い。そのまま「おばさん臭《くせ》え」って発言してやろうかと思ったものの、さすがにそれをやると、下手《へた》したら新しい怪我《けが》を伴《ともな》って他の病院に搬送《はんそう》されそうな予感があったので、ぐっと自粛《じしゆく》する。

「まあ……冗談《じょうだん》はともかく、安心したわ。まったく……大怪我完治した途端に別の大怪我で搬送されてくるなんて……一体どんな人生歩んでるのよ」

春沢さんは呆《あき》れるような哀《あわ》れむようなフクザツな表情でこちらを眺《なが》めてくる。……いや、そう言われても、不可抗力《ふかこうりよく》の類《たぐい》だし……と思ったが、しかしよくよく考えてみると、最初の事故《じこ》も、そして今回の悪霊《あくりょう》の件《けん》も、ある種充分《じゅうぶん》《自業自得《じごうじとく》》の範囲《はんい》なのではと気付き、なにも言い返せない。

「えっと……春沢さんの顔が見たくなって」

「……命がけの逢瀬《おうせ》ね。っていうか怖《こわ》いわよ、それも。狂気《きょうき》のストーカーじゃない」

「ですね」

……なんだかくだらないやりとりをし、今度は二人同時に「はぁ……」と虚《むな》しい溜め息を吐く。

「ま、なにはともあれよかったわ。怪我自体は命に別状《べつじょう》あるものじゃなかったのに、貴方《あなた》、なぜか意識《いしき》不明なんだもの。付き添《そ》いの人は《それは大丈夫だと思います》なんて意味の分からないこと言ってたけど……」

「付き添いの人？」

その言葉に、思わず反応《はんのう》する。自分は確《たし》か……駅の構内《こうない》で……意図的に作り出された無人空間で倒《たお》れたはずだ。誰《だれ》が……。

「ええ。なんて言ったかしら……可愛らしい女の子よ」

春沢さんのその言葉に……失ってしまったあの笑顔《えがお》が頭をよぎる。が、そもそも春沢さんにアイツが見えるはずがない。つまりは今話題に出てるのは、彼女のことじゃあない。

「ええと……あ、確か以前の入院の時も見かけた……カンナさんとか言ったかな？　あと、もう一人、なんだか珍《めずら》しい苗字《みようじ》の娘《むすめ》さんもいたけど……。マギ……なんとか……。マギーさとり？」

知らない間に先輩《せんぱい》がマジシャンに弟子《でし》入りしていた。……なるほど。鈴音《りんね》が助けてくれたのか……。それに、なんか先輩まで一緒《いっしょ》に居《い》たらしい。僕が納得《なっとく》したように頷《うなず》いていると、春沢さんが唐突《とうとつ》にからかうような顔になってこちらを覗《のぞ》き込《こ》んできた。

「キミも中々隅《すみ》におけないね～。あんな美人二人、両手に花じゃない」

「……まあ」

適当《てきとう》に呟《つぶや》きつつ、なんとなく「きれいなバラには棘《とげ》がある」という言葉を思い浮《う》かべる。というか、あれを両手に抱《かか》えていたら、バラ色というよりは「血の色」の人生になりそうな気もする。

「どっちが本命なわけ？」

「本命……ね。さあ、そんなの居るんでしょうかね……」

本当に適当に応対《おうたい》しつつ……しかしなぜか頭の片隅《かたすみ》では、アイツの……失ってしまったアイツの笑顔が浮かんでいた。……途端、今すぐ死んでしまいたい衝動《しょうどう》に駆《か》られる。どうしようもなく胸《むね》が痛《いた》み、そして、その痛みはあまりに苦痛《くつう》で……それこそ死んで楽になってしまいたいと心の底から望む。これが真の意味での自殺志願《しがん》なのだろう。なんて辛《つら》い、想像《そうぞう》を絶《ぜっ》する感触《かんしょく》なのだろうか。

「式見君？　大丈夫《だいじょうぶ》？　気分悪い？」

僕の表情《ひょうじょう》が蒼白《そうはく》になったのを見てとった春沢さんが、すぐさまふざけた態度《たいど》をかき消して訊ねてきた。

「いえ……大丈夫ですよ」

「本当に？」

「ええ……。僕がそういう病状《びょうじょう》、素直《すなお》に報告《ほうこく》する人間なの、知ってるでしょ？」

「……そうね」

春沢さんはどこかまだ納得いかないようにしながらも、一応《いちおう》は理解《りかい》を示《しめ》す。……確かに気分は悪いけど、それは精神《せいしん》的な理由だから……。報告してどうなるものでもない。彼女にカウンセリングされるぐらいなら、まだ自身で耐《た》える方がマシだった。

少し気まずい雰囲気《ふんいき》が場を満たす。——と、その瞬間《しゅんかん》、まるで見計らったかのようなタイミングで病室のドアがノックされた。

「はい」

僕《ぼく》の代わりに、春沢さんが返事を返す。

「……あの……お見舞《みま》いなんですけど……」

ドアの外からは、女の子の……鈴音の声が聴《き》こえてきた。

「あ、はい、どうぞ」

春沢さんがそう返すと、「失礼します……」と、ゆっくりとドアを開けて鈴音が入室してきた。学校があったのか、今日は制服《せいふく》だ。その様子を見て、春沢さんは「じゃ、そろそろ私は行くわね」と入れ違《ちが》いに退室《たいしつ》しようと踏《ふ》み出す。なぜかコッソリとウィンクされた。

……なにを考えているんだ、あの人は……。

しかし僕も少し考えたのち、春沢さんにおずおずと言葉をかける。

「あ……あの……ご心配をおかけしましたっ」

退室間際《まぎわ》の彼女に、少し憮然《ぶぜん》としながらも、一応は礼を言っておく。春沢さんはキョトンとそれこそ超常現象《ちょうじょうげんしょう》でも目撃《もくげき》したような顔をしたが、少しして「いえ、どういたしまして」と、なんだか非常《ひじょう》にムカつく苦笑《くしょう》を漏《も》らしながら答え、そのまま退室していった。

……くそ、言わなきゃよかった。似合《にあ》わねぇ……。僕、以前入院した時はこういうヤツじゃなかったはずだ。……アイツのせいだな……。

「蛍……意識戻《いしきもど》ったんだね」

春沢さんを見送り、振《ふ》り向きざまに鈴音が安心したようにそう言ってきた。以前も何度かこの病室に彼女は来ているので、慣《な》れた様子でベッドの脇《わき》に折りたたみ椅子《いす》を組み立て、そこに座《すわ》る。

「まったく……毎度毎度心配かけて……」

「悪かったな」

憮然とした表情《ひょうじょう》のまま返す。その応対に、鈴音も呼応《こおう》するように憮然とした。

「まったくよ。大量に血を流して意識失ってる蛍を見た時の私の気持ちが分かる？」

「うっ……」

まあ……そりゃ確かに驚愕《きょうがく》もんだ。あんな惨状《さんじょう》、下手したらスプラッタだ。しかもそれが知り合いだったら、もう一種のイヤがらせだ。

「わ、悪かったよ」

さっきと一緒《いっしょ》の言葉ながらも、今度は少し本気で謝《あやま》る。しかし鈴音はそれでも怒《いか》りがおさまらないのか、更に憤然《ふんぜん》として言葉を続けてきた。

「大体、なんであんなことするのよ！」

「あ、あんなこと？　えっと……自殺しようとしたこと？」

とんでもない会話だった。

「違《ちが》う！　それもあるけど、今言ってるのは、蛍が意識不明になった理由よ！」

「あー……」

自分がやったことを思い出し、どう応対したものやら反応《はんのう》に困《こま》る。大方、例の《霊視《れいし》》とやらで一部始終見られていたのだろう。

「あれは……ホラ……仕方ないじゃん」

「仕方ないじゃん……じゃない！　貴方《あなた》、自分がなにやったか分かってるの？」

強い口調でそんなことを言われる。

「なにって……その……《霊体ナイフ》」

「馬鹿《ばか》じゃないの！」

いきなり否定《ひてい》された。……ひでぇ……。しかし、鈴音は未だ興奮《こうふん》さめやらぬ様子で詰《つ》め寄《よ》ってくる。

「蛍……それがどういうことか、本当に分かっててやってる？　貴方が自分の霊力を……

魂《たましい》を排出《はいしゅつ》するということは、つまりは《使い捨《す》て》と同じことなのよ？　貴方は物質化《ぶっしつか》能力《のうりょく》によって憑依《ひょうい》を受け付けない……しかしそれは同時に、自分の魂でも、一度外に出てしまえば二度と体に戻《もど》れないことを示《しめ》すの」

「……はい……」

素直にポツリと答える。なんか、女性ってたまに凄《すご》く怖《こわ》いよね……都市伝説よりも。鈴音なんて、実に論理《ろんり》的に攻《せ》めてくるから尚更《なおさら》だった。

「有機質内の霊体に貴方の能力は反応しない……それは自身という存在《そんざい》においても同様に適応《てきおう》されている。つまり、蛍の中にある魂に蛍の能力は反応しない。貴方、それをいいことに……自分の体内で霊力の形をナイフに整形して、あまつさえそこに魂の殆《ほとん》どをつぎ込んで異常《いじょう》な切れ味のナイフをイメージして……そうして体外に排出したわね！」

「ごもっともで……」

深く考えての行動ではなかったが、確《たし》かに僕はあの時そういうことをした。魂を全力でナイフという小さなそれだけに集約して、通常じゃ在《あ》りえない切れ味のナイフを作り出した。本当ならそこまでの威力《いりょく》のものを作る必要性《ひつようせい》もなかったのだろうが、あの時の僕にそういう判断力《はんだんりょく》は全くなかったし、あったとしても同じことをしたように思う。

「バッカじゃないの！　幽体離脱《ゆうたいりだつ》の基本《きほん》も知らない人間が、強制《きょうせい》的にそんなことをするだけでも危険《きけん》だってのに、貴方の場合、出したらもう二度と戻らないのよ！　あそこで本当に全部の魂をあのナイフに変換《へんかん》してたら、貴方、今頃《いまごろ》植物状態《じょうたい》になってたのよ！」

「はう……」

なんか、いつにない勢《いきお》いで鈴音に怒《おこ》られる。……怪我《けが》で体を満足に動かせないことも作用して、僕は僕でいつもとは全く逆《ぎゃく》な立場で説教を受ける。

「いや、でも、その……あの時は……その……それこそ仕方なかったじゃないか。あのままだったら、植物状態どころか完全に殺《や》られていたわけだし……」

おずおずと反論《はんろん》してみる。——と、

「うっ……」

完全に正論だったため、鈴音はぐっと言葉に詰まってしまった。……よし。

「そもそも、鈴音があの構内《こうない》に居《い》なかったのだって問題じゃないか」

「あう……。だ、だって……急に駅員に強制的に移動《いどう》させられて……気付いたら閉《し》めきられちゃってて……」

立場逆転。今度は鈴音が小さく縮《ちぢ》こまる。……ふむ。やっぱり僕らの関係性はこうでないと（鈴音は不本意だろうが）。僕は一旦雰囲気《いったんふんいき》を仕切りなおすと、今度は改めてこちらから質問《しつもん》することにした。……そう……僕にとって……一番重要なことを……。

「鈴音」

「……うん」

僕の真剣《しんけん》な声に、鈴音が姿勢《しせい》を正してこちらを向く。なにを訊《き》かれるのか察したのだろう。

「鈴音……ユウは……」

「………」

「ユウは……どうなった？」

その質問を……一番知りたかったその質問をする。

「それは……」

途端《とたん》、鈴音は表情を曇《くも》らせた。僕の視線《しせん》から目を逸《そ》らす……。

「………」

それは予感していたこと。……そう、とっくに覚悟《かくご》していたこと。……だけど……。

「………」

無言。室内になんともいえない重厚《じゅうこう》な空気が漂《ただよ》う。重い……しかしその重みは今の自分にとってなによりの真実。そう、それこそが──。

「ケイ～！　意識《いしき》戻ったんだってね！　ナースセンターで噂話《うわさばなし》聞いてたら。春沢さんって人が言ってた！」

「…………」

「…………」

無言。室内になんともいえない、妙《みょう》な空気が漂う。妙な空気どころか、ここに居るはずのない妙な存在《そんざい》まで漂っている。

「…………」

「ケイ？　どうしたの？　意識戻ったんだよね？」

壁《かべ》をすり抜《ぬ》けてきてフワフワと漂っていた「ソレ」は、僕の近くで《物質化》して着地し、「もしも〜し」と僕の目の前で手を振《ふ》る。

「…………」

……え〜と……これはなんでしょう？

「鈴音」

とりあえず目の前の信じがたい存在を無視して、霊能《れいのう》少女に話しかける。

「ん？」

彼女は未《いま》だどこか気まずそうな顔をしたまま、額《ひたい》に汗《あせ》を浮《う》かべつつ返した。

「なんか僕、未だに精神干渉《せいしんかんしょう》を受けてる？　どうも幻覚《げんかく》と幻聴《げんちょう》を感じるのだけど……」

額に手をやり、視界を改めるように首を振る。

「え〜と。とりあえずそんなことはないかな……。それに、《ソレ》、幻覚じゃないと思うよ」

「…………」

……ふむ。つまりは一体どういうことでしょう？

「…………」

「お〜い？」

目の前で僕の顔を覗《のぞ》きこむ存在を無視し、とりあえず思考、思考、思考——。そのまま十秒ほど思考。そうして……結論。

「ユウ？」

「うん」

なんの感慨《かんがい》もなく目の前の女の子は即答《そくとう》した。……感動の再会《さいかい》……というより、納得《なっとく》できない感情《かんじょう》が僕の中の九十七パーセントを占有《せんゆう》する。

「ユウ？」

「うん。そうだよ」

ニッコリと笑顔《えがお》の幽霊《ゆうれい》。僕は未だに呆然《ぼうぜん》としたまま呟《つぶや》く。

「浮遊霊《ふゆうれい》のユウ？　幽霊とか浮遊霊とかのワードから名前を適当《てきとう》に決めた、あのユウ？」

「……その衝撃《しょうげき》事実は初耳だけど、多分そう」

「暑い中でも迷惑《めいわく》かえりみず抱《だ》きついてくる、あのユウ？」

「そういう言い方されると返す言葉ないけど……事実だね」

「僕の生活からプライバシーというものを奪《うば》い去った……あのユウ？」

「失礼なっ。最低限《さいていげん》の人権《じんけん》は尊重《そんちょう》してるよ！　トイレとかお風呂《ふろ》はついていかないじゃんっ」

「……僕の目の前で……もっともらしい発言をして目を閉《と》じた……あのユウ？」

「あぅ……。あ、あれは……ほら……なんかそんな雰囲気《ふんいき》だったから……。なんとなーく意識が遠のいた気がして目を瞑《つぶ》ったのはいいけど、なんかそれからもことのほか意識が存続しちゃってさ……。どうも、それほど《致命傷《ちめいしょう》》ってわけじゃなかったみたい。ほら、それにどうも元々私、結構《けっこう》霊力高いらしいしさ。ちょっと派手《はで》に血が出ちゃっただけで——」

「…………」

……なんですと？

「えっと……その後なんか、凄《すご》いことになり始めちゃって……なんか言い出しづらい雰囲気だったから……その……」

「………」

「ケイ、なんか私が死んだものとして喋《しゃべ》りかけてきてるし……起きるには凄《すご》く恥《は》ずかしいノリになってたし……」

「………」

……う。僕《ぼく》……なんか言ったっけ？……やばい。客観的に見たらもの凄く恥ずかしいことやってた気がする。「どこの熱血主人公だお前は」ってことをやっていた気がする。僕は少し狼狽《ろうばい》しながらも、目の前の女の子に反論《はんろん》するように口を開いた。

「で、でも、ユウ、怪我《けが》を負ったことには変わりないじゃないか。僕が最後見たのも、薄《うす》くなってく姿《すがた》だったし……」

僕がそうユウに問いかけると、彼女はなにか先程の鈴音のような気まずそうな表情をし、その鈴音の方に助けを求めるような表情を向けた。それを受けた鈴音は、なんかイヤイヤそうながらも、仕方ない感じで僕に向き直る。

「え、えっとね、蛍……。その……すごーく大事な告白があってさ……」

「告白？　なに？　唐突《とうとつ》な愛の告白？　失いそうになって初めて僕への感情に気付いたり？」

「違《ちが》うわよ！」

軽い緊張《きんちょう》をほぐす冗談《じょうだん》のつもりだったのだが、なぜか鈴音は本気で狼狽してしまった。

「……コホン。と、とにかく。その……ユウさんは確《たし》かに怪我を負って、霊力を消費したんだけど……別に消滅《しょうめつ》までは至《いた》らなかったわけで……」

「ふむ」

「その……存在《そんざい》として薄《うす》くはなったんだけど、それでもどうにかこうにか存在は保《たも》ててたわけね。で、とりあえず重傷《じゅうしょう》の蛍を、蛍の自宅《じたく》まで運んで……。あ、駅でそのまま救急車呼《よ》んだら、面倒《めんどう》なことになっちゃいそうだったからね。で、蛍の自宅へ救急車を呼んだんだけど……」

「はぁ……」

話の先が全く読めず、ただただキョトンとする。そんな僕の反応《はんのう》に対して、鈴音とユウの方は、お互《たが》いにまだ気まずそうな表情を浮《う》かべていた。

「えっと……その……こっからが大事な告白でね。……あの……蛍の買い込んだ今月生存のための食糧……全部消費しちゃった」

「は？」

なんだって？

「だからね。その……ユウさんに全部食べさせちゃったの。ほら、蛍の近くで物質化中《ぶっしつかちゅう》の霊《れい》って食事できるじゃない？　そしてそれは、そのまま霊力に還元《かんげん》されるから……。その……救急車が来るまでの間、薄くなったユウさんが蛍の家の食糧全部たいらげて、そうして物質化範囲《はんい》から離《はな》れたら……その……」

そこでユウが横からおずおずと発言する。

「完全回復《かいふく》しちゃった♪　てへっ」

「…………」

神様、女の子をぶん殴《なぐ》るのはやっぱ悪でしょうか？

……たく、なんだよそりゃ。そんな……そんなアホみたいな回復方法で……。コイツ、重傷の僕の傍《かたわ》らで僕の食糧を食い漁《あさ》って回復したってことか？……コイツのために悩《なや》みまくった僕って一体……あの状況《じょうきょう》で悲壮《ひそう》な生存の決意をした僕って一体……。

ユウと鈴音は「あはは……」と乾《かわ》いた作り笑いを浮かべる。僕はそれをジトッとした視《し》線《せん》で眺《なが》めながらも、心にはようやく安堵《あんど》を満たして息を吐《は》く。

「……ふう。まあ、確《たし》かに食糧がなくなったのはキツイけど……それが大事な告白？」

「あ、その……。蛍、真儀瑠先輩《せんぱい》からちょっと言づてもあって……」

「言づて？」

「うん。あのね、《後輩。お前が大怪我《おおけが》をしようと、意識《いしき》を失おうと、入院費がかさもうと、食糧がなくなろうと、約束は約束だからな。当然、予定通りフルコースは奢《おご》ってもらうぞ》って……」

「…………」

最悪だ。悪魔《あくま》か、あの人は。この状況で奢らせるって……僕、本当に餓死《がし》の危険性《きけんせい》が出てきてるぞ。……なるほど、これは大事な告白だ。なんせ僕の生死に関連している。あの日、僕は「大事なモノ」＝「食糧」を失ったわけだ。それもユウのせいで。……っていうか、まさか先輩、ただフルコースの奢りのためだけに僕を助けようとしたんじゃないだろうな？……あの人なら充分《じゅうぶん》あり得そうな動機で、笑うに笑えない。

僕はガックリと肩《かた》の力を落とし、溜め息を吐く。その後ユウと鈴音が「まあまあ」と根《こん》拠《きょ》のない慰《なぐさ》めをしてくれたりしたが、特に僕の気分の向上には役立たなかった。しばし三人でどうでもいい話を続ける。……と、その途中《とちゅう》で、ユウは唐突《とうとつ》に真面目《まじめ》な表情《ひょうじょう》になって僕の方に向き直った。

「ケイ……あのね」

「うん？」

その真剣《しんけん》な態度《たいど》に、思わずこちらも姿勢《しせい》を正す。

「その……私……これからも、ケイの傍《そば》に居《い》て……いいかな？」

おずおずと……僕の表情を窺《うかが》うように告げ、そして僕の答えを聞く前に、更に慌《あわ》てたようにわたわたと付け足す。

「あ、も、もちろん、鈴音さんの言う通り、外で抱《だ》きついたりするのは自粛《じしゅく》するから！　もう悪霊《あくりょう》に目をつけられないように気をつける！」

そんなことを、必死で取り繕《つくろ》うようにユウは言う。

…………。僕は少し考えるように無機質《むきしつ》な病室の天井《てんじょう》を見上げ、そして……溜《た》め息混《ま》じりに、呟《つぶや》いた。

「勝手にすればいいだろ？　人間の死んだ後の行動にまで口を出せる程《ほど》、僕は偉《えら》くなった覚えがない」

「え？　じゃ、じゃあ……」

ユウは呟いて、途端《とたん》に満面の笑《え》みになる。僕に抱きついてくるかと思ったが、他の感情表現技法《ひょうげんぎほう》を習得《しゅうとく》したのか、今回は僕から離れてすごい勢《いきお》いでぶんぶんと空中を飛び回った。

……感情は伝わってくるが、微妙《びみょう》に怖《こえ》ぇ。リアルホラー。ハリウッドリメイク作……《浮《ふ》遊霊《ゆうれい》・ユウ》……カミングスーン！　って感じだ。

僕は呆《あき》れたように空中を飛ぶユウを見る。——と、脇《わき》に座《すわ》った鈴音が耳打ちするように呟いてきた。

「……そうそう、そういえば、ユウさんの死と《中に居《い》る》の関係性、全くなかったみたいだよ。彼女が気にしてたみたいだから調べてみたんだけど」

「はい？」

「あれの被害《ひがい》で死んだと思われる人の中に、ユウさんらしき子はいなかったもの。同じ年代の子はいたけど……でも、成績優秀《せいせきゆうしゅう》で、性格的《せいかく》にも人見知りの――って、もうこの時点で絶対違《ぜったいちが》うでしょ？　顔写真も見たけど、似《に》ても似つかなかったし、間違いないと思う」

「…………」

なんだよそりゃ……。結局、なにからなにまで空回りしてんじゃんか。

「つまりは振《ふ》りだしね。……彼女が成仏《じょうぶつ》するの、まだまだ先になりそうよ、蛍」

「……うっ」

鈴音の発言に、自分の「勝手にしろ」という発言が不用意だったのではないかと感じる。

更《さら》に、鈴音はそんな僕の様子を見て、追い討《う》ちをかけるように耳打ちしてきた。

「あと、悪霊の件《けん》だけど。確かに《中に居る》は完全消滅《しょうめつ》したけど、蛍、今後もまだまだ悪霊に狙《ねら》われると思っておいた方がいいわよ」

「へ？」

なんだって？

「ユウさんがこれからもう外で抱きつくのをやめたところで、もう貴方《あなた》の情報《じょうほう》は完全に出回ってるからね。実はハッキリ言って今更なのよ」

「……お前……なんでユウにそれを言わないんだよ……」

溜め息を吐きながら訊《き》く。すると鈴音は、ニヤリと意地悪な笑みを浮《う》かべた。

「私、ユウさんを傷《きず》つけるような発言は、もうしないと決めたのよ」

そう言った後に、小さくごにょごにょと、赤い顔で「……私にとってもそっちの方がいいし……」と、よく分からないことを呟いていた。

「……僕は傷ついてもいいのかよ」

「自業自得《じごう》じゃない」

鈴音はそう言うと、「ま、頑張《がんば》ってね」と非常《ひじょう》に無責任《むせきにん》な発言だけを残して、空中を飛び回るユウを眺《なが》める。

…………。

ああ、こういう時はあれだな……。そう。こういう気分の時は、あの言葉を使うしかないだろう。

僕はクルクルと飛び回るユウと、なぜか意地悪そうな笑いを浮かべる鈴音、そして先輩《せんぱい》にフルコースを近々おごらなければいけない未来のことを考えて……いつものように呟《つぶや》く。

「ああ、死にてぇなぁ……」

そう思ってしまう価値観《かちかん》は結局何も変わってなんていないのだけど……それでも……それでも、今回の言葉は、どことなく本気では言っていない自分が居《い》た。笑顔で言っている自分が居た。しばらくは、ユウに迷惑《めいわく》をかけられながらこの世界で生活するのも……悪い選択肢《せんたくし》じゃないなと、そんなことをボンヤリと考えていた。

——今日の世界は、ほんの少しだけ綺麗《きれい》だ。

あとがき

初めまして。この度《たび》第十七回ファンタジア長編小説大賞佳作を受賞させていただき、本作にてデビューと相成《あいな》りました葵《あおい》せきなです。著者《ちょしゃ》を知らなくても本作「マテリアルゴースト」の内容にはなんの影響《えいきょう》もありませんが、余裕《よゆう》があれば脳内《のうない》メモリィの片隅《かたすみ》にでも格《かく》納《のう》しておいてやって下さい。得があるかは微妙《びみょう》ですが、恐《おそ》らく損はないと思いますので。少なくとも「この言葉を二十歳《はたち》まで覚えていると……」的な呪《のろ》いはかかっておりませんので、安心して記憶《きおく》していただけると幸いです。

突然《とつぜん》ですが葵は「あとがき」を立ち読みで最初に読むタイプです。大まかなあらすじを求めて。しかし同時に、本編読了後にも裏話《うらばなし》を求めてもう一度読むタイプでもあり。結構《けっこう》「あとがき好き」です。飽《あ》きずに二回以上は読むくらいには好きです。……何を言いたいかといえば、読む状況《じょうきょう》によって「あとがき」に求めるものは割と変化するということで。なので、今回は様々なパターンごとに対応《たいおう》したあとがきを列記してみたいと思います。

まず、本書を書店で手に取り、品定めのためにあとがきを開いて見ているアナタ。この物語は「熱血ツッパリ主人公による、愛と勇気と正義《せいぎ》と友情をテーマにした、一代歴史スペクタクル浪漫《ろまん》」です。ええ。騙《だま》されたと思って買ってごらんなさい。確実に騙されます。……このままでは受賞早々詐欺罪《さぎざい》で捕《つか》まるのできちんと説明すると、自殺志願者《じさつしがんしゃ》の主人公がうだうだと非日常《ひにちじょう》的な日常を過ごす話です。暗そうですが、なぜか暗くありません。しかも生活感に溢《あふ》れています。主婦もびっくりです。要は変な話です。てぃんくるさんの美麗《びれい》なイラストで手にとられた方、最初数ページでかなり不安になるでしょうが、後々ちゃんとイラスト通りの美少女キャラクターは出てくるのでご安心下さい。見捨《みす》てないで下さい。ああ、棚《たな》に並べなおさないでっ！

次に、本編読了後のアナタ。お疲《つか》れ様でした。お気づきやもしれませんが、設定《せってい》としてこの物語に至《いた》るまでには作者の頭の中レベルで、もう数エピソードがあったりします。帰宅部部長や巫女《みこ》少女と自殺志願者という変な繋《つな》がりは一体どんな経緯《けいい》で形成されたのか等。気になる方はもう数冊本書を購入して配り歩いてみましょう。あら不思議。続編の出る確率がみるみるあがっていくではありませんかっ。まあ、素敵《すてき》な不思議現象ね、ジョニー。

そうだね、メアリー。そうと決れば今すぐ買いに行かなくっちゃ！　おいおい、まったく、メアリーは慌《あわ》てんぼうさんだなぁ。……すみません。話のオチが作者にも見えないのでグダグダと終了します。

葵のHP活動から継続《けいぞく》して手にとってくれたアナタ。……ホントに出ましたよ、本。こういう結果に至れたのは、お世辞《せじ》抜きでネット活動時の感想の言葉、励《はげ》ましの言葉によるところが大きいです。心の底から感謝《かんしゃ》しております。今後とも応援《おうえん》よろしくお願いいたします。

……と今更ながらに真面目《まじめ》に語ってみましたが、日記を読まれている方には「猫《ねこ》かぶりも甚《はなは》だしいわ！」と思われていること必至《ひっし》ですので、さっさと次の話題に向かいます。

葵の親戚《しんせき》・友人など実際の知人である方々。作者に自殺予定は全くありませんのでご安心を。心配のメールとかされると逆に凹《へこ》むので温かく見守ってやって下さい。

実は幽霊《ゆうれい》に触《さわ》れるというアナタ。霊能力がまだまだ胡散臭《うさんくさ》いこの現代、マスコミの前に堂々と出て世界をあっと言わせてやって下さい。

実はもう死んでいるというアナタ。幽霊関連の描写《びょうしゃ》等に違和感《いわかん》ありましたら、葵までご一報下さい。ただ、ご連絡《れんらく》の際にはあまり驚《おどろ》かさないでいただけると幸いです。

帰宅部部長の方。そろそろ全国大会の申し込み締《し》め切《き》りです。ちゃんと参加登録はされましたか？

なぜかもうこのあとがきを読むのは四十二回目だというアナタ。そろそろ正気《しょうき》に戻りましょう。

そして、今自殺を考えているアナタ。もしよろしければ、もう少しだけ、葵につきあってはみませんか？

ふぅ。これだけ網羅《もうら》しておけばこのあとがきはもう完璧《かんぺき》でしょう。全力投球です。終盤《しゅうばん》あまりにピンポイントな人に向けた文章書いた気がしますが……気のせいでしょう。これだけ人口多い世の中です。死んでいながら読んでいる人や帰宅部部長の一人や二人、当然居ると思うのです。葵が本を出す時代ですので、割となんでもありな時代なのでしょう。

さて、ここからは作者と本作について少々。

葵はどこか屈折《くっせつ》した部分のある人です。たまに自己嫌悪《じこけんお》する自分をカッコイイと感じたりするぐらいには。ただ、だからと言ってこの自殺志願者の物語を捻《ねじ》くれた感情やネガティブな感情で書いたかというとそれは違って、それどころか私は基本的《きほん》に「物語」は「とにかく楽しくてなんぼ」だと思ってやっています。

自殺志願者だなんだと言ってはいますが、ぶっちゃけた話、この物語は心底エンタテイメントです。編集さんには怒《おこ》られそうですが、やっぱりそこには深いテーマも、社会に対する問題提起《もんだいていき》だってありません。葵はただ単純に「楽しい話」を書きたいと思っているだけなのです。ですから、この作品はぜひとも単純なラブコメや伝奇《でんき》アクションとして読んでやって下さい。とりあえず作者側に押し付けがましいテーマはありませんので。そもそもテーマ一言に言いたいことを集約させてしまえるのならば、こんなに長ったらしい小説なんて書いていません。気楽に読んでいただき、「あー、楽しかった」と言っていただければ最高に幸せです。

著者が物語を書き始めたのは、実は二年と半年くらい前です。ぺーぺーもいいところです。そもそもは好きなゲームの二次創作《そうさく》小説を、他の作者の方々の様子を見てホント軽い気持ちで書き始めたのが最初です。ですから、それまで小説を読む機会こそあったとはいえ、書き方の文法なんて正直一つも知りませんでしたし、その頃《ころ》になっても「プロとしてやりたい」なんて発想自体が微塵《みじん》もありませんでした。

それが「プロになれたらなぁ」と考えるようになったきっかけは、これまた全く褒《ほ》められたことではない、現実逃避《げんじつとうひ》の感情からでした。当時就《つ》いていた仕事を続けた先が、どうにも夢《ゆめ》とはかけ離《はな》れた方向にしか辿《たど》りつかないのが見えてしまいまして。そんな時期に丁度《ちょうど》「執筆《しっぴつ》」という行為《こうい》に出会い、その誰にでも、仕事しながらでも出来る手軽な趣味《しゅみ》にのめりこんでいきました。

そうして、「自分の好きなように物語を創造する」というその行為は、私の中で確実に輝《かがや》きを増《ま》し始めました。無機質《むきしつ》な歯車《はぐるま》ではない……自身が全《すべ》てを作り、その評価《ひょうか》をダイレクトに貰《もら》える「創作」という作業に、私は言い様のない魅力《みりょく》を感じ始めたのです。

そうして、結局は両親を悲しませることになりながらも安定した職を退職。「一年で結果を出せなければきちんと就職する」というどう考えても無理そうな条件の下《もと》アルバイトで生活しつつ夢への道を模索《もさく》し始めたわけですが……。その半年後、フリーターという肩書きに、ハッキリした要因の分からない漠然《ばくぜん》とした「居心地《いごこち》の悪さ」を実感し始めた頃に

執筆したのが本作、マテリアルゴーストです。この居心地の悪さというのは学生時代にも

よく感じていたものなので、舞台は多数の人間とイヤでも関《かか》わり縛《しば》られがちな「学園生

活」になりました。

本作の主人公の自殺志願動機は審査員《しんさいん》の方々にも曖昧《あいまい》と評されるものなのですが、私の

中ではそういった意味で非常にリアルでもあります。なにか突出《とっしゅつ》した一つの要因《よういん》が人の心

を締《し》め付《つ》けることも多いけれど、しかし真綿《まわた》で首絞《くびし》めるような苦しみに常に晒《さら》され続ける

というのもまた同等以上の苦しみがあるのではないか。そんな風に私はここ最近思う次第《しだい》

です。

期せずして暗い話をしまくりましたが。この話には「約束期間ギリギリでマテリアルゴ

ーストにて入賞」という、割とハッピーなオチがついていますので、ご安心ください。

そういった意味で、ぐだぐだと語りましたが、本作はやっぱり「幸せの物語」だと作者

は自負《じふ》しています。受賞からの校正期間で、事実式見蛍《しきみけい》は応募時《おうぼじ》より色んな意味でプラス

方面に変わっています。

最後になりましたが、私の作品を佳作に選んで下さった温かい審査員の方々。作者に

「ぽかんと口を開けて見惚《みと》れる」という驚きを初めてもたらしてくれたイラストレーターのてぃんくるさん。安定感の微塵《みじん》もない文章に根気よく付き合って下さった担当《たんとう》さん。私の誤字脱字《ごじだつじ》だらけの文章を校正して下さった校正さん（ある意味で一番の功労者です）。そして、家庭が大変な時期に私のわがままを許してくれた父と母。あ、それに友達希少《きしょう》な私の愚痴を毎週金曜日に北海道から電話で聞き続けてくれた弟も。

お決まりの文章ですが、しかし心の底から、「本当にありがとうございました」

……って、うわ、なんか本作の後にこんな書き方すると遺書《いしょ》みたいです（苦笑）。ここでハッキリ言っておきますが、著者自身は全く自殺志願者ではありませんので、誤解なきようお願いいたします。

では、機会があればまたお会いしましょう。不幸な時よりも、幸福な時にこそ「もう死んでもいい」と思う率の高い葵せきなでした。やはり羽毛布団《ぶとん》は偉大《いだい》です（本編参照）。

葵　せきな

解説

富士見ファンタジア文庫編集部

主人公は、自殺志願者――この一言に、眉《まゆ》を顰《ひそ》めた貴方《あなた》。正常《せいじょう》です。第十七回ファンタジア長編小説大賞応募《おうぼ》作「マテリアルゴースト」に心底惚《ほ》れ込《こ》んだ担当編集でさえ、実際《じっさい》に読むまではこの作品に好感をもってはいませんでした。どうせ陰気《いんき》で後ろ向きな主人公が出てきて、ちょっと前に流行語にもなったリストカットとかをするに違《ちが》いない、そう思ったのです。

が、違いました。読んでみると、暗さとは全く無縁《むえん》のお話ではありませんか。可愛《かわい》い女の子もたくさん出てくるし、むしろハッピーな物語でした。コミカルなラブコメをベースにしながら、都市伝説的な要素《ようそ》もあり、アクションシーンも充実《じゅうじつ》。

――やるな、この作者。評価は百八十度変わりました。

古今東西、「生と死」をテーマにした小説は、それこそ掃《は》いて捨《す》てるほど存在《そんざい》します。

さんざん使い古された普遍的《ふへんてき》なテーマ、それも、ともすると重くなりがちな題材に果敢《かかん》にも挑戦《ちょうせん》し、見事なエンターテインメント作品に仕上げた葵氏には、今後確実《かくじつ》に第一線で活《かつ》躍《やく》していくであろう才能《さいのう》が感じられました。

それでは、本作を彩《いろど》るちょっとヘンだけど魅力的《みりょくてき》なキャラクター達を紹介《しょうかい》しましょう。

主人公の式見《しきみ》蛍《けい》は、「死にてえなぁ」が口癖《くちぐせ》の高校生。ただ、彼はネガティブな思想の持ち主ではなく、真面目《まじめ》で優《やさ》しい少年です。スーパーで買い物をしてちゃんと自炊《じすい》生活を送り、車の前に飛び出した犬を助けようとして事故《じこ》に遭《あ》う、そんなヤツなのです。一見、普通の高校生である彼は、幽霊《ゆうれい》を見たり触《さわ》ったりできる特殊能力《とくしゅのうりょく》を得たことで、異常《いじょう》な日常生活を送ることになります。

そして、この小説のヒロインであるユウが、また普通じゃありません。なにせ「死んでる」のですから。さらに、記憶喪失《きおくそうしつ》。その上、かなりの美少女。幽霊のくせに異常に元気でポジティブな彼女を見ていると、とり憑《つ》かれるのも悪くないかなぁ……なんて思ってしまうから不思議です。死んでいながら生命感に満ち溢《あふ》れたユウと、生きながらにしてどこか陰《かげ》のある厭世的《えんせいてき》な蛍。偶然《ぐうぜん》なのか、それとも運命なのか。突然に出会ってしまったこんな対照的《たいしょうてき》な二人の奇妙《きみょう》で絶妙《ぜつみょう》なかけ合いも、この作品の魅力のひとつです。

もっとも謎《なぞ》なのは、自信満々、容姿《ようし》端麗《たんれい》だけど何故《なぜ》か「漢《おとこ》」口調の先輩《せんぱい》・真儀瑠《まぎる》紗鳥《さとり》。「帰宅部」部長であることを誇りにする彼女は、蛍を「後輩」と呼び、何かにつけ彼にちょっかいを出してきます。先輩と蛍の絆《きずな》のヒミツは、今後明かされるのでしょうか？

もう一人、忘《わす》れてはならない女の子が、蛍のクラスメイト・神無《かんな》鈴音《りんね》です。華奢《きゃしゃ》で色白、「巫女《みこ》服を着ない巫女娘」である彼女は、やや理屈《りくつ》っぽいところがありながらも、結構やきもち焼きだったりする可愛い女の子。蛍は適当にあしらったりしているのですが……。

ユウに憑きまとわれ、先輩にいじめられ、鈴音に説教《せっきょう》をされ……確かにトホホな毎日ですが、キュートな女の子達に囲まれて、「幸せ」とも言えなくはない蛍の生活。蛍が「死にたい」気分になるのは何故なのでしょうか？　答えは、ありません。でも、たとえば歩きタバコをするサラリーマンに不快感《ふかいかん》を感じたり、どんなに小さな嘘《うそ》もつくことができなかったり、そんな繊細《せんさい》で純粋《じゅんすい》なヤツだからこそ、蛍はこの汚《よご》れた世の中から「消えたい」と思ってしまうのかもしれません。彼の生き方については、共感して頂いてもOKだし、否定《ひてい》して頂いてもOKです。期《き》せずして「幽霊を実体化させる」という特殊能力を得《え》てしまった死にたがりやの少年。そんな一風変わった主人公と一緒《いっしょ》に、この作品を心から楽しんで頂ければそれでいいのです。

最後に、本作の著者である葵せきなについて。彼は、すごく礼儀《れいぎ》正しくて、真面目《まじめ》な青年です。そして、執筆速度《しっぴつそくど》が速い！　時にはスローな担当が追いつけないほどでした。読み手が単純に楽しめる小説を書きたいという、彼の姿勢《しせい》はすごく純粋です。今後、既存《きぞん》の枠《わく》に囚《とら》われずに、新しい時代のエンターテインメント作品を生み出していってくれると信じています。願《ねが》わくば、葵せきなが時代に愛される作家になれますように。皆さんの、感想・応援のお手紙をお待ちしております！

ファンレターの宛先

〒一〇二‐八一四四
東京都千代田区富士見一‐十二‐十四
富士見書房　ファンタジア文庫編集部　気付
葵せきな（様）
てぃんくる（様）

富士見ファンタジア文庫

マテリアルゴースト

平成18年1月25日　初版発行
平成21年10月20日　十一版発行

著者——葵《あおい》　せきな

発行者——山下直久

発行所——富士見書房
〒102-8144
東京都千代田区富士見1-12-14
http://www.fujimishobo.co.jp
電話　営業　03(3238)8702
　　　編集　03(3238)8585

印刷所——旭印刷
製本所——本間製本
本書の無断複写・複製・転載を禁じます
落丁乱丁本はおとりかえいたします
定価はカバーに明記してあります
2006 Fujimishobo, Printed in Japan
ISBN978-4-8291-1789-7 C0193

©2006 Sekina Aoi, TINKLE

大賞賞金300万円にパワーアップ！

ファンタジア大賞 作品募集中！

きみにしか書けない「物語」で、今までにないドキドキを「読者」へ。
新しい地平の向こうへ挑戦していく、勇気ある才能をファンタジアは待っています！

【大賞】300万円　金賞 50万円　銀賞 30万円　読者賞 20万円

［選考委員］
賀東招二・鏡貴也・四季童子・ファンタジア文庫編集長（敬称略）
ファンタジア文庫編集部・ドラゴンマガジン編集部

［応募資格］
プロ・アマを問いません。

［募集作品］
十代の読者を対象とした広義のエンタテインメント作品。ジャンルは不問です。未発表のオリジナル作品に限ります。短編集、未完の作品、既成の作品の設定をそのまま使用した作品は、選考対象外となります。また他の賞との重複応募もご遠慮ください。

［原稿枚数］
40字×40行換算で60～100枚

［発表］
ドラゴンマガジン翌年7月号（予定）

［応募先］
〒102-8144
東京都千代田区富士見1-12-14　富士見書房「ファンタジア大賞」係

締め切りは毎年8月31日（当日消印有効）

☆応募の際の注意事項☆

● 原稿のはじめに表紙を付けて、タイトル、P．N．（なければ本名）のみを記入してください。２枚目に、自分の郵便番号・住所・氏名（本名とP．N．をわかりやすく）・年齢・電話番号・略歴・他の小説賞への応募歴（現在選考中の作品があればその旨を明記）・40字×40行で打ち出したときの枚数、20字×20行で打ち出したときの枚数を書いてください。３枚目以降に、2000字程度のあらすじを付けてください。
● 作品タイトル、氏名、ペンネームには必ずふりがなを付けてください。
● Ａ４横の用紙に40字×40行、縦書きで印刷してください。感熱紙は変色しやすいので使用しないこと。手書き原稿は不可。
● 原稿には通し番号を入れ、ダブルクリップで右端一か所を綴じてください。
● 独立した作品であれば、一人で何作応募されてもかまいません。
● 同一作品による、他の文学賞への二重投稿は認められません。
● 出版権、映像化権、および二次使用権など入選作に発生する権利は富士見書房に帰属します。
● 応募原稿は返却できません。必要な場合はコピーを取ってからご応募ください。また選考に関するお問い合わせには応じられませんのでご了承ください。

選考過程＆受賞作速報はドラゴンマガジン＆富士見書房ＨＰにて掲載！

http：／／www.fujimishobo.co.jp／